民调局异闻录 终结季

昆仑神庙

3

耳东水寿 著

华龄出版社
HUALING PRESS

责任编辑：潘笑竹
责任印制：李未圻

图书在版编目（CIP）数据

昆仑神庙 / 耳东水寿著 .-- 北京：华龄出版社，2019.10

ISBN 978-7-5169-1453-3

Ⅰ.①昆… Ⅱ.①耳… Ⅲ.①长篇小说－中国－当代 Ⅳ.① I247.5

中国版本图书馆 CIP 数据核字（2019）第 164229 号

书　　名：昆仑神庙
作　　者：耳东水寿

出 版 人：胡福君
出版发行：华龄出版社
地　　址：北京市东城区安定门外大街甲 57 号　**邮　　编：**100011
电　　话：（010）58122246　**传　　真：**（010）84049572
网　　址：http://www.hualingpress.com

印　　刷：三河市金泰源印务有限公司
版　　次：2019 年 10 月第 1 版　2019 年 10 月第 1 次印刷
开　　本：710mm × 1000mm　1/16　**印　　张：**19
字　　数：246 千字
定　　价：45.00 元

目录

目录

目录

目录

第一章　上善老和尚

还没等听出来是怎么回事，里面就传出“啪啪……”打嘴巴子的声音，听起来像是老和尚在管教徒弟。杨枭一只脚已经踩到门槛上，这时也犹豫起来，不知道是现在进去好，还是等里面消停点儿再进去。

杨枭犹豫不决时，孙胖子率先走了进去，他一边走一边笑嘻嘻地说道：“有什么事儿看在我面子上，等我们走了再教育孩子也不迟。”孙胖子说话的同时，我和黄然跟在他身后也走了进去。

进了山门就是大殿，松岛介一郎跪在佛祖像前，他面前摆了一把椅子，一个身穿破烂袈裟的老和尚蹲在椅子上面，正朝松岛介一郎脸上一巴掌接一巴掌扇下去。老和尚一边打着嘴巴子，嘴里面一边骂道：“你个大笨蛋，和你说了多少次，埋死人之前先翻翻兜，看看兜里有没有值钱的东西。下个月就要断粮了，我给你两条路走，要不你把坑再给老子挖开，把值钱的东西拿出来换粮食；要不你还得把死人挖出来，咱仨下个月就吃他了……”别看老和尚一把年纪，这嘴巴子扇得“啪啪”直响，而松岛介一郎就像被定住了一样，不躲不闪地任由老和尚的嘴巴子扇在他脸上。

老和尚打骂了一阵，累得气喘吁吁，这才放过了松岛介一郎，他缓了口气，转身朝佛祖像行了个礼，嘴里喃喃说道："阿弥陀佛，罪过罪过，这次没稳住，您老再给我次机会……"

说完，老和尚回头瞪着松岛说道："看在佛祖的分儿上，这次就不和你一般见识了，滚吧……"

老和尚说完，从大殿后面又走过来一个身穿僧袍的和尚。这个和尚看着年纪也不小了，不过比起蹲在椅子上的老和尚，还是年轻了许多。和尚走到松岛介一郎的面前，叽里咕噜地说出来一串日本话，松岛听了之后，"嘿"了一声，朝刚才抽他嘴巴子的老和尚磕了个头，这才抱着地上的铁镐和铁锹向外面跑去。

松岛介一郎依然好像没有看见我们一样，扛着工具低头跑出了山门。孙胖子看着他的背影消失后，才笑嘻嘻地对蹲在椅子上的老和尚说道："老师父，不是我说，那哥们儿知道你为什么削他吗？"

老和尚翻着眼皮上下打量了孙胖子几眼，说道："我管他知不知道，我不削他怎么对得起佛祖？我不削他下个月我吃什么？话说回来，你们几个是来做什么的？来小庙布施的吗？"

说到这里，老和尚突然从椅子上跳了下来，双手合十对我们高诵佛号："阿弥陀佛，让几位施主见笑了。这个小徒弟冥顽不灵，老衲当头棒喝也是为了他好，等到他顿悟的那一天，就会明白老衲的苦心了。"

老和尚说变脸就变脸，就连脸皮最厚的孙胖子都有些不太适应。他眨巴眨巴眼睛看着老和尚，顿了一下，呵呵一笑，说道："那就是他活该了，棍棒之下出孝子，这个我支持你。老师父，只要不出人命，你就只管削他，削到他开窍的那一天为止。"

孙胖子说完后，老和尚哈哈大笑了起来。笑了一阵子，又对孙胖子说道："小胖子你倒是对佛爷我的脾胃。这样，晚上你们几个都别走了，就在这儿住一晚，晚上佛爷请你们喝面糊糊。"

说到这里，老和尚顿了一下，又看了孙胖子一眼，继续说道：

“不过咱们人情归人情，钱财要分明。既然几位施主已经来了，是不是先布施布施？也不怕施主们笑话，小庙这就快揭不开锅了，要不然也不会让徒弟干那不要脸的营生。”

“来了就是要随喜的嘛。”孙胖子笑了一下，回头看着黄然，说道，“老黄，来，对佛祖表忠心的时候到了，你上次在妖冢的时候，得罪佛祖得罪得那么狠，现在是你赎罪的时候了。”

说到布施的时候，黄然已经凑了过来。他翻出来支票本对老和尚说道：“大师，我带的现金不多，不知道你收不收支票？”

听到还有支票，老和尚笑得眼睛都眯成了一条直线，对黄然宣了一声佛号：“阿弥陀佛，这位施主，既然都要写支票了。看在佛祖的分儿上，您就多写点儿，三百五百不嫌少，三万五万不嫌多……”

老和尚说话的同时，黄然已经在支票上面填好了数字，签上了名字之后，将支票撕下来递给了老和尚：“给佛祖座前添点儿香油……”

老和尚看了一眼支票上的数字，对身后的和尚喊道：“净空，把我的老花镜拿过来！年纪大了，看东西越来越不清楚，这后面一串零都看不清了，看着像一百万似的。”

和尚答应了一声，转身出了大殿，没过多久，就拿着一副用线绳绑着、少了一个眼镜片的老花镜。老和尚将老花镜戴好，一只眼睛瞄着支票上的数字，一个零一个零地数了起来：“个、十……十万——百万！”

念到百万的时候，老和尚喊岔了声，随后他哆哆嗦嗦地看着黄然说道：“施主，你没写错吧？真的布施一……一百万？”

“左边写着汉字，不会错的，这是弟子的一点儿心意。”黄然双掌合十，对老和尚鞠了个躬，说道，“这也算是弟子在佛祖面前赎罪了。前些年弟子少不更事，为求私利得罪了佛祖，现在满心忏悔，只要佛祖能够宽恕弟子，一点点身外之物又算得了什么。”

"都一百万了，还有什么不能恕的罪？要不咱们这样，您再多少给点儿，咱们把下次赎罪的钱款提前给了，你从我这里出去之后就可劲儿闹，反正有佛爷罩着你……"说到这里，老和尚突然想到了什么，一扭头，冲身后的和尚说道："净空，不过了！咱们还有多少面你划拉一下，今天晚上蒸馒头，炖雪里蕻，还剩多少油你都倒上，就当今天晚上过年了。明天早上你去一趟城里，取二百块钱买米买面，剩下的钱存起来。对了，再多买点儿疙瘩头什么的，你要是拿不了的话，就把在一线天待着的那两个藏人带上，他们是叫顿珠和桑吉对吧？"

老和尚说到顿珠和桑吉的时候，脸上的表情也变了，有些讥笑地看着黄然。老黄脸上的笑容变得有些僵硬，不过他很快就调整了过来，仍然一脸招牌式的笑容对老和尚说道："来了这么久，都忘了请教大师的法号了，真是罪过！不知大师的法号该如何称呼？"

"法号嘛——师父好像还真给起过一个，这么多年也没人叫过我的法号，我还真的想不太起来了，您容我点工夫想想啊……"老和尚歪着脑袋想了半晌，突然一拍大腿，冲黄然说道，"想起来了！我的法号叫作上善，对，没错了，就叫作上善。"

"上善禅师……"黄然喃喃地念了一遍老和尚的法号，不过这个名字他一点儿印象也没有，偷眼看了看杨枭，老杨也一脸的茫然，应该也没听说过这位上善禅师。

就在这时，山门再次被推开，法号净远的松岛介一郎气喘吁吁地跑进来，他将铁锹和铁镐立在门边，走过来跪在上善老和尚的身前，将手中的一把毛票恭恭敬敬地递了上去。上善瞅了一眼加在一起都不到十块钱的毛票，财大气粗地说道："你拿去零花吧……"

第二章　过夜

上善打发完自己的徒弟之后，孙胖子笑眯眯地凑了过来。他看了一眼跪在地上唯唯诺诺的松岛介一郎，随后对上善老和尚说道：“大和尚，不是我说，就不跟您绕弯子了，跟高人绕弯子容易把自己绕进去。是吴勉、吴仁荻让我们来的，他让我们带这个以前叫松岛介一郎的净远和尚离开几天。您放心，最多一个礼拜，我们就把他给您送回来，到时候您再继续教导他。”

孙胖子说话的时候，老和尚上善先把黄然给他的支票小心翼翼地收好，然后似笑非笑地看着孙胖子，等他说完之后，上善对孙胖子说道：“佛爷我倒是认识一个叫作吴勉的，不过当时他把净空送过来时，说好了让他在我这同佛寺里终老的。现在又派你们来带他回去，说来就来，想走就走，真把我这同佛寺当成他的那什么局了？”

上善突然变脸，我们几个都没想到。现在在他脸上完全看不到刚才收支票时候的表情，反而有一种呵斥净远时的感觉，见到上善和尚连吴仁荻的面子都不给，一直没有说话的杨枭有些压不住火了。

自从被吴仁荻收进民调局之后，他一直对吴仁荻恭恭敬敬的，最听不得有人在背后议论吴仁荻，现在上善老和尚竟然当着他的面埋怨吴仁荻，加上刚才行尸把我们引进盲阵之中，他也认定了是这老和尚做的手脚。两件事情加到一起，让杨枭决定要对这个老和尚做点儿什么了。

杨枭向前跨了半步，看着上善老和尚，一字一句地说道："如果我一定要把松岛介一郎带走呢？"

老和尚像是被吓到了一样，有些紧张地往后退了一步，说出来的话却听不到丝毫紧张的味道："那你们就和他一起留下来陪着我吧，前几天我还在说我们这儿就三个人太少了，今天你们就来了。来了好啊！来了就别走了，今天我开山门收徒弟，你就叫作净霄吧，'霄'与'枭'谐音，这个法名就便宜你了。"

杨枭听着愣了一下，向上善老和尚问道："你认识我？"

上善哈哈一笑，说道："杨教主你还真是健忘啊，除了归不归之外，还有谁把你扔进无边冥界的，你都忘了吗？"

这话一出，本来脸色就白的杨枭，现在更白得像纸一样。他不由自主地后退了一步，上下仔细打量着面前的老和尚，嘴里喃喃说道："不可能，他已经死了好多年了，你别拿他来吓唬……"

杨枭的话还没有说完，老和尚呵呵一笑，说道："别动不动就咒人死，这么多年了你这个毛病还没改过来，难道你不记得当年因为什么进的无边冥界吗？不就是同样因为你咒我死了好多年了，佛爷一生气，就把你扔里面了……"

上善的话还没有说完，杨枭转头就朝山门外跑去，眼看他就要冲出山门时，空荡荡的山门中间仿佛出现了一堵看不见的墙。杨枭的身子结结实实地撞在了这堵看不见的墙上，他的身子弹回来十多米远，正好摔在上善老和尚的脚下。

上善笑眯眯地看着杨枭，说道："别说佛爷不给你机会，刚才你们过来的时候，我就用行尸点化过你，能在鬼神之术上瞒过你的，除了佛爷我之外，还能有谁？”

上善说话的时候，杨枭已经被吓得大汗淋漓。他仔仔细细地看了一遍上善和尚之后，终于认出来他是谁了。当下杨枭无力地瘫倒在地上，对上善和尚说道：“你以前不是这副装扮，要不然的话，我是绝对不会认错的。”

这句话仿佛说到了上善和尚的痛处，他摸了摸自己的脑门，恨恨地看了一眼杨枭头顶上的白头发，说道：“当初我也是和尚，现在只是模样变了，脱了僧袍换成袈裟你就认不出来了？”

见到老杨又被翻盘了，怕杨枭吃亏，孙胖子笑嘻嘻地走过去，站在了二人的中间，说道：“有什么事情都好说，大家都是老相识了，看在吴勉的面子上，就算有什么过节也大事化小了吧。”

听到孙胖子提到了吴勉，上善和尚笑了一下，说道：“知道什么时候抬什么人出来，我就说小胖子你对佛爷我的脾胃。这样吧，你们陪着佛爷我在这庙里住上个十天半个月的，放心，我对你们起码会比对这两个倭人要好得多。”

听上善说两个净字辈的徒弟都是日本人，孙胖子的好奇心又起来了，他看了一眼净空和尚之后，向上善和尚问道：“大和尚，怎么您这位徒弟也是那边过来的？”

上善和尚回头看了一眼净空，招了招手，说道：“来，你自己跟小胖子说，你是什么来头。”

净空和尚双手合十，从上善和尚的身后站出来，朝自己的师父鞠了个躬之后，对孙胖子说道：“我是当年日本关东军第十三旅团的佐佐木秀吉，当年我从军队中私逃出来，被大师收留，一直到了今天。”说完，他对孙胖子也鞠了一个躬，随后又退到了上善和尚的身后。我说这个净空的日本话怎么说得那么溜了，原来人家本来就是日本人……

孙胖子听了呵呵一笑，对上善和尚说道：“不是我说，看不出来大和尚您还有这样的爱好。不过既然有一个净空了，您是不是就把净远借我们用几天，放心绝对用不坏，最多七……五天，最多五天我就把净远给您还回来。您要是觉得有问题的话，我们就再在您这里压上一百万，等把净远还回来之后，这笔钱我们也不要了，如果净远还不回来，我就再给您补偿三百万，一起给您凑齐五百万，您看这笔生意怎么样？”

上善老和尚听了，眼睛立刻眯了起来。他在心里盘算了良久之后，还是摇了摇头。孙胖子开始以为上善和尚不满意这个价钱，正准备继续抬价的时候，上善突然看了他一眼，说道：“看在你合我脾胃上，净远可以跟你们走，不过你们要在这儿待上一晚，等到明天早上，你们再带着他走吧。”

孙胖子不明白老和尚的意思，他怕夜长梦多，留在这里的一晚再出了什么变化。当下对上善和尚说道：“大和尚，不是我说，也不差这么一天半天的吧？我们早点儿把净远带走，也可以早点儿把他再还给您，早去早回，您还可以早点儿继续教导他。”

上善老和尚听了孙胖子的话，咧嘴笑了一下，这个表情，简直和孙胖子不要脸的时候一模一样。笑了一下之后，上善老和尚对孙胖子说道：“就这个条件，想带净远走，你们就要在这儿住一晚，要不然的话就免谈。”

见上善老和尚突然轴了起来，黄然也跟过来劝说道：“禅师，一线天还有两个兄弟等我们，如果我们在您这儿待上一晚的话，他们在一线天那会被冻死的，您老人家慈悲……”

没等他说完，上善老和尚就拦住了他的话，说道：“那两个藏人不用你操心，我会让净空去传个话，让他们先下山，等明天上午再过来，到时候你们带着净远再和他们离开，不要啰唆了，我可没给你们准备第二条路。”

怎么说上善老和尚的这个条件也不算苛刻，不就是在这儿待上一晚上吗？看老和尚的意思，也不像是在戏耍我们，最后孙胖子答应了在这座小庙里待上一晚，明天一早再走。

老和尚听了之后马上对净空喊道：“蒸馒头！今天晚上过年了……”

第三章 同佛寺的晚饭

净空忙活晚饭时，上善老和尚拉着我们到了后面的院子，给我们安排了睡觉的地方。后院只有三个房间，老和尚自己住一间，净空和松岛介一郎住一间，我们四个只好在剩下的最后一间挤挤了。

黄然收拾好了之后，就赶去一线天通知顿珠和桑吉，让他们先下山，等明天上午再来和我们会合。趁着这个空隙，孙胖子嬉皮笑脸地向杨枭问道："老杨，不是我说，外面的老土匪是什么来历？当年你怎么惹着他了？还把你扔进了无边冥界。"

听了孙胖子的话，杨枭的脸色变得尴尬了起来。回答之前，他先打开了房门，确定上善老和尚没在外面偷听之后，杨枭才虚掩房门，对孙胖子说道："这里不是说话的地方，等我们下山之后再说吧。"

除了吴仁荻和归不归、任叁以外，我还没见过杨枭这么怕过谁。他这么一来，我就对这上善老和尚的来历更感兴趣了，当下我接着孙胖子的话头问道："老杨，没让你全说，你挑点儿能说的，或者透露个名字也行呀。当年你跟老和尚打交道的时候，他应该不叫上善吧？"

杨枭叹了口气，说道："你们也不用问了，在他的一亩三分地，就没有能说的话，以后有机会再说吧……"杨枭都这么说了，我和孙胖子也就没有再问。

就在这时，院子里传来上善老和尚的声音："我说你们几个都收拾好了吗？收拾个房子这么半天，跟个小娘们儿似的，还有完没完了？"这院子不大，说了一半时，老和尚已经到了门前，他一脚将虚掩的房门踹开，进来之后说道，"面都发上了，净空、净远正忙着拾柴刷笼屉。你们几个也别闲着，把外面缸里的雪里蕻捞出来，兑点儿辣椒切好。一会儿让净空炒了，晚上让你们尝尝馒头就雪里蕻……"一边说着，老和尚一边不住地咽口水，好像这馒头和雪里蕻是多少年没吃过的山珍海味似的。

杨枭听了之后，马上就出去找老和尚说的咸菜缸去了。孙胖子没事人一样坐在土炕上，不知道他心里打什么主意。我索性也没动，看孙胖子想要做什么。

孙胖子冲老和尚龇牙一笑，说道："大和尚，不是我说，您还真是不见外啊，怎么说我们也算是客人吧？哪有这么指使客人干活的？更别说我们刚才还布施了一百万呢，结果就换了俩馒头……这样吧，您也别跟我们客气，一会儿开饭的时候，给我们俩馒头，我们几个在庙外面开火，雪里蕻什么的大和尚你们自己留着过年吧。我们自己有下饭的东西，不过在庙里吃不方便，有点儿对不起佛祖了。"

"你们带着荤菜了……哪儿呢？"老和尚眉毛一挑，眼睛直勾勾地盯着孙胖子。我还以为他这是要翻脸了，想不到的是，上善和尚下一句话是，"你们还想吃独食吗？看在佛祖的面子上，这次佛爷不跟你们一般见识，快点儿拿出来吧，还要佛爷我亲自动手翻你们的包吗？"

嘴巴上说不翻包，但老和尚说完之后，根本没给孙胖子留反应的时间，他径直走到了我们放背包的地方，一下就将背包带扯开，将里面的东西一股脑儿地倒在了床上。在里面扒拉了半天，找到了黄然准备的军队餐包。

老和尚可能没见过这样包装的食物，他把餐包放在鼻子底下闻了半天，将包装袋撕开，这才闻到了里面香肠的味道。上善老和尚将整块的香肠都塞进了嘴里，一边嚼着，一边含糊不清地对孙胖子说道：“把混菜狗给佛爷耐出来……”

孙胖子愣了一下才反应过来，老和尚这是在说，让我们把荤菜都给他拿出来。当下我和孙胖子一起，将几个背包里的餐包都拿了出来，扔在了老和尚的面前，孙胖子笑嘻嘻地看着老和尚说道：“大和尚，不是我说，您这算是酒肉穿肠过……”

还没等孙胖子说完，上善老和尚的眼睛立刻瞪了起来，他将嘴里的碎肉蛋卷咽下去，冲孙胖子大声吼道：“还有酒？拿出来！”

孙胖子被老和尚这一声吼吓得一哆嗦，缓过来之后，才苦笑着对上善老和尚说道：“就那么一说，谁爬山的时候还带着酒？打个比方明白吗？大和尚，不是我说，您这么吃荤不怕佛祖收拾您？”

老和尚又撕开一个香肠餐包，一边把香肠塞进嘴里大嚼，一边有些不耐烦地对孙胖子说道：“我还管他那个？佛爷我自打主持了这座同佛寺，几十年都没有再沾过一点儿荤腥。别说那么多的废话！再找找，看看还有没有了！就带这么一点儿，你们也好意思进庙里拜菩萨！”说话的同时，老和尚把没吃完的餐包一股脑儿地塞进了自己的袈裟里，然后开始在几个背包里寻找有没有漏网的餐包。

扒拉了半天也没有再找到其他餐包，上善老和尚虽然还有些不甘心，但也无可奈何。他摸着袈裟里不舍得一次吃完的餐包，有些意犹未尽地直咂巴嘴。

孙胖子看着老和尚的样子笑了一下，说道：“大和尚，您先尝个鲜儿，等这次完事，送净远回来的时候，我再给您整点儿实惠的。到时候您把这房间都空出来，我给您置办一屋子的火腿，您就天天蒸馒头就火腿炖雪里蕻吧。”

上善老和尚想象着孙胖子说的场景咧嘴一笑，但马上又摇了摇头，轻轻叹了口气，说道：“哪有那么好的命……”说完之后，也不管我和孙胖子听没听懂，对我们俩说道："你们俩去帮净空忙活一下吧，想吃馒头的话就出去搭把手。"

说完之后，也不再理会我和孙胖子，他转身出了我们房间，回到他自己的房间，又将房门关严实了，也不知道准备在房间里做什么，孙胖子的猜测有点靠谱："这老家伙应该是躲起来吃独食了……"

差不多一个小时，黄然才回到同佛寺里。这时，净空的馒头刚刚出笼，他正忙着盛已经炖好了的雪里蕻。饭菜端上桌之后，净空去请上善老和尚过来一起吃饭，见到被他扶着的上善老和尚时，我们着实都被吓了一大跳。

也就一个来钟头不见，老和尚竟忽然脱了相：他本来就够老的了，现在脸上的皱纹凭空多了一倍不止，满脸都是褶子，脸色变得蜡黄，冷汗一个劲儿地往下流，身子也微微哆嗦起来。看起来跟刚才抽净远嘴巴子的上善大师分明就是不同的两个人，这么点时间，上善老和尚怎么发生了如此大的变化，我们都有点不敢相信自己的眼睛。

孙胖子第一个问道："大和尚，您这是怎么了？刚才还好好的，怎么忽然变成这副样子了？"

上善老和尚瞪了孙胖子一眼，说道："还有脸问我，小胖子，你刚才给我吃的是什么？我就吃了那么两口，从刚才一直拉肚子拉到现在。本来佛爷我早该出来了，但是拉得腿软，要不是净空来找我，我拉死在里面都不会有人知道。"

第四章　守夜

看老和尚的样子不像是装的，孙胖子愣了一下，对已经有些萎靡的上善老和尚说道：“不可能啊，在山上我们都吃了，我们这些人都没事，怎么就大和尚您吃出问题来了——不是我说，您不会都吃了吧。”

老和尚恨恨地瞪了孙胖子一眼，说道：“你看佛爷我像是浪费东西的人吗？施主们布施不易，我们出家人当然要吃干净，要不然的话，怎么对得起施主们的布施？唉，这肚子拉空了就觉得又有点儿饿了，净空，你把筷子递给我，我尝尝雪里蕻的咸淡。”

看到黄然投来询问的目光，孙胖子对他恨声说道：“不是我给的，是他自己抢的，你见过谁闲得没事，给和尚布施香肠的？”孙胖子说话的时候，上善老和尚正从汤盆里夹了一筷子雪里蕻吃得有滋有味儿。

餐包没了，饭还是得吃，孙胖子气哼哼地咬了一口馒头，夹了一筷子雪里蕻放进了嘴里，只嚼了一下，他的样子就变得古怪起来，像是雪里蕻里混进了沙子。孙胖子捂着嘴四处观瞧也没找到垃圾桶，只好一口把嚼了一半的吃食都吐在地上，随后冲老杨说道：“老杨，切腌菜之前你不知道要洗洗的？不是我说，这哪是吃菜，简直就是在吃咸盐嘛。”

杨枭看了一眼默不作声、正在用筷子尖蘸点菜汤下饭的净空，说道：“我倒是想洗洗，不过净空和尚说他们同佛寺的规矩是不洗腌菜，上善大师就喜欢这种风味……”说话的同时，杨枭学着净空的样子，用筷子尖蘸了蘸菜汁，用舌尖舔了一下，顿时杨枭先一闭眼，然后朝地上啐了几口，尴尬地说道，“我也没有想到这菜会腌得这么咸……”

“咸有咸的好处！”上善老和尚咬了一口馒头，说道，“你们以为咸盐便宜吗？腌咸菜不花钱吗？菜咸一点儿才更下饭嘛，而且还不容易坏，你说我为什么不腌咸一点儿？”说着，他端起汤盆喝了一大口菜汤。见孙胖子和杨枭都咸得咧嘴了，我和黄然都没敢下筷子，只能用馒头就馒头凑合了这顿饭。

好不容易把这顿饭吃完，就在杨枭帮着净空收拾桌子的时候，庙门外突然传来一阵野兽的吼声。杨枭听到之后愣了一下，第一时间就扭头看向上善老和尚，像是有什么话要问他。

“荒山野地的，野猫野狗叫两声有什么好奇怪的？”上善老和尚看了一眼大殿外漆黑的夜色，顿了一下，继续说道，“你们这是好日子过惯了，稍微有一点儿风吹草动就疑神疑鬼的，把心放在肚子里面，外面大概是一只野猪，它喊累了就消停了。”

杨枭顺着上善老和尚的目光向外面看去，等老和尚说完，他深吸了一口气，说道：“不管是野猫野狗，还是野猪，都不是凡物，刚才的吼叫声中分明带有浓烈的妖气，要说一两只妖兽出现在附近也不奇怪，奇怪的是我怎么感觉不到它们的存在？就算是现在，我也只能听出吼叫声中有妖气，却一点儿都感觉不到它们在什么地方。”

杨枭说完之后，除了净远之外（他是真听不懂杨枭说的是什么）我们几个都一齐看向上善老和尚，想听听他怎么回答。

上善似笑非笑地看着杨枭，顿了一下，说道：“天底下你感觉不到的事情多了，我是不是还要提前告诉你，这半座昆仑山都被佛爷我下了禁制？只要在佛爷我的庙里，你就感觉不到外面的野猫野狗，外面的野猫野狗也感觉不到你——净空，谁让你把菜撤了的？没看见我手里还有半块馒头吗？”

杨枭说到外面有妖气的时候，我们几个都变得紧张了起来。尤其是我，平时依仗的白头发能力没有了，这趟又没准备什么特殊的装备，现在只有一把左轮手枪，里面的子弹还不全（上次消耗的子弹还没来得及补充）；腰后虽然插着罪罚二剑，但现在我根本无法驱动指挥它们，如果真突发什么情况的话，就只能看杨枭和上善老和尚的表现了。

听了上善老和尚的解释之后，杨枭脸上的表情缓和了许多，他赔着笑脸看着上善老和尚，说道：“既然是大师您的庙，那自然是错不了的，外面静悄悄的，偶尔听两句妖兽叫唤，还真挺解闷儿的。”

上善老和尚都没搭理杨枭，他现在正忙着蘸着菜汤，将手里面的半块馒头吃完。将馒头咽下去之后，才对我们说道：“怎么说这里也是万祖之山，有个把怪物有什么好稀奇的？你们今天晚上只要老老实实待在我这座小庙里，不出去乱跑，就算是龙种之类的妖来了，也不能把你们怎么样。”

老和尚说完，孙胖子掏出来香烟，冲他客气了一句：“大和尚，你们家佛祖让抽烟吗？”

上善老和尚对孙胖子伸出了两根手指头，慢悠悠说道：“你说呢？佛门八戒有哪一戒不让佛爷我抽烟了？”

孙胖子哈哈一笑，抽出一根香烟放到上善老和尚的手指缝里，随后又将打火机掏出来，给上善老和尚点上了香烟，等老和尚吐出来一个烟圈之后，才说道：“大和尚，外面的妖兽越聚越多，万一有一两只瞎眼的误打误撞闯进来怎么办？我们这次也不是冲它们来的，没带什么称手的家伙……”

没等孙胖子说完，上善老和尚就拦住了他的话："你们怕个球，你当佛爷我是吃素的？要真有你说的那种情况，佛爷我就代表佛祖消灭它们。你们只要老老实实在庙里面待着，就算是天塌下来，也有佛爷我替你们顶着！"

上善老和尚说完，孙胖子冲他哈哈一笑，随后说道："大和尚，不是我说，有您这句话就够了。今天晚上我们就住这里了，就算死，我们也要和您死在一块。"

上善老和尚对上已经不说人话的孙胖子，嘴里就蹦出了一个字："呸……"

几乎就在上善和尚呸孙胖子的同时，庙门外又响起一阵野兽的号叫声。有了上善老和尚的话，虽然明知道外面有妖兽游荡，多听了几遍之后，也不觉得有多吓人了。

孙胖子伸了个懒腰，对上善老和尚说道："大和尚，吃饱喝足了，要没什么事的话，我们哥几个就回去睡觉了，不是我说，明天还要赶路呢。"

说完，孙胖子就准备走，我和黄然、杨枭也打算跟着回去休息。就在这时，上善老和尚突然说道："谁说你们可以回去了？佛爷我把你们留在这里费菜费饭的，就是为了让你们呼呼大睡的吗？"

说到这里，老和尚顿了一下，瞅了一眼莫名其妙的我们，说道："佛爷我几十年没出昆仑山了，你们给我讲讲山外面的故事吧！小胖子，你最合我的脾气，你来说……"

谁也没想到上善老和尚会让我们留下来讲故事，反正时间不算太晚，陪他聊一会儿也没有什么。孙胖子笑眯眯地看着老和尚，又将自己的椅子拖到老和尚身边，说道："大和尚，不是我说，您让我从何说起呢？"

没等上善老和尚回答，外面又传来了一阵吼叫声，随后吼叫声又变成了厮打声，应该是几只妖兽在外面打起来了……

第五章　大限

除了上善老和尚，我们几个都扭头朝发出厮打声音的方向看去，虽然有山门挡着，但这两扇山门日晒雨淋多年，现在已经破败不堪，从差不多能容一个人进出的门缝之间，能看到发出厮打声的位置。

不过就算以杨枭的目力，从庙里看去也还是看不出来有什么异常的情况发生。最后我们又重新看着老和尚，杨枭好像有什么话要说，但被上善老和尚随便看了一眼之后，老杨缩了缩脖子，把到了嘴边的话又咽了回去。真不知道这个老和尚当年除了把杨枭扔进无边冥界之外，还对他做什么了，能把这个当年的鬼道教教主吓成这个样子。

孙胖子不知道上善老和尚的底细，无知者无畏，他扭过头来，笑嘻嘻地对老和尚说道："大和尚，不是我说，照这个情形发展下去，用不了多久，就到了您代表佛祖消灭它们的时候了。"

"它们没那个福气！"老和尚看了一眼孙胖子，接过净空递过来的白开水，喝了一口之后说道，"这些日子天暖和了一点，外面的野猫野狗就不安生了，没事儿，它们狗咬狗咬完了就没事了。小胖子，你的烟不错啊，当年佛爷抽烟的那会儿还是不带嘴的，哪儿买的？佛爷就是下山不方便，要不然的话，佛爷我也去买两包了。"

孙胖子明白老和尚的意思，他嘿嘿一笑，把自己剩下的一包半香烟放在了老和尚的面前，又看了我和黄然一眼，我们俩也将自己身上的香烟和雪茄都掏了出来，和孙胖子的香烟放在了一起。

孙胖子这才笑呵呵地说道："说买多见外啊，这几包烟您先对付着抽，还是那句话，等我们把净远给您送回来时，再给您带上百八十条烟，抽不完的您就点上熏火腿。"

老和尚瞧了一眼桌上的香烟和雪茄，笑嘻嘻地说道："这不合适吧……"话虽这么说，手上却丝毫不客气，上善老和尚已经将香烟和雪茄都兜在自己的袈裟里，随后在一包已经打开的烟盒里抽出来一根，叼在了嘴里。

孙胖子掏出打火机给老和尚点上火，随后又将这个打火机也递给了老和尚。看着老和尚吐了一个烟圈儿，孙胖子笑嘻嘻地说道："大和尚，我打听个事，外面的野猫野狗是天天都出来闹呢？还是就今天晚上出来闹？"

老和尚狠嘬了一口香烟，带着点调笑的目光看着孙胖子说道："也不能说天天来，隔三岔五从佛爷我这儿路过一下。像今天这么闹的还是第一次。小胖子，怎么着，外面有你的熟人吗？"

还没等孙胖子回答，突然"嘭"的一声，两扇山门被一只浑身由黑雾包裹着的野兽撞开。撞进来之后，这只野兽先愣了一下，随后低吼一声，朝大殿上的我们扑了过来。野兽刚刚蹿起，杨枭朝它的脑门一甩手，绳镖的镖头从他袖子里面甩了出来，不偏不倚正好钉在野兽的脑门儿上。

被绳镖击中之后，野兽身上的雾气才慢慢地消散，露出来里面浑身漆黑、一身是伤的山豹。确定山豹已经死亡，杨枭回头对我们说道："我去外面看一下，你们守着上善大师，不会出事的。"

还没等杨枭动身，就听上善老和尚说道："老实待着吧，都告诉你们了，外面就是几只闲得难受的野猫野狗，你们好好的干吗跟野猫野狗一般见识？"

老和尚说完低头看了一眼地上的山豹尸体，顿了一下，又对我们说道：“这只野猫是打输了，慌不择路才被它撞进来的，不然就凭它这点儿道行，还能看到佛爷我的这座小庙？再让它修炼个千八百年，都没有那个造化。”

说完，上善老和尚伸手对两扇山门虚晃一下，两扇木门就像被一股大风刮过一样，再次合上。老和尚明摆着不让杨枭出去，既然他发了话，老杨也不敢出庙门。

无奈之下，杨枭再次回到桌子前，拉了把椅子老老实实地坐下。老和尚也不理他，只是缠着孙胖子，让他讲讲山下的新鲜事。孙胖子也不知道从哪里说起，索性就从改革开放、中华大地的巨变说起。

开始老和尚觉得没什么意思，后来孙胖子说到香港回归的时候，加了一点资本主义社会腐败奢侈的猛料，老和尚立马就来了精神，一个劲儿地催孙胖子：“香港那边的电影院可以播放三级片是吗？那个香港召妓合法化是怎么回事？好好说说这段……”

孙胖子讲故事的同时，庙外妖兽厮打的声音也越来越大。孙胖子说着说着，忽然发现老和尚的眼睛慢慢地合了起来，这时不光他，就连我们几个的注意力也都聚集到老和尚身上。

这时的上善老和尚和下午时的他判若两人，虽然看起来精神还不错，脸上却布满了豆大的汗珠，一个劲儿地往下淌，浑身的袈裟也被浸得湿透了。慢慢地，老和尚脸色已经变得死灰，双眼眼窝深陷，和孙胖子说话时，嘴角的口水流下来都没有察觉到。

孙胖子眨巴眨巴眼睛，对上善老和尚说道：“大和尚，您没事吧？要不要休息一下？”

还没等老和尚答话，庙门外突然传来一声妖兽的怒吼，连带着整座寺庙都跟着颤抖起来，接着两扇山门被撞得“咣咣”直响。就在我们回头瞧向山门方向，看是不是又有什么妖兽闯进来时，上善老和尚坐着的椅子突然四分五裂，人仰面栽倒，等我们回过头来时，上善老和尚已经躺在地上人事不知了……

刚才上善老和尚的脸色虽然差了一点儿，但谁也没想到他会突然昏倒。杨枭马上蹿了过去，一把将上善老和尚扶起来，他伸手搭在上善老和尚的寸关节上，给上善老和尚号了号脉，随后脸上露出惊讶的表情，还没等他说话，上善老和尚哼了一声，慢慢睁开了眼睛。

四目相对，没等杨枭说话，上善老和尚先说道："你想占我便宜占到什么时候？"

"不用演戏了，我什么都知道了。"杨枭长出了一口气，把上善老和尚搀到他的椅子上，坐好之后，他才继续说道，"刚才吃饭的时候我就感觉出了问题，你这样的人怎么可能吃坏了肚子，不过还是没想到你竟然散了功法……"

杨枭这句话说完，大殿里面鸦雀无声。以上善老和尚这样的人，不是大限将至，谁能让他散了自己的功法？

上善老和尚冲我们嘿嘿一笑，无所谓地说道："散了就散了，有什么大不了的？这么多年来，一直都是佛爷我欺负别人，后来终于被那臭不要脸的吴勉欺负了，把我赶到这座破庙里。在这里我待得也烦了，出又出不去，正好你们几个来了，就把这座同佛寺交给你们，佛爷我索性再转一世，看看下辈子佛爷我会是什么样子。"

孙胖子拉过椅子，坐在上善老和尚面前，说道："大和尚，说实话吧，您什么时候知道大限日子的？"

"就说小胖子你最合佛爷我的脾气了！"上善老和尚哈哈一笑，对孙胖子说道，"你们进庙门的那一刻，我就知道这是到圆寂的时候了……"

第六章　妖兽

上善老和尚伸手轻轻拍了拍孙胖子的脸颊，说道：“要是你这个小胖子能早几年过来，兴许佛爷我还能多撑几年，不过也够本儿了，嘚瑟了这么多年，也该消停消停了……”

上善老和尚说话的时候，杨枭就在旁边看着他，等他这几句话说完，老杨才说道：“外面的妖兽是被您散出来的功法吸引过来的吧？看来这座庙宇也坚持不了多长时间了。”

上善老和尚苦笑了一声，说道：“就这件事佛爷我有点儿托大了……”缓了一口气之后，上善老和尚继续说道，“外面的野猫野狗是被佛爷我散掉的功法吸引过来不假，本来佛爷我算计着，我最后这口气不散出来，只要能挨到天亮，外面聚集的野猫野狗就会自己散了。不过现在看起来，我最后这口气是挨不到天亮了，再过几个小时，佛爷我就要去见佛祖了，只要佛爷我圆寂了，寺庙外摆设的阵法就会失去效力。那时候，除了你姓杨的能逃脱以外，剩下的人都要与佛爷我一起去见佛祖了……”

上善老和尚的话还没有说完，庙门外面又接连传来几声妖兽的嗥叫，震得整座同佛寺都摇摇晃晃的，外面的叫声停住之后，这座小庙才算勉强安定下来。看来外面的妖兽就算比起尹白来，也差不了多少。妖兽的叫声过后，我们几个的脸色都变得难看起来。这时候，又听见上善老和尚说道："外面来了几只大个儿的，现在暂时没事，它们那点本事还看不到我这座小庙，不过，佛爷我最多还能保你们三个小时，三个小时之后就看你们的运气了。"

上善老和尚说完，孙胖子马上扭头对杨枭说道："老杨，你受累出去看看外面是什么情况。不是我说，能动手就动手，没有胜算的话就马上回来，听大和尚的意思，只要你能回来，外面的妖兽就看不到你了。"

杨枭点了点头，二话不说，一闪身便从两扇山门中间的缝隙中穿了出去。就见杨枭的脚踩在雪地里的一瞬间，他的身体竟然凭空消失了，杨枭的身体消失的同时，寺庙外面顿时响起一阵爆炸声，这爆炸声很耳熟，和杨枭的大铜钉子爆炸时发出来的声响一模一样。

听到了爆炸声之后，我已经到了门口，大门外的景象还是安安静静的老样子。外面的妖兽看不到这里，我们也看不到外面到底出了什么事情。外面时不时就响起一阵爆炸声，照这个速度下去，杨枭手上的大铜钉子也支撑不了多长时间。

现在这种情况，什么都看不到，也什么都感觉不到，气氛压抑得快要让我窒息，我生出一种想要冲出去看看外面到底什么情况的冲动。就在我双手摸到山门，准备推开的时候，被孙胖子一句话就拦了回来："辣子，要我给你镜子，看看你现在头发的颜色吗？"

"小家伙，佛爷我怎么把你忘了……"上善老和尚看着我，突然笑了一下，招手把我叫到了他的身边。看了我一眼之后，上善老和尚慢悠悠地站了起来，将手搭在我的头顶上，有些吃力地说道，"看看佛爷剩下的这口气，能不能把你的头发变回来。"

他的话刚刚说完，一股热量就从他的手心传导到我的头顶，这股热量转瞬之间就变得炙热无比。我下意识地想要挣脱上善老和尚的这只手，但我的脑袋就像被他的手掌吸住了一样，任我怎么挣扎，都没有办法从上善老和尚的手心里挣脱出来。

没过多久，这股热量竟然和我身体里面种子的力量呼应起来，种子在我身体里也变得炙热了起来，两股热量来回激荡着，阵阵热气顺着我的汗毛孔冒了出来，也就是一两分钟的样子，我的忍耐力到达了极限……

“啊”的一声大喊，我的脑袋一晃，身子朝后退去，这一下，终于从上善老和尚的手心里挣脱了出来。还没等我站稳，就发现孙胖子和黄然正用一种不可思议的表情看着我……

佛祖像前有一面打碎后又重新拼起来的镜子，我朝镜子里看了一眼，就见里面一个白头发的自己正看着我。我试着用意念操控腰后的两把短剑，“嗖”的一声，罪罚两把短剑同时出鞘，在空中甩出几个剑花之后，再次插回我腰后的剑鞘中。

白头发的能力又回来了！就在这时，庙门外又传出来一声铜钉爆炸的声音，这声爆炸声过后，孙胖子的脸色突然变得难看起来，他在自己的衣服兜里掏了半天，掏出十来颗左轮手枪子弹，接着他又把自己的左轮手枪也掏了出来，将手枪和子弹一股脑儿地都塞到了我的手上。

当我上子弹的时候，孙胖子说道：“辣子，就这点存货了，你省着点用，要是不行的话，就回来躲一躲，起码还有个把小时的活命时间。”

说到这里，孙胖子顿了一下，再说话的时候，脸上少有地多了一点尴尬的表情，他郑重地对我说道：“辣子，你得先想办法把老杨换回来，刚才这哥们儿最后一根大钉子已经炸了，现在就……”

他的话还没说完，山门附近又传来一阵巨响。随后，一个灰色的人影摔进了庙门内，这人正是刚才出去看情况的杨枭。他现在浑身血污，摔进来之后又马上爬了起来，看他的样子是打算再冲出去，和妖兽死磕。

不过，当杨枭眼角的余光扫到我头发又变白了之后，马上停住了脚步，他愣了一下，随后马上反应过来，朝我说道：“你扫清外围，里面那两只大妖我来收拾……”

话还没有说完，他人已经再次冲出了山门。我拿着两把左轮手枪，跟在他身后也冲了出去，最后听见孙胖子在我身后喊道：“辣子！情形不对就回来！脸和命比，还是命比较重要……”

当我出了山门，眼前的景象瞬间变了模样，在庙里看还是一片安静的夜景，已经变成了满目疮痍。我脚下的地面遍布妖兽的残肢，根据这些残肢断口的特征，有杨枭绳镖、铜钉造成的，更多的还是妖兽自相残杀、相互撕咬的成果。

如今庙门外还有上百只大小、种类各异的妖兽，其中大部分都围拢在杨枭的四周。

杨枭现在的位置，就在那一片挖好了大坑附近，现在这些大坑里面，满满的都是各种妖兽的尸体。这时杨枭正舞动着他的绳镖，镖头射穿了一只巨大黑熊的脑袋，他的手腕一抖，直接将黑熊的天灵盖掀开，里面的红白之物洒了一地，没了半个脑袋的黑熊顿时栽倒在地，还没来得及容杨枭缓一口气，一只半人半熊的怪物，又从他背后扑了过来。

与此同时，杨枭身前也有几只妖兽向他扑过去，他实在是分身乏术，用绳镖打死了其中一只妖兽之后，对我大喊了一声：“沈辣，后面那只交给你了！”

就在杨枭喊话的同时，我已经扣动手枪的扳机，“啪”的一声，他身后的妖兽应声栽倒。这一枪也暴露了我的位置，一大半原本待在杨枭身边的妖兽，都开始朝我扑了过来。

第七章　剑芒

开枪的同时，我已经将两把短剑甩了出去，两道电光同时穿过最前面一只羊妖的胸口。这只妖兽惨叫了一声，仰面栽倒在地，抽搐了一阵之后，终于不再动弹，眼见是死透了。

就在这只妖兽倒地的同时，它身后几道黑影以不可思议的速度向我这边扑来，这时两把短剑刚刚才从羊妖的胸口穿透过来。我一边催动两把短剑调转回来，朝其中两道黑影射去，一边双手举枪对距离我最近的黑影扣动了扳机。

“啪啪”两枪，子弹不偏不倚打在两道黑影的头部，这两道黑影应声倒地，在地上翻滚了几圈之后便不再动弹。这时候，也来不及细看两只妖兽的相貌了，我接连几枪将扑过来的怪兽又干掉了几只，两把短剑也抽空放倒了好几只妖兽。

虽然不停地有妖兽被我干掉，可依然挡不住后面的妖兽不要命地向我扑过来，谁他妈的告诉我妖兽是智力发达的动物来着？死在我手上的差不多十几只了，但后面的几十只妖兽没有一只被吓住，还是像潮水一样地冲我扑过来。

片刻之后，两把手枪的子弹全部打光。现在的情形根本没有时间装子弹，按照以前的习惯我肯定把手枪当武器砸向敌人，奈何现在手枪实在太珍贵，舍不得糟蹋了，我只能一边将手枪收好，一边将两把短剑收回来救命。

两把短剑收回来的途中，又解决掉几只妖兽，但对比从正面冲上来的百十来只妖兽来说，无疑是杯水车薪。好在两把短剑在妖兽扑到我身边之前回到了我的手中，当下我将罪剑朝妖兽最密集的区域甩了出去，手里握着罚剑护身。

几声哀号过后，又有几只妖兽的脑袋被罪剑射穿，但更多的妖兽已经到了我近前。一只巨大的灰狼从距离我四五米的位置蹿了起来，朝我扑了过来，眼看它的鼻尖已经快触碰到我的额头时，我手里的罚剑也向它的脑袋迎了上去。

我完全没有使力，单靠灰狼扑过来的力量，直接将它的脑袋剖成了两半，剑锋继续往下，又将灰狼的肚子豁开，里面的内脏流了一地。灰狼的尸首刚刚落地，它身后又扑过来几道黑影，其中一道黑影在半空中就被罪剑射穿了脑袋，随后力道不减，一个串一个，最后将这几只妖兽串成了糖葫芦。而这时，大部队的妖兽已经冲到了我身边。

下意识中我第一个念头就是先回同佛寺里避避风头，就在我拔腿准备逃跑的时候，耳边突然响起一个苍老而又无奈的声音："小家伙，佛爷我的这口气真是白瞎了，早知道这样，还不如便宜了杨枭那个小王八蛋。你身体里面的种子是摆设吗？佛爷我刚刚才让它活跃起来，你倒是别客气，用啊——把种子的力量灌进你的家伙里，去削它们！"

听了上善老和尚的话，我紧紧握住了罚剑，将身体里面种子的力量传导到剑柄当中，注入了种子的力量之后，罚剑的剑身发出一种异样的光芒。冲在最前面的几只妖兽见到这种光芒之后，身体不由自主地停了下来，眼里终于露出恐惧之色，马上转身想往回跑，但后面的大部队已经冲过来，它们刚刚转身，就被后面的大批妖兽顶着继续朝我冲过来。

混乱之下，这几只妖兽站立不稳摔倒在地，把后面的几十只妖兽一起带倒。就在这时，我手中罚剑的剑身突然延伸出足足有两米多长的剑芒，甚至比前几天广仁对付僵尸时施展出来的剑芒，还长了一倍有余。

剑芒出现之后突突乱颤，别说是冲上来的妖兽，我自己看着心里都有点发颤。摔倒在地的众妖兽见了，更是身子都僵了起来，随后竟然一哄而散向四外跑去。不过它们只跑了几步就呆在了当场，所有妖兽的目光都聚焦在同一个位置。顺着它们的目光看过去，就见一百多米开外，站着一个漆黑的“人影”，说是人影，是针对它下半身说的，虽然它用术法掩饰住了自己的面容，但看这人影背后两只巨大的翅膀，就知道它已经不是一般的妖兽，凭我的感觉，它已经有接近尹白的实力了。

就在众妖兽的注意力不在我身上时，半空中的罚剑“嗖”的一声，已经回到了我的手中，将种子的力量注入进去之后，罪剑的剑身也出现了和罚剑一模一样的剑芒。

正当我准备找几只妖兽小试牛刀时，远处的人影突然低吼一声，随着它这一嗓子喊出来，刚才还准备四散逃命的众妖兽就像被打了鸡血一样，再次转回身来。百八十只妖兽一起朝我放声吼叫了起来，随后就像发了疯一样向我冲了过来。

眼见冲在最前面的几只妖兽已经到了距离我几米远的位置，当下我挥舞着两把带着两米多长剑芒的短剑朝它们劈了过去。这时让我更想不到的一幕出现了，短剑挥出去之后，上面的剑芒竟然瞬间又长了一米多，剑芒所到之处只见一片血光，四五只妖兽顿时被剑芒齐胸斩断。

剑芒斩断妖兽身体时，好像连同它们的生气一起吸走，倒地的妖兽连哀号的声音都没有，就命归西天了。

这时，后面的大部队妖兽也已经到了我身前，我将两把短剑挥舞开之后，一时之间血光冲天，由于冲上来的妖兽太过密集，没有几下，已有一大半妖兽被斩断了身体，断成两截死在了血泊之中。本来我也不会什么剑术，就是凭着三米多长的剑芒，一味地大杀大砍，虽然有了剑芒，但短剑的重量没有丝毫增加，挥舞起来轻飘飘的，不费一点力气，就算有从半空中扑过来的妖兽，对付它们也只是挥舞几下手臂而已。

斩杀妖兽的过程中，我发现杀死妖兽并非需要将妖兽拦腰砍断或者击中妖兽要害，只要被剑芒击中，哪怕只砍断妖兽的肢体，无论是一条腿，还是一只胳膊，又或者只在它们身上划出一道深点的伤口，妖兽就立刻直挺挺地倒在地上，体内的生气瞬间消失得干干净净。

片刻之后，还能站在地上的妖兽已经没有几只了。这时候，无论后面那个长着翅膀的人影怎么号叫，这几只妖兽都哆哆嗦嗦地站在原地，再不敢轻易朝我冲过来。

这时候，杨枭也已经将他周围的妖兽彻底解决掉。他慢悠悠地朝我这边走过来，边走边说道："听说当年的广仁也有这一招，想不到这么短的时间，你不仅学会了，而且成长到这样的高度了。"

我没理会杨枭的吹捧，直接对他说道："后面那个长翅膀的是什么东西？"

杨枭看了一眼长着翅膀的人影，顿了一下，对我说道："是借了人身的蝙蝠，算是这些妖兽的头儿。这只蝙蝠有点道行，你把这几个解决之后，我们一起联手对付它。"

杨枭的话刚刚说完，那个长着翅膀的人影突然一声尖叫，随后它的身体在原地消失，就在我刚刚做出防御动作时，面前的几只妖兽的身体突然爆开，一阵血雾飘散在它们刚刚站立的地方……

第八章　圆寂

一个人影出现在血雾之中，随着血雾慢慢消散，这个人影的身形也慢慢清晰起来，只见它背后长着两只巨大的翅膀，正是刚才还在百多米开外的那只蝙蝠。

“小心一点，它的速度太快，刚才我差点儿就着了它的道。”说话的同时，杨枭提着绳镖，已经慢悠悠地走了过来，他继续说道，“别让它飞起来，趁它在地面上的时候干掉……”杨枭的话还没有说完，人已经从原地消失。与此同时，就在蝙蝠的面前，一支绳镖的镖头在空气中凭空出现并向蝙蝠的胸口射了过去，眼看这镖头就要扎到它的时候，蝙蝠突然化成了一团黑雾，镖头从黑雾当中扎了进去。

绳镖的镖头扎进了黑雾之后，没有任何阻力，从另外一头钻了出去，杨枭见一击不中，马上将绳镖收了回来。这时，黑雾再次凝结，变成了刚才那只人身蝙蝠的模样，就在这个时候，我挥舞着带着剑芒的短剑朝蝙蝠冲了过去。

蝙蝠犹豫了一下，不敢再像刚才那样化身为烟雾，它身体一个急退躲开了这一剑。我看能占到便宜，继续挥舞着两把短剑朝蝙蝠劈了过去，眼看剑芒就要扫到蝙蝠翅膀时，蝙蝠的身子微微后仰，竟然瞬间平移到之前它站着号叫的地方。

这是什么速度！刚才杨枭的凭空消失是运用了五行遁法，倒也能说得过去，但这蝙蝠完全是靠速度，罪罚双剑虽然衍生出了剑芒，但也达不到它退后的距离。

“小心一点。”杨枭走到了我身边，看了一眼我手中双剑的剑芒，犹豫了一下，又退了几步，退到了距离我三米左右的位置。他也不避讳蝙蝠，对我继续说道，“我们两个方向一起上，给你个便宜，我把它缠住，你结果它的性命。”

说完，杨枭的身子微弓，慢慢地朝蝙蝠走过去。杨枭走得很慢，他经过的地方空气都慢慢凝结了起来，开始变成了团团白雾，随后白雾再次凝结，变成了霜雾一样的厚重雾气。等杨枭走到距离蝙蝠三五米远的地方之后，杨枭身边的霜雾突然散开，随后朝四面蔓延开去。

转眼间，蝙蝠就被杨枭制造出来的霜雾包裹住，这时蝙蝠身上已经结上了一层厚厚的白霜，就像是被冻住了一样。杨枭见到之后，右手抓着的绳镖朝蝙蝠甩了出去，眼见这一镖就要扎到它咽喉的时候，蝙蝠身上的白霜突然碎裂，它从冰霜中冲了出来，身体瞬间化成了烟雾，任由镖头再次穿过它的身体，同时这股烟雾以不可思议的速度迎面朝杨枭扑了过去。

杨枭见势不好，身体快速地向后退去，但他的速度比起蝙蝠来，差得实在是太多。他刚刚退了几步，烟雾已经到了杨枭的身前，瞬间凝结成了人形，伸出钢钩一样的爪子向杨枭的胸膛抓去。

杨枭避无可避之时，我已经到了蝙蝠的身边，右手举着罪剑，剑芒向蝙蝠身上劈了过去。眼见剑芒就要劈在蝙蝠身上时，蝙蝠再次化成了一股烟雾，往身后快速地退去，这一剑差了寸许，还是让蝙蝠化身的雾气躲了过去。

眼看着这团烟雾向后退却，它的身体开始重新凝结起来。就在这时，蝙蝠身后突然响起来一阵破风之声，罚剑从它身后飞了过来。现在的罚剑虽然没有了剑芒，但也不是蝙蝠能消受得起的，它的身子又向前躲避，就在这时，我再次挥舞着罪剑迎了上去，朝蝙蝠的胸前砍了下去。

蝙蝠再想往左右躲避时已经来不及了，当下只有再次化成烟雾躲避，就在蝙蝠化成烟雾的一瞬间，我手中的罪剑剑芒在它的胸前扫了一下，蝙蝠被剑芒扫到后，身体当即顿了一下，除此以外并未表现出别的异常。

看蝙蝠的样子，似乎不像是受到了什么伤害，正当我准备再给它来一下子时，蝙蝠以烟雾的形态仰面栽倒；随后，这股烟雾再度凝结成了人形，等它的身体完全凝结成了人形之后，已经气绝身亡了。确定蝙蝠已经死了，我在原地转了一圈，再找不到还有活着的妖兽。

对付这蝙蝠比想象中要简单的多，本来还以为要经过一番血战的，想不到几分钟就搞定了。我和杨枭准备围着小庙再巡视一圈，看看还有没有别的妖兽隐藏着。

我们刚走了几步，就听庙里传出孙胖子喊叫的声音："辣子，老杨！你们快点儿过来看看！大和尚不行了……"

听到孙胖子的喊声，我和杨枭急忙朝身后的空地跑去，跑过去摸索了半天，凭空拉出一扇木门之后，见到了神情黯然的众人。

这时，上善老和尚已经坐不起来了，他的身下放了几把椅子，上善老和尚躺在椅子上，孙胖子蹲在他的身边。上善老和尚的嘴巴微微抖动，好像还有什么事情要交代孙胖子。

上善老和尚已经到了油尽灯枯的程度了，他说话的声音实在太小，我竖起耳朵，也听不到他说的是什么。大殿里面的气氛有些压抑，我受不了这样的气氛，正打算出去透透气的时候，不知道是不是回光返照，上善老和尚再次说的话，我已经能听得清楚。

这时，就见上善老和尚伸出手来，轻轻地拍打了几下孙胖子的面颊，随后对他说道："小胖子，佛爷我这就要走了，走之前你帮我个忙，完成佛爷我一个未了的心愿。"

这时的孙胖子就像是换了一个人，他脸上满是凄凉的表情，对上善老和尚说道：“大和尚，不是我说，还有什么未了的心愿您只管说，能办到的我一定办到；假如我办不到的话，我也想办法，找高人给您办了。”

上善老和尚有些吃力地点了点头，冲孙胖子说道：“不瞒你们说，佛爷我一生下来就是和尚，就没干过别的。早几年听说过一本书，一直没有机会去看，你要是方便的话，就去买一本，在我坟头上烧给我——书名就叫《金瓶梅》。”

听到上善老和尚的遗嘱，孙胖子愣了一下，随后他点了点头，对上善老和尚一本正经地说道：“我给您找一本带插图的。”

上善老和尚嘿嘿地笑了一下，又伸手拍了拍孙胖子的脸颊，说道：“我就知道小胖子你最够意思。好了，几位，咱们下辈子见了……”说完之后，上善老和尚慢慢地闭上了双眼，身体一动不动。黄然过去号了号上善老和尚的脉搏，随后看了净远和净空一眼，说道：“两位师父节哀吧，上善大师走了……”

黄然这句话说完，净空“哇”的一声大哭起来，净远也跟着挤出来了几滴眼泪。孙胖子对他俩说道：“先把大和尚的尸首停一晚，明天找个地方挖个坑，先将大和尚暂时掩埋，等我回去找明白人问问，看看需不需要将他火化了。大和尚是有道高僧，也许能炼化出舍利子来……”

说完，孙胖子对净远说道：“松岛，有个朋友托我来找你，他有个小忙，希望你能帮一下。不是我说，向北这个人，你认识吗？”

第九章　传说的开始

黄然用日语重复了一遍孙胖子的话，现在法名净远的松岛介一郎点了点头，对孙胖子说了一通日语。黄然替他翻译道：“他和向北是朋友，他能当上福岛神社的大神官，向北也是出了力的。”

他和向北的关系孙胖子并没有深问，安慰了几句已经哭成泪人的净空之后，我们将上善老和尚的遗体抬到了他的房间，简单收拾了一下。孙胖子他们想看看庙门外的情况，我和杨枭便带着他们一起走出了同佛寺。

看到满地的妖兽尸骨，不知道是被清晨的凉风吹着，还是被吓到了，孙胖子打了一个寒战，向我和杨枭问道：“不是我说，刚才有多少妖兽被你们干掉了？要不是亲眼看见，我还以为这里刚刚拍完《指环王》的大结局呢，看这一地的妖兽尸体，怎么都死成一半一半的？”

我给孙胖子讲述了一遍刚才与妖兽大战的情景，孙胖子的眼神立刻就直了，他缠着我一定要看看双剑是怎么发出剑芒的。我被他缠得没有办法，只好把罪剑拔出来，将种子的力量注入进去，顿时罪剑再次爆发出两米多长的剑芒。

杨枭用脚尖挑起半具妖兽的尸体，朝我这边飞过来。我的手腕一甩，剑芒扫过之处，这半具妖兽的尸首化成了两半。

孙胖子比我自己第一次释放出剑芒的时候还要兴奋，他高兴得又蹦又跳，对我喊道：“这一下看谁还敢惹我们！不是我说，辣子，咱们以后再也不用被别人撵得像兔子一样了，谁不服我，你就替我去削谁！哈哈哈……”说完，孙胖子接着放声狂笑，就好像是他自己练出来了剑芒一样。

看他这个样子，我脸上都有些发烧。无奈之下，我只能转移话题，向杨枭问道：“老杨，这一地的怪物尸首怎么办？是埋了还是烧了？”

“烧了吧。”杨枭看着满地的妖兽尸骨，对我说道，“埋了的话以后说不定还会惹出事情来，这样的事情我见得多了。”

听说要将这些妖兽尸体烧掉，跟我们一起出来的净空说道：“要把它们烧掉的话，庙里还有一小桶汽油，应该能用得上。”

孙胖子听了，有些意外地看了一眼净空，对他说道：“还有汽油，你们要汽油干吗？”

净空说道：“这是大师慈悲得来的，在昆仑山中意外死亡的无主孤尸，大师都会让我们搬回来，以前都是我亲手埋葬的他们，净远师弟来了之后，大师就把这差事安排给他了。算起来应该是过年前，我们又发现了一具意外身亡的无主孤尸，在他的背包里发现了一小桶汽油，应该是为生火取暖准备的。”

“可惜了，这么有意思的大和尚，认识得晚了。”说到这里，孙胖子叹了口气，向净空继续问道，“多嘴问一句，那个哥们儿是怎么死的？”

净空双手合十，宣了一声佛号，对孙胖子说道：“冻死的，那位施主身上没有打火机……”

处理好妖兽的尸骸，天色已经大亮，回到庙里给上善老和尚磕了几个头，告别了留在同佛寺看守上善老和尚遗体的净空，我们带上松岛介一郎，踏上了下山的路。

走过一线天的峭壁后，正看到顿珠和桑吉从远处走过来，虽然在同佛寺只待了一晚，但对我们几个人来说，恍如隔世一般。见到了这两位藏族兄弟，显得格外亲近，孙胖子第一句话就是："你们谁带着肉了？"

下山的路上，黄然用藏语和顿珠、桑吉说了一通。开始这两位藏族哥们儿还一个劲儿地摇头，大声回了几句藏语，看起来像是将黄然的话顶了回去。老黄又说了一句藏语，顿珠和桑吉就像没听到一样，低着头一个劲儿地往前走，最后黄然又大声说了一句藏语，顿珠和桑吉同时停下了脚步，两人互相看了一眼，见对方都露出满意的神色，这时顿珠才向黄然点了点头。看这三人的表现，像是为什么事情谈价钱，到最后应该是已经达成了协议。

继续往山下走时，孙胖子凑到黄然的身边，看了一眼走在前面的顿珠和桑吉，他笑眯眯地对黄然说道："老黄，不是我说，你这算是把同佛寺承包下来了？净空的下半辈子有着落了吧。"

黄然微微一笑，说道："也不算什么，就是每个月给他送些食物和日常用品，这也要看净空和尚有没有继续留在同佛寺的意愿。如果他没有这个想法，我就安排他下山，换个寺庙或者还俗也好，哪怕是他想回去日本，我都会尽力满足他的愿望。"

听了黄然的话，孙胖子想了一下，随后说道："老黄，不是我说，闲着也是闲着，我跟你打个赌，我赌净空和尚会选择继续留在同佛寺里，替大和尚看着这座小庙。怎么样，赌不赌？"

黄然停住了脚步，看着孙胖子的样子笑了一下，说道："不赌，和你赌钱还不如把钱扔进大海里面……"

下山之后，汽车已经在山脚下等着我们了。见到我们下山，司机一脸惊讶的表情，对我们几个说道："还以为你们在山上下不来了，那两个藏民告诉我你们要在山上住一晚的时候我都不信。昨天晚上我住得老远都听到山上鬼哭狼嚎的，本来想着今天中午你们还不下来的话，我就去报警的。怎么样？昨天晚上山上到底出什么事情了？”

司机是黄然找来的，司机这话也是对他老板黄然说的，但没等黄然说话，孙胖子已经抢先过来，冲司机龇牙一笑，说道：“别提了，真被你说中了，这山上还真的有鬼怪，昨天晚上是山里的老妖拉女婿，正好被我们几个撞上。”

说到这里，孙胖子顿了一下，他指了指我，对司机说道：“看见那个白头发小哥了吗？昨天他的头发还是黑的吧（白变黑的时候，我戴着帽子，没有被司机看到）？你再看看他现在的头发，昨天本来抓了他当老妖的女婿，幸亏来了两个同佛寺的大和尚，三下两下就把老妖给收拾了。要不是那两位大和尚，现在你真要去报警了。”

司机听得两眼发直，等到我们上车之后。他才反应过来给亲戚朋友挨个儿打电话：“某某，知道山上的同佛寺吗？里面有活佛，废话，这怎么可能有假的？”每次说到这里时，司机都压低了声音，对电话里的人说道，“我亲眼看见的，过几天准备一下，我们进庙里拜菩萨……”

到了县城，我们又回到昨天住的酒店。到酒店之后我们和顿珠、桑吉分开，他们收了黄然的一张支票，然后直接去了银行。下午我和孙胖子出来遛弯儿时，刚巧碰见顿珠和桑吉采购粮食，看来黄然给的那张支票的数目也不小。

第十章　向北

松岛介一郎的身份有点儿麻烦，他是一个日本人，却没有入境记录，没有身份证明，他想坐飞机、高铁之类的交通工具回首都几乎是不可能的事情。不过还是孙胖子有办法，也不知道他怎么办到的，几个小时后，就给净远大师弄了一张证明身份的度牒。

第二天傍晚，我们几个登上了飞往首都的飞机。在飞机上，孙胖子拉了黄然当翻译，向松岛介一郎仔细问起向北的事情。和孙胖子之前查到的情况差不多，他们之间还真有五亿美元的资金往来。孙胖子最终也没问出来什么新东西，消磨了几个小时后，飞机到达了首都机场。

下了飞机，孙胖子按照向北留下的名片，一个电话打了过去。电话接通之后，孙胖子笑嘻嘻地对电话说道："向老板，佛祖保佑，你那位日本朋友我已经找到了。上次你说要去苏黎世办理转账是吧？我问问行程，咱们什么时候走？嗯，你准备一天，咱们后天出发是吧？不过有件事情和你说一下，你这位日本朋友已经看破红尘出家为僧了，人绝对没搞错，就是把头剃了换了个造型。什么？你现在就在首都，想要见见他？"

不知为什么，听向北说要见松岛介一郎时，孙胖子莫名其妙地愣了一下，随后他笑了一声，继续说道：“见见老朋友绝对没有问题，不过是你来我们公司呢？还是我们带松岛去见你？我们无所谓，怎么着都成。好，你说一下地址，不是我说，你这地方可不近……”

该说的都说完后，孙胖子跟向北客气了几句便挂了电话，然后对我们几个说道：“向北的宅子在西郊，现在过去要两个小时，事情办完了咱们就各回各家……”

孙胖子还没有说完，杨枭就插嘴说道：“之前说好的，把人接回首都之后就没我什么事了。反正也就见见人，你们把他送去好了，我就不跟去添乱了。”

孙胖子冲杨枭笑了一下，说道：“那就随你吧，下次再合作时记得给打个七折。”说完，杨枭也不叫车，他转身就朝黑暗处走去，随后便消失在黑暗中。

杨枭走了没有多久，黄然安排的商务车也到了，黄然重新和司机说了一遍地址，商务车启动朝西郊方向驶去。这一路上，孙胖子可能是困了，他斜靠着椅背玩了一会儿手机，便闭上眼睛睡了过去。

到了目的地，没用我叫他，孙胖子自己醒了过来，这时间拿捏得分毫不差，就像事先计算好了一样。车停下来之后，才发现我们的商务车停在了一座中式高级会所门前，向北的司机早就到门口等着了，等车停稳，他赶紧上前将靠近孙胖子一侧的车门拉开，伺候着孙胖子从车里出来。

本以为向北也会在门口等候，没想到他只派了自己的司机来迎接。就算这样，孙胖子脸上的笑容丝毫没减，他笑嘻嘻地跟在向北司机身后，带着我们几个和松岛介一郎一起，朝会所里走去。

进到会所里面，才发现这间会所虽然装修得金碧辉煌，却没什么人气，这一路走来，别说是客人，就连会所的服务人员都没有看到。在向北司机的引导下，我们来到会所中心处的一个露天花园。花园里有一间小凉亭，凉亭里坐着一个年轻人，他手里拿着本书，正一页一页慢慢翻看着，这人正是不久之前我们见过的向北。

见到我们过来，向北站了起来，走出了凉亭，对我们说道：“这一趟辛苦大家了，厨房正在准备晚宴，请诸位一定赏光……”向北说话的同时，目光突然转到松岛的脸上。向老板脸上露出兴奋的神情，他快走几步来到松岛身边，嘴里大声喊出一句日语，然后和松岛紧紧拥抱在一起。

两个人都显得特别兴奋，用日语又说又叫的，孙胖子在旁边看得直翻白眼儿。好容易见他们分开，孙胖子才咳嗽了一声，说道：“晚宴不晚宴的，一会儿再说。向老板，这位就是松岛介一郎没错吧？如果没错的话，咱们就敲定一下去苏黎世的事情吧。”

向北听后微微地点了点头，笑着说道：“晚宴马上就开始了，咱们还是先吃饭吧，吃完之后再商量去苏黎世的事情。”向北一边说着，一边把我们带向会所的餐厅。

就在向北的司机打开餐厅大门时，一股淡淡的血腥气从里面飘了出来。

“算了，有什么话就在这里说吧。”我一把将孙胖子和黄然拉了回来，顿了一下，对向北说道，“向老板，你已经杀了那么多的人，也不差我们三个了吧？”

我说这话的时候，向北的司机狞笑了一声，随后他朝餐厅做了一个怪异的手势。这个手势做完，餐厅里刺鼻的血腥气一下子都涌了出来，熏得我们三个同时向后退了好几步。

“我就说嘛，哪有这么便宜的事？找个人就给两亿五千万美元。”孙胖子叹了口气，下一秒脸上的表情又变了，就见孙胖子马上露出他标志性的笑容，对向北说道，“向老板，不是我说，这个松岛介一郎也是你的棋子吧？用完了之后打算怎么处理呢？是直接杀了呢？还是慢慢地一点儿一点儿折磨他到死呢？”

孙胖子说话的时候，向北还是一脸笑呵呵的样子，等孙胖子说完，他才说道："本来想快一点儿解决你们，现在看起来，要稍微的费点事了。"

"是啊，要收拾掉你俩，确实得多少费点儿事。"这时从远处走过来两个身材差不多的人影，虽然距离不近，但我也看清了这两人影的相貌——正是杨枭和杨军。

见到了二杨之后，向北脸上也露出惊讶的表情，他对孙胖子说道："这也是你安排的吧？你是怎么知道我这边有问题的？"

孙胖子冲向北笑了一下，说道："刚给你打电话的时候猜出来的。这么要紧的关头，你不应该还在中国，这时你要么在日本，要么直接去了苏黎世的银行，到处求爷爷告奶奶找人帮忙弄钱才对。"

听了孙胖子的话，向北笑了一下，随后说道："这次是我大意了，不过没有下一次了。"

二杨出现后，场面又有了变化。我们几个将向北和他的司机围了起来，孙胖子似笑非笑地看着向北，说道："向老板，给你一个机会，你把松岛介一郎交回来，钱我们不要了，但这个人我一定要带走。"想不到孙胖子会这么说，现在的情形，明明是我们占优势，为什么还要对这个向北这么客气，完全不像孙胖子以前的风格。

向北抿嘴一笑，不再理会我们。趁我们慢慢逼近，向北带着松岛介一郎走回到凉亭，这时他回头对自己的司机说道："这次我不拦你，给你五分钟时间，干掉他们之后，我们就走……"

第十一章 颠倒的世界

“五分钟？”杨军笑了一下，上下打量了一下向北的司机，说道，“不用五分钟，三分钟就够了，不过看起来你把命丢掉的可能性更大一点儿。”

还没等司机回答，凉亭里面的向北突然对他说道：“还有四分四十五秒，要不然你休息一下，我来动手？”这句话说得轻飘飘的，不带一丝火气，但他的司机忍不住打了个寒战，立刻转过身来，一步一步地朝二杨走去。

一开始二杨都没有把这个司机放在眼里，两个人笑吟吟地等司机走过来，但司机走了三四步之后，二杨的脸色就慢慢凝重起来。虽然在我的眼里这司机没有任何不同寻常的地方，不过见二杨的脸色越来越难看，看来向北的这个司机也绝不像看起来那么简单。

眼看着司机又往前迈了一步，二杨的身形突然同时一晃，杨枭周围的空气凝结成仿佛霜雾一般的雾气，眨眼之间杨枭的身体便消失在雾气当中，随后雾气开始向四周扩散，将杨军以及那位司机一起包裹到里面。

虽然有雾气的掩盖，但雾气里众人的举动我都看得清清楚楚。这时杨军已经将他的绣春刀拔了出来，不知道他是怎么做到的，就见刀身上闪过一道一道火花，透过雾气看到这幅景象，有种说不出来的诡异感觉。

见到二杨的动作，向北的司机还是没有一点反应，他继续一步一步地朝杨军的方向走去，眼见司机离杨军只有五六米时，一个漆黑的镖头从司机身后冒了出来，直接朝他的后脑射了过去。就在这时，杨军也动了，一道残影闪过，杨军举着那把冒着火花的绣春刀已经到了司机的身前。

眼看司机的前后路都被堵住，已经退无可退时，司机的脑袋一偏，拖着镖绳的镖头擦着他的头皮飞了过去，镖头一击不中之后，竟又飞快地转了回来，继续朝司机的眉心飞了过去。

司机再次躲过镖头，同时突然伸手抓住了后面拖着的绳镖，猛地用力一拽，将藏身在空气里的杨枭拽了出来。这时，杨军的绣春刀也到了，若这一刀顺利地砍下去，立刻就能让司机的人头落地，不过就在这一刀落下之前，表情木然的司机突然变成了一脸惊恐的杨枭。

杨军也被吓了一跳，慌乱中想收刀已经来不及了，他只能尽力将刀锋偏了几寸，刀锋擦着杨枭的头皮划了过去，这一下将二杨都惊出了一身的冷汗。还没等他俩缓过气来，站在司机位置上的杨枭的身子突然凭空而起，和他身边的杨军撞在了一起。

这时司机忽然出现在原本属于杨枭的位置上，他手里抓着镖绳，将二杨撞到一起之后，他又伸手朝杨枭的后心抓去，看他这一招的架势，是要把杨枭的心脏给抓出来。司机的手指尖快要摸到杨枭的后背时，他背后响起一声异响，一把明晃晃的短剑朝司机的后心扎了下去。

刚才见势不妙，我就冲了出去，无奈距离太远，我又没有他们那种瞬间移动的本事，当下先将罪剑朝司机的后心甩了出去。眼看罪剑就要刺进司机后心时，他的身体又瞬间消失，罪剑差一点就刺中了司机身前的杨枭。我控制着罪剑从杨枭的身边划过，重新回到了我的手中。

有了喘息的时间，二杨迅速重新站好，一个手握绣春刀，一个拖着绳镖，二人同时朝身前二米左右的空气动了家伙。一声清脆的金属相击之声过后，司机从二人攻击的位置现出身形，不过他现在不再是赤手空拳，手里拿着一把像是量天尺一样的武器，刚才司机就是用它挡住了杨军的绣春刀。但这一次他只是挡住了杨军的攻击，杨枭打出去的镖头已经刺穿了他的胸口，半截镖头从司机的后背探了出来，鲜血顺着镖头滴滴答答地淌了下来。

司机痛苦地看了二杨一眼，伸手抓住镖绳猛地一拽，硬生生将镖头从他的胸口拽了出来。不拽还好，将镖头拽出来之后，鲜血猛地像喷泉一样涌了出来，他的身子晃了几下，好悬没有直接摔倒在地。

见司机已经身受重伤，杨枭冷笑了一声，将目光对准了向北，说道："气牢之术——难怪你要说五分钟了，说一分钟的话怕被我猜出来是怎么回事，说五分钟还能故弄玄虚一下。可惜了，你棋差一步，他这口气泄了，不用五分钟，我就能把他的魂魄抽出来，来祭奠这里的亡灵。"

杨枭说话时，向北正冷眼盯着他的司机，等杨枭说完，他才对司机说道："你真的想让我亲自动手吗？"就这一句话，司机听了顿时身体一颤，他恶狠狠地瞪了我一眼，咬着牙说道："不用——"

"用"字才一出口，司机本因失血过多变得惨白的脸色瞬间又变得血红，他双脚一蹬地，身体蹿了起来，手里握着量天尺朝二杨扑了过去。这时，杨军和杨枭已经分开，杨军还站在原地，而杨枭又消失得无影无踪。

司机将量天尺朝杨军的脑门砸了下去，杨军没有躲闪的意思，大喝了一声："来得好！"同时手腕一翻挥舞着绣春刀朝司机的脖子斩了下去。看起来杨军像是用了同归于尽的招数，实际上却是占了大便宜的，就算二人的家伙事儿同时伤到了对方，对白发体质的杨军来说，正面受上量天尺一击也不算多大件事，但对司机来说，杨军这一刀要是砍实了，他的脑袋实在没有不掉的道理。

眼看绣春刀就要砍中司机的脖子时，他的身体突然消失在杨军的眼前，与此同时，杨军身体左侧的位置突然闪出一道血光，杨枭从血光之中现出身来。就见他手中的绳镖镖头抓在了司机手里，而司机手中的量天尺已经碎掉，露出里面一个与峨眉刺一样的尖刺，结结实实地扎在杨枭的胸口。这时我才看明白，司机真正想要拼命的对象是杨枭。

一击得手，还没等司机下一步的动作，向北又慢悠悠地说道："快三分半钟了……"他说话的同时，司机血红的脸色变得发紫，脸上的血管凸显出来，仿佛就要涨破一样。与此同时，杨军挥舞着绣春刀朝司机劈了下去，眼见刀锋就要落下来时，司机突然松开了捅在杨枭胸口上的"峨眉刺"，空手抓住了绣春刀的刀锋。

本以为这一下绣春刀会把他的手掌斩断，想不到的是，司机的手掌连一滴血都没有流出来，反而用另外一只手抓住的绳镖镖头朝杨军的咽喉扎了过去。杨军不愿松开绣春刀，当下用力地拉扯刀柄，无奈刀身被司机死死抓住，动不了分毫。

眼看镖头就要扎中杨军的咽喉时，司机身后又是一声异响，罪剑再次朝司机的后心飞去。这次他有了准备，身子用力一偏躲开罪剑，接着他冷笑一声，嘴里对我说道："差点儿让你坏了我的大事，别急，下一个就是……"

司机的话还没说完，一道剑芒扫过，他的脑袋无声无息地离开了脖子，最后看了一眼这丰富多彩的世界……

第十二章　活够了

飞过去的罪剑只是为了吸引司机的注意力，顺便为我跑过去争取一点时间。第一次甩出罪剑时，我就已经往他们那边跑了几步，然后就一直守在那里等待机会，想不到这么快就让我找到了第二次出手的机会，出其不意削掉了司机的脑袋。

干掉司机之后，我们几个的目光都集中在向北的身上。孙胖子笑嘻嘻地对向北说道："向老板，跑腿的挂了，咱们是不是可以接着谈谈了？不是我说，还是那句话，把松岛介一郎还回来，今天这事就这么算了，真动手的话谁都不好看。你也见到了，刚才只一下子那个哥们儿的脑袋就掉了……"

向北根本就没有搭理孙胖子，他站在凉亭里面，眯着眼睛看向我，说道："小瞧你了，几天不见你竟然有了这样的本事。"说到这里，向北顿了一下，目光在我们几个脸上转了一圈，说道，"本来以为那个废物能够搞定的，可惜废物就是废物，这点儿小事还要我亲自动手……"

司机为了向北连脑袋都混没了，结果就换来一句废物的评价，虽然司机的脑袋是我削下来的，现在听到他老板对他这样的评价，我都替他不值。当下，我对向北说道："你到底是动手还是动口？动手的话就快点儿，你不是想等到天亮吧？”

我说话的时候，孙胖子在远处连连做着手势，示意我不要乱说话，但看着躺在地上尸首两分的司机，这几句话不说出来我又觉得堵得慌。

向北对我呵呵一笑，说道：“不用等到天亮，一分钟，动手的话一分钟就够了！”说话的同时，向北原本乌黑的头发竟然开始变颜色，等他这句话说完，向北浓密的黑发竟然变得雪白——就和我、二杨的白发一模一样……

向北的头发变白之后，一股无形的压力从他身上散发出来。我竟然不由自主地后退了一步，心里好像有个声音对我说道：“千万别惹他，惹到他就死定了。”

二杨那边比我也好不了多少，他们俩的脸色无比凝重，各自往不同的方向后退了几步。杨军退到了一个死角，手里的绣春刀刀身上再次闪现出一道道的火花，身体微弓做出防守的架势，而杨枭则是朝大门口的方向退去，看这架势，老杨竟然动了不行就逃的心思。

而凉亭里面的另外一个人——松岛介一郎则是一脸惊恐地看着向北，他认识向北有些年头了，没想到这个人竟有这样的本事。向北扭过头去，冲松岛介一郎笑了一下，说了一句日语，然后慢悠悠地走出凉亭，朝我这边走来。

见向北走过来，我照葫芦画瓢，就像刚才那样，先朝向北甩出罪剑，吸引他的注意力，然后举着已经出现剑芒的罚剑，快速地朝向北冲了过去。

眼看罪剑已经到了向北的身前，就见他的手指头朝罪剑的剑身一弹。“当”的一声脆响，罪剑瞬间消失得无影无踪，接着向北朝我的方向伸出了拳头，现在我距离他的位置还有十几米远，这一拳在我看来没有任何的意义。

这时，向北紧握的拳头突然张开，一股巨大的气浪朝我扑面而来，不光是我，就连和我站在同一条线上的杨枭也瞬间被吹得飞了起来，飞出去二三十米远。我撞塌了一堵墙后重重地摔在了地上，杨枭就倒霉了一点，他身后是空无一物的大门，顷刻之间，他的人就消失得无影无踪。

虽然被撞得浑身疼痛，但毕竟是白发的体质，倒地之后我就马上爬了起来，看着越走越近的向北，我心里突然升起一个疑问，前几天见广仁也使过这一招，只是他的功法还没有恢复，力道没有向北这么刚猛，这一招以前吴仁荻好像也用过，为什么向北会使他们俩的招数？他们三个人到底是什么关系？

见我爬了起来，向北笑了一下，说道："刚才你说什么来着？要动手的话就快点，是吧？现在我动手了，还要再快一点儿吗？"说完，他伸手对我虚抓了一把，随后慢慢抬了起来，我的身体随着他手臂的起落，凭空而起又重重落下，十几二十下之后，已经把我摔得眼前金星乱冒，浑身上下没几根骨头不疼了。

向北没有停手的意思，就在他再一次将我"托"起来，准备继续往下摔时，一阵破风之声袭来。杨军的身子一闪，举着冒着火花的绣春刀已经到了向北的面前，朝向北的脑袋劈了下去。

向北不躲不闪，笑眯眯地任由绣春刀砍在他身上，一阵金属相击的声音响过，向北依然好端端地站在原地，而杨军手中的绣春刀已经脱手飞出，飞到了半空之中。杨军的双手也被震得发麻，身体不由自主地哆嗦起来。

就在这时，向北突然张嘴，一口浊气朝杨军的面门喷了过去，杨军来不及躲避，这口浊气结结实实地喷到他脸上，杨军顿时惨叫一声，双手捂脸倒在地上翻滚了起来。顺着他的手指缝，能见到杨军的脸上就像是被泼上了硫酸一样，满脸的皮肤都开始溃烂，只一眨眼的工夫，他脸上已经没有多少好肉了。

看到杨军已经失去抵抗能力，向北笑了一下，不再理会杨军，继续将注意力放到我身上。向北停住了手上的动作，看着趴在地上、已经没有力气做任何动作的我，说道："还有什么招数吗？一起使出来，如果真没有了，那就还是我来……"

向北的话还没说完，突然响起了一声枪响，子弹准确无误地打在了他的额头上。向北被打得一个侧翻，不过被子弹击中的位置并没有留下任何的伤痕，他重新站定之后，扭头看向枪声响起的位置，就见孙胖子握着他那把左轮手枪，正目瞪口呆地看着向北。

向北伸手揉了揉被子弹打中的位置，对孙胖子说道："稍等一下，我解决掉他们之后，最后再来处理你，不要心急，你们谁都跑不……"没等他说完，孙胖子也豁出去了，将弹仓里剩下的几发子弹一股脑儿地打在了向北的头上，和第一发子弹一样，这几发子弹依然没有任何效果……

孙胖子的子弹打光以后，除了干瞪着向北喘几口粗气以外，也没了别的办法。

见孙胖子再没有子弹打出来之后，向北便不再理他，看了一眼还在地上不停翻滚的杨军，以及趴在地上连胳膊都抬不起来的我，他冷笑了一声，又抬头看向刚才杨枭消失的地方，自言自语地说道："还以为你会趁这个机会逃走，想不到你还有胆子再回来！"话音落时，向北朝身边的空气猛地击出一拳。

这一拳打中的位置顿时冒出来一团血雾，随后杨枭在血雾之中现身。这一拳正好击中他胸前，现在杨枭的胸口已经塌陷，身子诡异地蜷缩在一起，眼耳口鼻之间，不断地有鲜血流出来，挨了这一拳还没有马上死，已经算是托了他白头发的福气了。

向北见现场的三个白头发现在都趴在地上，再没有动手的可能之后，他笑了一下，目光在我们三人身上转了一圈，说道："给你们一个机会，谁想先死？我成全他……"

他的话音未落，在正前方的黑暗之中，出现了一个从头白到脚的人影，远远地他就朝向北说道："我，我活够了，你来成全我吧……"

第十三章　小孩子

向北抬头看着这个越走越近的白发人，从嘴里蹦出来两个字：“吴勉？”

这时候，白发男子已经到了距离向北二十多米的位置，用眼角的余光看了一眼向北，白发男子用他那特有的刻薄语调说道：“你是哪位？小时候你爸爸没教过你，称呼长辈要用敬语吗？”就凭这人眼睛瞧人的角度、刻薄的语气，除了吴仁荻之外，不做第二人选。

这时轮到向北的身子开始微微颤抖起来，这样子谁都会以为他这是害怕了，但后来孙胖子告诉我，当时他看得清楚，向北的眼睛里没有一点恐惧害怕的样子，反倒是见到吴仁荻之后，兴奋得脸色都开始涨红起来，好像他是发自内心地，特别期待和吴仁荻的这次会面。

“我叫向北。”向北深吸了一口气，再说话时已经客气了许多，他看着吴仁荻说道，“你不认识我，但我听说过你很多年了。本来还想等过几年再去拜望吴勉先生的，没想到今天机缘巧合能在这里碰见您。说不得，还请吴勉先生您一定要教我两手。”

吴仁荻看了他一眼，并没有马上说话，又看了看倒在地上，连同我在内的三个白头发。看了一圈，盯着向北说道：“是你把他们三个弄成这副德行的？”

向北淡淡地笑了一下，随后马上说道：“本来以为他们三人都是跟随吴勉先生多年的，想通过他们来印证我在术法上的不足之处，不过现在看来，他们的不足之处似乎要比我多一点。”

吴仁荻似笑非笑地盯着向北，等到他说完，吴仁荻才冷冰冰地说道：“他们几个废物是废物了一点，但我不记得我曾说过，除了我之外，也允许其他人把他们弄成这样。对了，刚才你说什么来着？谁想死，你就成全谁是吧？巧了，我早就活够了，但又不舍得自杀，正好你来成全成全我，顺便我也给你印证一下你术法上的不足之处。”

这句话说完，吴仁荻就朝向北的方向跨了一步，他这一步跨出去，向北竟然不由自主地后退了一步。向北这一步退出去之后，面上同时露出惊愕和疑惑的表情，他有点想不通自己为什么要跟着退了一步。

“你不是连这个心愿都不肯帮我完成吧？”吴仁荻有些不耐烦地又看了向北一眼，见向北还在瞪大眼睛，低头瞪着自己的双脚。吴仁荻冷哼了一声，又朝向北的方向跨了一步，向北的眼睛死死地盯着自己的双腿，等吴仁荻的这一脚迈出去之后，自己的双腿还在自己的控制之下，没有一点向后退的企图。

这时向北才算松了一口气，他准备说两句撑撑场面，给自己刚才为什么要往后退一步找个理由，就在这时，他的注意力稍稍分散，一条腿竟不受控制地又往后退了一步。这时向北的脸色变得煞白——他竟然控制不住自己的双腿，只要吴仁荻前进一步，他就不由自主地后退一步，就好像向北是发自内心地恐惧吴仁荻一样。

这时，孙胖子和黄然二人一溜小跑着跑了过来，二人将暂时失去行动能力的我和二杨搀扶到了旁边的三张观光椅上，让我们三个或躺或趴在观光椅上休息。安置好我们几个之后，孙胖子和黄然嘀咕了几句，趁向北已经没有心思注意到其他事情的时候，两人上了凉亭，也不知道黄然怎么和松岛介一郎谈的，只说了没有几句，松岛介一郎就舍弃了凉亭，跟着这两个胖子走出凉亭，站在了我们三个白头发的身后。

眼看着吴仁荻进一步，自己就要不由自主地退一步，当下向北突然大喝了一声，随后他的手中凭空出现了一把古朴的长剑。向北没有多余的招式，他强行压制住自己拼命想往后退的双腿，一步一步朝吴仁荻走去，每走一步，都会在大理石地面上留下一个深陷三寸的脚印。

见向北朝他走过来，吴仁荻停住了脚步，似笑非笑地看着已经越走越近的向北，等向北走到了离吴仁荻四五米远的位置时，吴仁荻突然叹了口气，看着向北的样子讥笑了一声，随后自言自语地说道："这样算不算是欺负小孩子……"

他的话音刚落，向北已经到了吴仁荻身前，二话不说，举着长剑当刀使，对准吴仁荻的脖子就要劈下来。就在他这一剑举起来的同时，吴仁荻突然抬起了右手，他右手握拳，朝向北的胸膛猛地张开。

他这一招与之前向北、广仁使出的几乎一模一样，向北似乎也有破解的法子，他立刻将长剑撤回来挡在胸口，剑刃对准吴仁荻掌心发力的方向，根据向北的了解，这样可以破解掉吴仁荻瞬间爆发出来的力道。

不过事情的发展有些出乎向北的意料，他耳中就听见"嘭"的一声，吴仁荻掌心爆发出来的力量，结结实实地打在了向北的胸膛上，剑刃非但没有抵消掉吴仁荻的掌力，反而将向北手中长剑的剑刃向后推了几分。

这把长剑果然锋利，剑刃划破向北的外衣之后，顺势还割破了他胸口的皮肉，只一瞬间的工夫，向北的前胸已经变得血淋淋的一片。这还不算，吴仁荻的这一巴掌伸出来之后，一股巨大的力量排山倒海地朝向北席卷而来，向北的身子顿时站立不稳，被这股巨大的力量吹得向后栽倒，随后他双脚离地，只是一眨眼的工夫，便像之前的我和杨枭一样，被吹得向后飞了起来。

向北重重地撞在了凉亭上，“轰隆”一声巨响，将用大理石和钢筋打造的凉亭撞得四分五裂，片刻之后，凉亭轰然倒塌。虽然毁掉了一座亭子，但向北好歹算是稳住了身形，他狼狈地爬了起来，瞪大了眼睛看着已经变成瓦砾的凉亭，依然不肯相信刚才的那一幕是真实发生的。

这时候，吴仁荻的眼睛盯着向北。见向北重新爬了起来，他才用他那特有的刻薄语调说道：“休息好了吗？如果休息好了的话，就接着过来成全我吧，我实在等不及了。”

这时的向北已经知道吴仁荻是他无论如何都惹不起的人，他听从了自己身体的反应，只见他猛地回身，身体闪了一下之后，就消失得无影无踪。

看着向北消失的身影，吴仁荻摇了摇头，喃喃自语地说道：“惹了人就想跑？有这么便宜的事情吗？”

说完这几句话，吴仁荻回头看了一眼还在观光椅上休息的我们三个，开口向我们问道：“你们三个怎么样了？能死不能死？”

吴仁荻的话问得太直接，好在我们都熟悉了他的说话方式。杨枭擦了擦脸上的鲜血，赔了个笑脸说道：“本来差不多就要死了，吴主任您一来，又暂时死不了了。”

吴仁荻哼了一声，转头朝向北消失的地方看过去，这一眼看过去之后，老吴的眉毛挑了一下，随后冷冷地一笑，说道：“我还真有点儿小看你了。”

现场众人之中，也就孙胖子敢接吴仁荻的话头，他笑呵呵地对吴仁荻说道：“吴主任，姓向的这就算是跑了吗？不是我说，就这么放过他，不是吴主任您的风格……”

第十四章　由来

吴仁荻用眼白看了孙胖子一眼，用他特有的语调说道：“那我是不是应该换个风格？比如说如果哪个胖子再敢用谁来要挟我，我就把那个胖子的肥油挤出来，你看这个好不好？”

孙胖子干笑了一声，说道：“其实吧，放了就放了，像这样的小鱼小虾放了也没什么大不了的，放了再抓，再抓再放嘛……”

孙胖子胡说八道了几句，突然话锋一转，转了话题说道：“吴主任，不是我说，有件事情我弄不太明白，姓向的干吗费这么大的劲找松岛介一郎？他很早之前就开始接近松岛，说明谋划很久了嘛。”

说到了正题，吴仁荻的下巴朝松岛介一郎一仰，说道：“你自己去问他吧。”

孙胖子愣了一下，他接触松岛介一郎这段时间，就向北这件事，他应该再没有什么事情隐瞒自己，难不成看走眼了？这个日本人还在和自己玩心眼儿？

正当孙胖子准备开口询问松岛介一郎时，这个日本人突然自己笑了一下，随后用一口流利的汉语对吴仁荻说道：“我就说你把我扔到上善老秃贼那里没安好心，明明认出我来了，却装作什么都没看到。吴勉，几百年没见了，你还是这个狗屁德行，一点儿都没变啊。”

吴仁荻斜着眼看了看面前的这个“松岛介一郎”，说道：“好好的不去投胎，非要藏到一个倭人身体里，我知道你是怎么想的？谁知道你又想着要去害谁？而且那个时候，你的魂魄有多弱你自己知道，我怕声音大一点儿，就会让你魂飞魄散了。把你养在上善那里，就算他的脾气有点儿古怪，对佛法却是一等一的精通。你自己照着镜子看看，这才几天，你就敢这么跟我说话了。”

比起“松岛介一郎”突然间会说汉语这件事情，吴仁荻说出来这么长的一段话更让我们几个吃惊，老吴的风格是只要能用眼神交流，就绝对不会说话的。偶尔嘴里能蹦出来一句完整的话，都要把日期和时间记在小本子上，回去上网查查那个时间段世界上出现了什么异象没有……

见吴仁荻和“松岛介一郎”都不往正题上面讲，孙胖子忍不住开口说道：“不是我说，咱们是不是先说正事再唠家常？先说说向北的事，要是时间富裕的话，再跟我们聊聊松岛身体里的这位老先生……”

这句话说完，吴仁荻的脸上还是刚才那副表情，没有一点儿变化，而“松岛介一郎”则是看着吴仁荻，看了半晌，说道：“你的意思是让我说吗？在这么多人的面前说？”

吴仁荻无所谓地看了他一眼，说道：“你爱说不说，反正之后他们烦的人也不是我。”

“松岛介一郎”犹豫了半晌，看着孙胖子说道：“想知道也行，不过有件事情你们要答应我，去同佛寺把上善秃贼的即身佛带回来。”

“松岛介一郎”盯着孙胖子的眼睛说完了这几句话之后，孙胖子想都没想，脱口而出回答道：“行，没问题，就算你要把同佛寺拆了，再重新找个地方一比一还原出来都没有问题。”虽然我觉得孙胖子答应得这么爽快，似乎不太靠谱，但毕竟还有吴仁荻在旁边，也不怕孙胖子说了不办。

"松岛介一郎"看着孙胖子说道："向北并不是只接近松岛介一郎一个人，福岛神社每一任大神官他都会以不同的身份和相貌去接近，算起来也有一百多年了……"

就在他要继续往下说时，突然被黄然打断："这里发生了这么大的事情，一会儿警察就该到了，我们还是换个地方说吧。"

黄然说得也有道理，先不说刚才这里闹出那么大的动静，就说现在会所其他的房间不断有死人的气息冒出来，向北和他那死鬼司机还不知道在这里杀了多少人了，一会儿警察来了就是大麻烦，我们还是先撤，头疼的问题交给孙胖子处理吧。

缓了这一阵子，我和二杨的伤势自愈了一些，起码走几步已经没有问题，而吴仁荻也罕见地跟我们一起上了车，去了黄然安排好的酒店。

酒店是黄然的朋友开的，绝对可靠，黄然也大手笔，把我们接到了里面的贵宾套房不算，为免闲杂人等打扰，老黄还把酒店的这一层都包了下来。看他这么花钱我都心疼，要不是爷爷他们离得太远，我都想打电话把他们叫过来，让他们也占一下黄然的便宜。

我们刚刚到了贵宾套间，孙胖子的手机就响了起来。孙胖子看了一眼，就直接关了电话，随后对我们说道："不是我说，有西门链他们哥儿仨电话号码的都关机，刚才的事情已经捅到他们那儿去了，一会儿就会被电话烦死……"

他的话还没说完，我和二杨的电话就同时响了起来，来电显示正是西门链他们哥儿仨，当下我们将电话都关了，大家都聚拢在"松岛介一郎"的身边，听他讲述向北和松岛家族的关系。

从一百多年前到现在，向北就以不同的相貌和身份去接近松岛家族的每一代接任大神官的掌权人，究其根由，就是为了这个附身于松岛介一郎身上的魂魄。

"松岛介一郎"对自己的来历并没有细说，只是含含糊糊地说了一个大概，他可以说是和吴仁荻同一时代的人物，和广仁也有很深的渊源。当年，他曾跟随阿倍仲麻吕归国的船队去过日本，在那里待了几年之后重新回到了大唐。

到了明清交替之际，他遭人暗算肉身被毁不算，对手还想让他魂飞魄散，好在当时附近就有一艘东渡日本的海船，虽然只剩下了魂魄，但他还是成功地藏到了这艘船上。这个魂魄因为之前受伤颇深，如果不找人附身的话，魂魄就会慢慢消亡。

当时船上的人不少，而福岛神社的大神官就在这条海船上，没有比这个人更适合附身的了。于是魂魄现身和这位大神官见了面，说出自己的来历之后，名头大得让这位大神官都吓了一跳，能让这样的魂魄在自己的身体里调养生息，对他来说，实在是一件极其荣耀的事情。

魂魄附在大神官的身上，和他一起回到了福岛神社，由于魂魄之前受到的伤害实在是太大，为了治愈伤患，魂魄就开始了一段极其漫长的“冬眠”。他在“冬眠”之前，和这位大神官达成了协议，他们家族每逢大神官交替之时，都要将这副魂魄传给下一位大神官，等到魂魄苏醒之后，会报答松岛家族。

魂魄醒来时已经经历了五任大神官，凭着他的见识和生前的本事，将福岛神社从一个地方小神社一跃变成了日本数一数二的大神社，也就在这个时候，每一任大神官的周围都开始出现一个神秘的人。

按说魂魄用方士一门的秘术附身在大神官身上，就算是术法高深的人，若是不懂此专用的秘术，是不可能看到他的，但这个时不时就在大神官面前露面的人，开始让魂魄有些不安了。不过一百多年过去，这个人似乎并不想对魂魄动手，虽然暂时松了一口气，但这把悬在头顶上的剑始终挥散不去。

趁“松岛介一郎”歇口气时，孙胖子插嘴说道：“您都是魂魄了，这个向北还想图谋你什么？”

“松岛介一郎”说话之前，先看了看吴仁荻和我，最后盯着吴仁荻说道：“我知道让一个叫作种子的东西在所有人的身体里面生长的法子……”

第十五章　松岛家的乱账

这句话说出来，除了我和吴仁荻之外，在场所有人的眼睛都亮了起来，孙胖子第一个对“松岛介一郎”说道：“你看看我，不是我说，我怎么样？我这身子骨也能让种子生长吗？”

“松岛介一郎”笑了一下，说道：“能，种子进到你的身体里，你马上就变成肥料了。”

孙胖子听了，眨巴着眼睛看着“松岛介一郎”说道：“你的意思，种子进到我的身体里面，我马上就会死，是吧？那你刚才说什么所有人……”

“松岛介一郎”看着孙胖子的样子笑了一下，说道：“你们这样的也算是人吗？这间屋子里面，勉强还能算得上是人的，加上我也就四个半人，小胖子，想要变成人吗？先把头发变白了再说吧。”

孙胖子莫名其妙地就被这个“松岛介一郎”划到不是人的那个圈子里了，打嘴仗除了吴仁荻，他就从来没有输过，当下他低着头，自言自语地说道：“我算是明白了，当年为什么有人要你的命了，不是我说，你这嘴巴——十四亿人，除了七八个以外你都得罪了……”

他这话说是自言自语，但是声音控制得恰到好处，这个房间里的人差不多都能听到。不过“松岛介一郎”就像没有听到一样，他突然看了吴仁荻一眼，说道：“我都说到这儿了，你就不打算问问向北的底细吗？”

吴仁荻懒洋洋地靠在椅背上，斜着眼看了看“松岛介一郎”，说道：“你还知道向北的事情？看不出来几百年不见，你倒是长脑子了。”

“松岛介一郎”笑了一下，说道：“被你们欺负了这么多年，就是不长脑子才变成这样的下场，我要是再不动动脑子，就连这个魂魄都留不住了。”

说到这里，“松岛介一郎”笑嘻嘻地看了吴仁荻一眼，顿了一下，对吴仁荻继续说道：“当时我刚从第十九任大神官的身体里苏醒过来不久，就发觉神社里的一个小神官有些不对劲，他动不动就套我的话，问一些关于能量在人体内转换的问题。那个时候我刚刚醒来，睡了几百年正头昏脑涨，本来是思维最混乱之时，要不是他的问题问得太露骨，我可能也不会注意到他。

“我开始暗暗地观察这个小神官，可能是被他发现了，三天之后他就消失得无影无踪。开始我也以大神官的名义，派人去找过这个小神官，不过他消失得很彻底，我用了各种方法，竟然都找不到这个人的下落。

“时间长了，我也就慢慢地淡忘了，以为他左右不是死了，就是去了别的国家，不过为了保险，我还是将他的衣物和头发都收了起来。再后来我附体的大神官年老而死，我被传承到下一任大神官的身体里，刚刚过了两年，那种让人讨厌的感觉就又来了。那一年新年之时，我刚刚结束了一个当地的祈福仪式，就被当地的一个大财阀接到他们家，为他们进行一次私人祈福的仪式。仪式结束之后，这个财阀的大儿子就提出要到神社中修行，本来这也没什么，神道教是日本的国教，经常会有一些信徒想要来神社修行。不过这个年轻人第一面给我的感觉太讨厌了，就和之前那个套我话的小神官一样令我讨厌。

“当时，我并没有马上答应这个财阀的请求，不过还是将这个年轻人带了回来。回到神社之后，我安排人摆下了真魂阵，在阵法里我加上了几十年前失踪小神官的衣物和头发，只要财阀家的大儿子进了这个阵法，我马上就能知道他和当年的小神官是不是同一个魂魄。

“不知道怎么个原因，这个阵法还是被他发现了。他借口尿遁就一去不回头了。我派人去财阀家里问，说那个年轻人一直都没有回去，为这个事情财阀家还和神社打了好几年的官司，直到那个财阀破产，这事才算告一段落。

“接下来的事情就像固定了流程一样，每当大神官交替后不久，就会有人到我的身边，也不知道是不是老天爷想要看戏，这个人只要出现，我就会马上把他找出来。就这样过了一百多年，直到松岛介一郎这个神经病的出现，我这里才乱了套。”

说到这里，“松岛介一郎”脸上的表情变得古怪起来，缓了口气，他接着说道：“我也没有想到这么多年之后，松岛家族会出现这样一个怪胎。上一任的大神官松岛岫岩看着还像个人，除了喜欢拈花惹草之外也没有别的爱好，这在日本也算不上什么大事。只是这个松岛岫岩偷吃时也不知道擦屁股，结果让外面的女人怀了他的孩子，这个孩子就是松岛介一郎了。孩子他妈生下他不久，就被这个小东西‘妨’死了，由娘家的一个亲戚带大，接着这些亲戚一个又一个地被这个小东西‘妨’死。等他们家亲戚都死绝了，松岛岫岩才知道自己还有这么一个儿子，当天就派人把他接回去了……”

说到这里，我、黄然和二杨，就连吴仁荻都扫了孙胖子一眼，惹得孙胖子大叫：“都看我干什么？我妈家那一支活得挺好，我上小学四年级的时候我那几个姨才算死光……”

见孙胖子开始翻家底，我拦住了他，说道：“大圣，这个不用比，你这一打断，人家都不知道下面怎么接着说了。”说完，我对正瞅着孙胖子的“松岛介一郎”说道，“您接着说，后来怎么样了，他那几个婊死光之后又怎么了？”

“松岛介一郎”呵呵一笑，接着说道：“本来松岛岫岩之后的大神官之位，已经定好由他的大儿子继承，也不知道这个松岛岫岩吃错了什么药，说是对松岛介一郎亏欠太多，要尽量地补偿他，结果补偿来补偿去，就把整个福岛神社补偿给他了。而他那个我看着更顺眼的大儿子，在他爸爸死后没几天，因为没继承到福岛神社气得一口血喷出来，跟他爸爸一起走了。就这样，好处最后都归了这个精神病了。

“松岛介一郎还不是大神官之时，就已经认识这个叫向北的了，两个人好得能穿一条裤子，等松岛介一郎当上了大神官之后，向北就直接出现在我的面前了。我在松岛家待了这么多年，历任大神官对我都是像神明一样地供着，言听计从，但就是这个神经病，当上大神官之后的第一件事，就是把向北找来，和我谈判。

“向北一出来，我就有了那种讨厌的感觉，缠了我一百多年的噩梦终于到高潮了。向北就是趁着这个时候，再次向我问起种子的事情，那个时候我完全被他俩压制住，我虽然附在松岛介一郎的身上，却左右不了他任何的决定，当时不说不行，只好把我知道的关于种子的事情告诉他了。不过向北只知道我有办法将种子植入任何一个‘人’的身体里，植入的方法他并不知道。为这件事情他折磨了我多少回，我咬着牙就是不说，因为我的魂魄还是太弱，他也不敢对我下狠手。于是我们就这么耗着，一直耗到了马来西亚人找松岛介一郎去办事。

“本来向北是把我压制在松岛介一郎的身体里，绝不让我显露痕迹的，想不到谁都没有看见我，最后还是被你发现了……”

第十六章　道统

接下来的事情就很容易说通了，吴仁荻发现松岛介一郎身体里藏着他老朋友的魂魄，于是就把松岛送到了昆仑山上善老和尚那里，通过上善老和尚的法力，来滋养松岛介一郎身体里附着的魂魄，看来效果还是很显著的，起码现在魂魄已经占据了松岛介一郎身体的主导。这也让我越发好奇那位上善老和尚到底是什么来历，就连吴仁荻也需要找他帮忙。

“松岛介一郎”说完，笑眯眯地看着吴仁荻，这时老吴正斜眼看着他，说道：“你这就算把向北的底细交代清楚了？除了你和那个什么松岛岫岩一起弄出了个私生子说清楚了以外，哪有一点儿跟向北有关的？”

吴仁荻说完之后，“松岛介一郎”哈哈大笑，他一边大笑，一边拍着巴掌说道：“我就想看看吴勉你能忍多久，才会开口问向北的事情——哈哈哈哈，谁说吴勉冷傲的，没想到你还有颗八卦的心，哈哈哈哈哈哈……”

“松岛介一郎”开怀大笑时，吴仁荻的脸色冷得都快能结出冰碴了。“松岛介一郎”不由自主地打了个寒战，这才勉强控制住笑意，咳嗽了几声后说道：“那就说说这个向北，我找人查了他一百多年，但他就像是从石头缝里蹦出来的一样，除了刚才说过的一次，是一家大财阀的继承人以外，其他的无一例外都是孤儿，甚至就连财阀大少爷的那次，也是见到我之前，生了一场大病性情大变才变成那个样子的。

“松岛介一郎将我全面压制后，向北在我面前越来越放肆，也越来越不提防我。我听他无意中说起过两个海岛的名字，这两座小岛在宋末时就因为地震沉入了大海，所以知道这两座小岛的人没有几个，巧合的是我就是那有限的几个人之一，更巧的是我还知道‘他’的船队，当年在这两座小岛都停泊过。”

说到这里，“松岛介一郎”朝吴仁荻挑了挑眉毛，似笑非笑地问道：“想知道这两座小岛的名字吗？”

吴仁荻冷冷地看着他，说道：“我突然有种冲动，很想把你也扔进大海里去找那两座小岛……”

“松岛介一郎”知道吴仁荻的脾气，他嘿嘿干笑了一声，自问自答说道：“当年‘他’的船队停泊过的两座小岛中，其中有一座就叫作向北岛。哈哈哈哈，有意思吧，你说他这人是不是太狂妄自大了点，取的姓名里就把自己老底给亮出来了。”

听到这里时，吴仁荻的目光竟然呆滞了片刻，虽然马上又恢复了正常，但这也够让人吃惊的了。“松岛介一郎”说完之后，收敛了几分轻佻的表情，他接着对吴仁荻说道：“向北这么多年来一直对我步步紧逼，无非就是想知道种子植入的方法。不过他也是白头发的事情，我也是今天刚刚知道的。有件事情提醒你，向北是知道种子的传承情况的，他今天触你的霉头，无非也是想试试看，能不能从你身体里把种子取出来，再植入他的身体里。吴勉，他的实力和你相差太远，你不怕他，但是——”

说到这里，“松岛介一郎”微笑着看了我一眼，说道：“这位小哥不会也不怕他吧？目前向北只知道有种子这样的东西，但种子在身体里融化了之后，会产生什么样的变化，他是不知道的，要不然刚才他早就把这位小哥带走了……”

没等他的话说完，坐在一旁的孙胖子突然插嘴说道：“那么广仁呢？广仁知道种子植入的事情吗？”

本来被孙胖子打断，“松岛介一郎”脸上露出一点不爽的表情，但等孙胖子说完，“松岛介一郎”脸上不爽的表情就变成了惊讶的表情，愣了一下后接着说道：“看不出来，虽然你这辈子是没机会做‘人’了，不过知道的事情倒不少，连广仁你都知道，不对——”

说到这里，“松岛介一郎”脸上又浮现出之前让吴仁荻格外不爽的放肆笑容，对吴仁荻说道：“大方师不是被你关起来了吗，怎么现在这个连‘人’都算不上的胖子会知道大方师的事情？嗯，只有一个可能——他从你手上跑了？”说完，又是一阵哈哈大笑。

吴仁荻也不说话，只是冷冰冰地瞧着“松岛介一郎”，一直看得他笑不下去了为止，这时，吴仁荻才对“松岛介一郎”说道：“你什么时候开始对广仁这么关心了？当年广仁把种子的事情告诉你，不就是为了让你接过这个烫手的山芋吗，不然你怎么会被自己的徒弟暗算，还把自己的肉身给毁了！怎么，做了几天大神官就忘了？本来我还以为经过这么些年，你多少长了一点儿脑子，现在看来，除了长了一点儿舌头以外，脑子仍然一点儿都没有长。”

这几句话说完，本来还满脸笑意的“松岛介一郎”再笑不出来了，他换了一种表情，咬牙切齿地看着吴仁荻，张大了嘴巴不停地喘着粗气。以前我以为吴仁荻也就是噎人厉害，想不到论起挑拨离间来，也丝毫不逊色，几句话就把这个“松岛介一郎”气成这样。

这时，房间里鸦雀无声，除了“松岛介一郎”还在喘着粗气，再没有别的声音，场面一时有些尴尬，最后还是脸皮最厚的孙胖子开口，岔开话题打了个圆场。他笑嘻嘻地对“松岛介一郎”和吴仁荻说道：“不是我说，广仁的事以后再说，先说说眼前的向北吧。二位，我说句公道话，广仁还好说，不管怎么说他还是做过几天大方师的，即便弄出什么事来也不会太出格。不过向北这哥们儿就不好说了，从来都不按常理出牌，就说刚才吧，就为找个地方算计我们，他都能把人家整个会所给血洗了，这哥们儿真的疯癫起来，杀伤力可比广仁要大得多。”

这句话说出来，吴仁荻的脸上没有什么表情，而“松岛介一郎”则是一脸不以为然的表情。想想也是，除了几个白头发以外，其他的人在他的眼里，连“人”都算不上，怎么会在意会所里死掉的几十号人。

不过被孙胖子这么一打岔，“松岛介一郎”脸上的怒气也消去了不少，他看了一眼吴仁荻，再次说道：“别说我知道消息不告诉你，弄清楚向北名字来历之后，我根据这个名字查到了一些关于他的机密资料，知道最后我查到什么了吗？元末时，在吕宋的一个村落中出现过这个名字，说是有一个叫作向北的人，得了方士的衣钵道统，这个向北买酒买肉，请整个村落的村民吃饭庆祝，一连庆祝了三天三夜，这个向北突然发狂，用邪术杀死了全村一百多个村民，除了几个有事提前走掉的村民，其他的人都死在了向北的手里。”

本来我还以为“松岛介一郎”转了性子，开始看重人命了，却听他接下来对吴仁荻说道：“我一直以为‘他’将大方师之位传给了广仁，把道统传给了你，现在才知道，真正得了‘他’道统的是向北……”

他的话说完，吴仁荻无所谓地一笑，对“松岛介一郎”说道：“都说了你没脑子了，就不要学别人挑拨离间了……”

第十七章　空难

关于向北的事情，“松岛介一郎”也就知道这么多了，但除了吴仁荻之外，估计没人能完全听懂他说的话，不过也没人敢去问他到底是怎么回事。

这时，我和二杨基本都恢复得差不多了。虽然从“松岛介一郎”嘴里已经打听不到什么干货，但我们几个谁也不敢离开。也不知道吴仁荻是不是故意将向北放走，但外面有这么一个不按常理出牌的疯子，出手还都是大手笔，要是点儿背遇到他，像我和二杨这样的，根本就没有反抗的余地。

现在的时间差不多已经到了凌晨，黄然下楼去安排夜宵，孙胖子趁这个机会，给欧阳偏左打了电话。现在一屋子的白头发，孙胖子说话也用不着避人，老远就听见他在电话里对欧阳偏左说道：“有没有火力再大一点的？不是我说，左轮是不错，不过一次只能装六发子弹，实在没什么意思啊。以前在民调局的时候，我们都是拿手枪当冲锋枪用的，现在一边开枪一边还得数着剩几发子弹，这不是欧阳主任你的风格啊！我知道就那么几把短的……”

孙胖子说到这里，看见我正拼命给他打手势，孙胖子才反应过来吴仁荻就在身边。当着吴仁荻的面，这么明目张胆败他的家，实在有点儿说不过去。就在孙胖子偷眼观瞧吴仁荻的反应时，蓦然发现老吴已经到了他身边，正翻着白眼盯着他。

吴仁荻的几把匕首，还有一副不知道是什么动物留下来的骨架，被孙胖子和欧阳偏左炼化成了两把左轮手枪（以及子弹），这些我都是事后才知道的。但当时吴仁荻是把仓库里的东西交给我保管的，现在里面的东西对不上可不是闹着玩的。眼见吴仁荻神色不对，我马上站起身来，朝大门的方向快步走去，还没走几步，就听见吴仁荻在我身后说道："沈辣，我在民调局交给你的东西，你都收好了吧？"

真是怕什么来什么，我停下脚步，回头朝吴仁荻干笑了一声，脑袋里正在琢磨怎么回答时，孙胖子已经替我回答道："吴主任，我和辣子对不起你，一年多前民调局出事的时候，你的小仓库被林枫他们打开了，里面的宝贝被他拿走了不少。不是我说，当时的情况太乱，高老大又走了，我和辣子实在是……"

没等他说完，吴仁荻已经回头古怪地看了他一眼，哼了一声，没有再说什么。这么轻易就把我和孙胖子放了？就在这时，黄然让酒店厨房准备的夜宵送到了，被这一打岔，吴仁荻也没再提他的小仓库的事情。

就在我以为躲过一劫，心里暗叫侥幸时，孙胖子的电话突然响了起来，他看了一眼来电显示，想挂电话，犹豫了一下之后，还是将电话接通了，就听他对电话说道："大官人，就这么一会儿，你们哥儿仨给我打了一百多个电话，来电显示我都数不清有多少了。谁说我不回你了？你的电话打得太多了，我这一开机就死机，这电话都开不了，你让我怎么回你？"

孙胖子一边说着，一边慢悠悠地朝套间里面走去。我出于好奇，也跟着孙胖子进了套间，就听孙胖子继续说道："你到现场了，看了监控录像了是吧？动手的那个人叫向北，是个日裔华人，没了，就知道这么多。我哪知道他抽什么风？为什么我们去会所找他——我们有笔账，这个姓向的欠我两亿五千万美元，今天我们是去找他要账的，怕他赖账才带着辣子和二杨他们，谁知道他在那间会所里杀了人，可能是要杀人灭口吧，要不是后来吴主任碰巧赶到，后果还不知道会怎么样。

“我哪儿胡说八道了？大官人，监控录像你也看见了，和我说的没有一点对不上的地方吧？向北到哪儿去了我怎么可能知道，他身子一晃就不见人影了，老吴都没拦住他，我能有什么办法？老吴就在我身边，要不我把电话给他，你们直接唠两句？那什么，你身边没有外人吧？好，我等你……”

说到最后时，孙胖子的语气突然变得怪异起来，等了大概一分钟，就听他继续对电话那头的西门链说道：“大官人，这次事情大了，你们几个不要参与，能把辣子加上二杨差点儿打死，还能从老吴手下全身而退的，以前你在民调局时见过这样的人吗？不是我说，跟你们大老板说，就说是我的建议，这件事情你们不要插手，更不要去找这个叫向北的人的麻烦。现在这个向北已经惹到老吴了，我再给他点把火……你说什么？什么时候的事？”

孙胖子本来坐在沙发上，听到西门链的话，一下子就从沙发上跳了起来，随后继续对着电话说道：“你确定了吗？是他吗？卫星照片什么时候能出来？好，我等着。”说完这几句，孙胖子挂了电话，回头看了我一眼，说道：“向北跑了……”

就在一个多小时之前，向北登上了飞往日本的飞机，飞机在二十分钟之前已经起飞，几个小时之后就会在大阪机场降落。西门链的大老板已经通知了日本警方，只要向北一下飞机就会被日本警察团团围住。那什么，祝日本警察好运吧！

现在至少知道向北已经离开了中国，也算是一个好消息了，今天晚上可以放心回家睡个安稳觉，不用躲在这里看吴仁荻的脸色了。谁知道他会不会再想起他的小仓库来！我可不想因为这个再去触吴仁荻的霉头。

因为向北最终的信息还未确认，孙胖子就没把刚才的事情跟吴仁荻他们说。大概过了半个小时，孙胖子正和黄然胡说八道时，他的电话又响了，孙胖子站在原地接了电话，刚刚说了一句“有消息了吗”，然后整个人就愣在了当场。

孙胖子除了胡说八道的时候，很少有这么失态。正当黄然开口问孙胖子出了什么事时，孙胖子有些茫然地转回头来，对吴仁荻说道：“向北死了……”

就在五分钟前，向北乘坐的那架飞机，在刚刚进入日本海上空时，突然遭遇雷击，飞机在空中解体碎成几截坠入大海，即使向北能耐再大，在万米高空遭遇飞机爆炸，再从这个高度跌入大海，想要生还几乎不可能。现在附近海域的军舰、飞机都已经紧急出动，如果有发现向北遗骸的消息会马上通知我们这边。

众人听到向北遇到空难的消息，都有些不敢相信自己的耳朵，就连曾经杀人不眨眼的杨枭都喃喃地说道：“报应就这么快吗？”一向沉稳的黄然这时也不沉稳了，他开始打电话确认孙胖子说的信息，现场还保持平静的就只有吴仁荻和那位“松岛介一郎”了。

“松岛介一郎”眯着眼睛看了一眼吴仁荻，说道：“就算向北真的在那架飞机上，你相信他真的会死吗？”

吴仁荻只回了一句：“我给你买张飞机票，你可以跳下来试试……”

第十八章　老和尚

折腾到第二天一早，也没有传来向北是生是死的消息，专家们在电视上不停地做着各种各样的分析，分析到最后都是一个结果：飞机解体坠入大海后不可能有人还能存活，不过我心里有一个疑问——向北还算是人吗?

天色渐亮时，西门链给孙胖子打来了电话，机场的监控录像已经证实了向北确实登上了出事的客机，经过专业技术一帧一帧地检查，起飞前并没有他走下飞机的记录。虽然现在仍然没有向北已经死亡的证据，但起码证实了他就算没死也该泡在大海里。

暂时确定了安全，除“松岛介一郎”以外，我们陆续离开了酒店，回到各自的住处休息。

接下来的日子里，开始我们还继续关心向北的死活，但时间一长，我们也慢慢把这件事情遗忘了，又回归到之前的生活状态。

“松岛介一郎”一直赖在黄然朋友的酒店里，他现在是真正的无处可去，日本的福岛神社已经推举了新的大神官，他也不想再去日本了。黄然虽然家大业大，但让“松岛介一郎”就这么赖在酒店里也不是办法，最后黄然索性把他带回了自己家，“松岛介一郎”无聊的时候，还会跟黄然一起来我们的公司坐坐。

几天之后，黄然派人将上善大和尚的遗体从同佛寺里请了出来，直接空运了回来。念着那天晚上的情分，我们几个一起去接的机，开车将上善大和尚的遗体运到黄然家，打开层层保护的包装箱，我们惊讶地发现，过了这么长的时间，上善老和尚的遗体除了风干了一些以外，没有一点腐败的迹象，这应该就是传说中佛家的全身舍利——即身佛了。

见上善老和尚的遗体成了即身佛，“松岛介一郎”笑得嘴都合不拢，立刻指挥我们几个将上善大和尚的即身佛送到了他的房间。

说句题外话，上善老和尚另一个徒弟净空，被黄然送去了河南的一座大庙，几年之后净空也做了大和尚。

这段日子里，我们公司零星接了几个小活儿，左右三五万的生意，这种小生意要放在以前，孙胖子是绝对不会接的，但现在情况不同了。用孙胖子的话来说，他已经是虎落平阳了，蚊子再小也是块肉，闭着眼也就接了，带尹白去事发的地点走一圈，什么妖魔邪祟都吓跑了。

接下来孙胖子也遭遇到了麻烦，由于破产加欠债，孙胖子之前住的房子被银行收走拍卖，本来张支言想让孙胖子住他家，但孙胖子没给他这个赎罪的机会。当天晚上孙胖子就扛着行李箱，带着另外一个蹭饭的吴连环敲开了黄然家的大门。

又过了半个月，我租的房子因为房东的儿子要结婚，他们打算收了这间房子当新房，于是我也开始四处找房子搬家，房子还没有找到，我的行李已被孙胖子偷偷地搬进了黄然的家里。

我脸皮没有孙胖子那么厚，本来想把行李拿回来重新找地方住的，不过黄然一句话就让我安心地住在了他家：“也不差你一个了……”

黄然的房子虽然不小，但突然多了这么多人，还是让他有些不太适应，于是最不应该找房子搬家的黄然，开始到处找房、看房、买房。

最后黄然花了将近一个亿，在我们公司附近买了一栋三层楼、十二个房间的别墅。我还清楚地记得，搬家的那天，等搬家工人将所有的家具和生活用品摆放好，孙胖子就以“进火”的名义，请了黄然和我们这些不花钱的住客，去了我们经常去的那家粤菜馆子。

一顿饭又花了黄然两三万，等结账回到家时，已经是后半夜了，叫了辆车把我们拉回黄然的新家，我们各自回到自己的房间之后，我简单地洗漱了一遍，就趴到床上睡觉了。

也不知道睡了多久，突然感觉有人在推我，这时我酒劲上涌，迷迷糊糊地睁开了眼睛，就见一个光头的老和尚正坐在我床边。房间里没有光亮，我看不清老和尚的相貌，之前喝得晕晕乎乎，现在还是宿醉的状态，我向老和尚问道：“你谁啊？”

“你个臭没良心的，连我都忘了吗？”老和尚嘿嘿对我笑骂道，“这才过了几天，你就忘了谁在昆仑山的同佛寺里给你们蒸馒头、炖雪里蕻吃吗？”

“没忘啊。”这时我还没有清醒过来，对老和尚说道，“不就是净空和尚吗？你是净空？看着怎么不像啊。”

“呸！”老和尚朝我脸上啐了一口，随后指着我的鼻子说道，“净空蒸谁的面？炖谁的雪里蕻？我那白面馒头都吃狗肚子里了？你吃完抹嘴就走，跟穿上裤子就不认账有什么区别？”

这时我才“明白”过来，面前的老和尚竟然是上善，这时我也是酒劲上涌，脑子已经喝麻了，完全想不明白这个已经圆寂了个把月的老和尚怎么会出现在我的房间里。

“认出来了，您不就是上善大师吗？”我哈哈一笑，拍了拍上善老和尚的肩膀，大着舌头说道，“你怎么下山了？也不跟我们说一声，我们也好去接你……”

“我怎么下的山？被你们接下来的啊。”上善老和尚笑眯眯地看着我说道，“忘了？就是前几天，还是你们一起去机场接的飞机。”

被他这么一提醒，我还真隐隐约约想起来，好像前几天，我和孙胖子他们一起去的机场，将上善老和尚的尸身接到了黄然以前的那个房子。

我莫名其妙地笑了几声，随后对上善老和尚说道：“对，我想起来了，前几天我们一起去的机场接你，不对——今天老黄搬家，他请客吃饭，你怎么没去？”

“我就是为这个来的，你们压根儿就没叫我。”上善老和尚一拍大腿，对我说道，“你们这群良心让狗吃了的，在我庙里吃我的喝我的，现在吃好的就把我忘了，你们说说，好意思吗？”

“没叫你吗？”我迷迷糊糊地回忆了一下晚上吃饭的情节，除了我自己之外，竟然谁都想不起来了。我闭着眼睛想了半天，结果差一点儿又趴在床上睡了起来，最后还是上善老和尚把我晃醒：“不带我去吃就算了，总得告诉我都吃了什么，让我过过干瘾总行吧？”

我不明白他话里的意思，睁开了一只眼睛，看着老和尚：“啊？”

上善老和尚说道：“刚才我去吴连环的房间转了一圈，那个粗坯一看就是没吃过好东西，我去的时候他正说梦话呢，把晚上吃的东西都说了一遍。妈的，说到红焖天九翅的时候就睡着了，死活都叫不醒他，我就想知道后面还有什么菜，很难吗！”

“鱼翅的菜……”想到这里时，我的脑子慢慢地开始清醒起来，“就是佛跳墙嘛，佛跳墙——即身佛……”这时，我才感觉到不对，当时酒意全无，瞪着面前正冲我笑的老和尚说道，“你不是死了吗？”

第十九章　再见郝头

“对啊，我已经死了……”老和尚对我笑了一下，身体突然化成了一道烟雾，消失在我的房间里。一时之间，我有点搞不清楚现在到底是做梦，还是真的见到了上善老和尚的魂魄。

就在这时，门外突然响起了敲门的声音，同时听见吴连环的声音说道：“圣僧！活佛！我想起来了，鱼翅后面的一道菜是佛跳墙……”

他的话说了一半，我就已经打开了房门，就见这老头满脸通红的在门口狂喊：“佛跳墙！就是佛跳墙，我想起来了！”这时，对面的门打开，孙胖子将他的拖鞋扔在了吴连环的脸上：“你倒是早点儿想起来啊！早五分钟我还用挨这顿打吗？”

这时候，我才看到孙胖子的两边脸颊都是又红又肿的，脸上还清晰地留着几个巴掌印，接着“松岛介一郎”也捂着脸从楼上走下来，他直愣愣地看着我们几个，口齿不清地说道：“为什么你们不直接把他火化了？留着他干什么！”

就连这个和吴仁荻同一个时代的人，最后也没逃脱上善老和尚的大耳刮子，现在话都说不清楚。孙胖子过去看了一眼，说道：“下巴打脱臼了……不是我说，那个谁，你忍一下，我给你托上去。”

孙胖子说话的同时，扶着“松岛介一郎”的下巴猛地向上一抬，“松岛介一郎”“啊”的一声，捂着嘴巴蹲到了地上。孙胖子蹲不下去，只能站着对他说道：“没托上去吗？不是我说，要不然再来一次？身体也不是你的，你还心疼什么？”

“松岛介一郎”蹲在地上回答道：“咬到舌头了……”

一场风波过后，天色也渐渐亮了起来。这时，黄然穿着睡衣从楼上走了下来，发现除了我和黄然以外，其他人都不同程度地挨了上善老和尚的巴掌，一打听才知道所有人昨天晚上都见到了上善老和尚。

第一个见到老和尚的是吴连环，他是我们几个人里面唯一没有见过上善老和尚的人，昨晚他也喝得不少，回来之后衣服都没脱就直接躺在床上睡着了。一开始吴连环也以为自己在做梦，凭什么一个叫花子一样的老和尚问我什么，我就要回答？

吴连环随手摸出五块钱递给了上善，应付他说道：“去买碗拉面吃吧，或者去旁边的房间找胖子要钱，这里就我最穷，他们都比我有钱。”

老和尚笑眯眯地收了五块钱，先双手合十，高诵了一声佛号，下一秒钟大嘴巴子已经朝吴连环抽了下去，一边抽一边骂着：“你什么意思？佛爷我缺你这五块钱吗？还吃拉面！现在一碗拉面六块钱好吗！”

被打得酒醒的吴连环又摸出十块钱递给老和尚，让他买碗带肉的拉面。这时，老和尚才又笑眯眯地说道：“这就算是你给的香油钱了，佛爷我会替你在佛祖面前祈祷的。佛爷我还有点儿小事情要麻烦施主，今晚你们几个吃肉喝酒已经犯了戒，佛爷我准备替你们念经驱邪，不过你们要把今晚吃的喝什么的都告诉我，佛爷我也好替枉死的生灵超度。”

吴连环不敢惹这个老和尚，当下把晚上吃的菜品一一背诵给了老和尚听。不过他记得的都是硬菜，背到红焖天九翅时就打了结，死活想不起来后面的菜是什么，顿时惹得老和尚很不高兴，没得说，又挨了一顿嘴巴子。打完以后见吴连环一时半会儿确实想不起来，老和尚只能去打别人的主意，临走时他恶狠狠地对吴连环说道："佛爷我去问问别人，你好好想想，要是他们几个比你先说出后面的菜是什么，佛爷再回来招呼你。"说完上善老和尚又去了孙胖子和"松岛介一郎"的房间。

吃饭时孙胖子光顾着套"松岛介一郎"的话，想弄清楚他的来历，心思压根儿就不在菜肴上，根本没记住什么菜名。而"松岛介一郎"这些年一直都附在松岛家族历代大神官的身上，如果问他什么部位的生鱼片好吃，他能马上告诉你，晚上吃饭的时候他就觉得菜的味道确实好，哪说得出来什么菜名。

和吴连环的遭遇差不多，孙胖子和"松岛介一郎"都好好挨了老和尚一顿巴掌。之后上善老和尚又到了我的房间，现在想想都后怕，要是我那会儿没醒，没回答上来的话，老和尚八成也不会因为我是白头发就少给我几巴掌。不过也因为我回答出来了菜名，才让黄然逃过一劫。

问清楚是怎么回事之后，黄然带着我们去了"松岛介一郎"的房间，上善大师的即身佛就存在他的房间，等我们到他房间，孙胖子一眼就看到了即身佛的双手分别紧紧握着两张钞票——一张十块的，还有一张五块的……

所有人都搞不明白这到底是怎么回事，"松岛介一郎"确定老和尚已经圆寂了，不过老和尚生前是得道高僧，按说他死后绝不应该以鬼魂的形态出现，只能猜测可能老和尚生前有什么执着的心愿没有完成，这才继续留在人世不愿去他该去的归宿。

好在大家都知道上善老和尚是得道高僧，昨晚只是顽童心态恶作剧而已，也没有人再说什么（也不敢再说什么），只是“松岛介一郎”无论如何都不肯再和老和尚的即身佛待在一个房间了。没办法，最后黄然只有将大厅里供奉着的关二爷请了下来，把这尊即身佛摆在了原本关二爷的位置，继续接受每天的香火。

这个小插曲后，上善老和尚只偶尔出来几次，像这次闹得这么凶的就再没有了。

接下来一段时间，公司接到了几个稍微大一点的活儿，虽然每次都不过十万八万，但是比起前一阵的萧条来说，也算是不错了。

一个礼拜后，我开车从以前民调局的地方路过时，忽然远远瞧见一个四五十岁男子的背影眼熟，顿时放慢了车速，开过去后回头看了一眼，没想到这一眼看过去，险些和前面的车撞到了一起。

我一个急刹车将车子停住，飞快从车上跳了下来，几步走到这人的身边，说道：“郝头，这几年你到哪里去了？我和孙胖子一直都在找你……”

这人正是民调局解散后就一直没有音讯的郝文明，一年多不见，郝文明竟然变得又黑又瘦，脸上的皱纹多了一倍不止，衣服上面满是尘土，也不知道多长时间没洗了。见到我之后，他反而有些拘束起来，有些尴尬地笑了一下，对我说道：“辣子啊，不是我说，小两年没见了，你和孙大圣还好吗？”

“别在这儿说了，上车，有什么话到我们那儿去说。”说着，我拉住郝文明就往车上推，想不到他连连摆手，说道：“你听我说，今天不合适，我这里还有事情。等过两天的，我请你和大圣吃饭，不是我说，今天真的不行。”

“哪有这么多不行的。”我死死地拽住了郝文明的衣服，一边掏出手机给孙胖子打电话，“在哪儿呢？正好，我在民调局老楼这儿，和郝头在一起，快点过来！”

孙胖子正好离这儿不远，几分钟之后，就看见他的车开了过来。从车上跳下来，孙胖子一把就搂住了郝文明，说道：“找你一年多了，搬家了怎么也不说一声？”

第二十章　后遗症

“这不是又找到了嘛。”郝文明尴尬地笑了一下，说道，“那什么，我家里还有点儿事情，要马上回去。这样，等过两天我把家里的事情忙活完了，到时请你和辣子吃饭，咱们再好好聊聊。”

见郝文明执意要走，孙胖子眨巴眨巴眼睛，说道：“那就只能这样了。不是我说，郝头，我和辣子的电话都没换，等你把手头上的事情忙完了，就直接给我们打电话，我们什么时候都有时间。”

“好，就这么说定了。”郝文明好像真有什么事情，连客气都没客气几句，说完他人已经一溜烟儿跑出去老远。

孙胖子笑眯眯地看着郝文明的背影，突然打开车门对里面的人说道：“跟着前面的瘦高个儿，别让他发现，这个没有问题吧？”

这时我才反应过来，孙胖子的车上还有一个人，正是仿佛孙胖子跟班一样的吴连环，他看了一眼郝文明的背影，说道：“孙局，您的意思是让我去跟踪郝主任？不用那么麻烦，他住在哪里我知道。”

“嗯？”吴连环的话让孙胖子有些出乎意料，他似笑非笑地看着吴连环，说道，“老吴，有你的啊！知道郝主任的地址也不和我们说一下。”

“您误会了。”吴连环连连摆手说道，“二十年前我就认识郝主任，不过郝主任不一定认识我。前几天您和沈领导去昆仑山时，我闲得没事出来转转，正好看见郝文明买菜回家，不过他没有认出我来。”

“那就别废话了，带路！”孙胖子上车之后，对我喊道，“辣子，你跟着我的车……”

就这样，吴连环在前面指路，我跟在后面，只拐了三四个路口，孙胖子的车停在了一片老旧民居的前。孙胖子停好车，和吴连环一起从车上下来，我跟着也从车上走下来，和他们一起，走进了其中一个楼道。

吴连环指着一号门的单元房，说道：“上次郝主任就是进了这间房，里面好像还有什么人，搭手把郝文明买的菜接过去了。”

“还有一个人……”孙胖子呵呵地笑了一下，对吴连环说道，“老吴，你去敲门，就说是查水表的。辣子，你过来，咱们俩躲一下……”

说话的同时，孙胖子拉着我躲到了门旁，他朝吴连环使了一个眼色，老吴已经开始敲起了门：“家门有人吗？查水表——家里有人吗？查水表……”

吴连环敲了几下，屋内就响起郝文明的声音：“不是前两天刚查完吗？不是我说，你们一遍一遍地查水表有瘾啊？”说话间，屋门已经打开，郝文明一眼就瞧见了一张笑嘻嘻的胖脸，胖脸的主人对他说道：“郝头，不是我说，不请我们进去坐坐吗？”

孙胖子的话音刚落，就听屋里传来另外一个男人的声音：“老二，谁来了？请进来坐啊。”

郝文明回头冲屋内说道：“没谁，查电表的。老大，你等我一下，他这水表抄错了，我和他对一下，你安心躺着，别起来。”说话的同时，郝文明朝我和孙胖子使了个眼色，让我们远一点儿说话。

郝文明虚掩上房门，带着我们走到了屋外的楼道，他叹了口气，说道：“既然都看见了，那就不瞒你们哥儿俩了。不是，我的意思是说，现在我和我们家老大就住在这儿，住这儿挺好的，虽然没有以前的房子大，但买东西方便啊，往前走过三个路口就是菜市场，刚才我就是去买菜的时候遇见你们的。”

孙胖子朝郝文明的那间房看了一眼，说道：“郝头，说实话吧，不是我说，整个民调局我就上过一个人的当，那个人绝对不是你。到底怎么回事？你不说的话，我就直接进去问郝正义了，反正都是熟人，你不说实话，总得有个说实话的吧。”

听孙胖子威胁说要去问郝正义，郝文明长长地叹了口气，看了我和孙胖子一眼，说道：“好，我说。民调局解散之后，我们家老大就废了。开始还好好的，以前我们俩小时候的事情也能慢慢记起来了，不过没过多久，他忽然想起第一次和高亮见面的事情，人就崩溃了，又哭又笑的，还把头往墙上撞。幸好当时我就在他身边，拼了命才把他按住，后来把他送到医院打了两支镇静剂，睡了一觉把那一段忘了才好过来。

“打那以后，就不能让他听到‘高亮’两个字，只要听到这两个字就犯病，有一次我看他精神好点儿，就带他出去透透气，结果在小区里听到邻居家的小孩说天上的月亮又高又亮。顿时他又受不了了，跪在地上哭了一宿，我怎么也劝不动他，只好又打了120，送医院又打了镇静剂……唉，我们哥儿俩这辈子算是毁在高亮手里了，我把命捡回来了，我们家老大的命又丢了一半……”

说到这里，他又是一声长叹。我和孙胖子也沉默不语，这个算是高亮为保住民调局留下的后遗症了，想不到他算计了所有人还搭上了自己的命，最后民调局还是没有保住。这个话题太过沉痛，我不想继续下去，于是将话题转开了去：“郝头，那你换什么房子？不是我说，你那座房子怎么也比这里好吧？”

说到这里，郝文明脸上露出来尴尬的神情。不用他回答，孙胖子已经猜到了是怎么回事：“郝头，咱们都是自己人，有什么说什么，你是不是手头——不宽裕？”

郝文明叹了口气，低下头说道：“本来以为守着民调局就是端上‘铁饭碗’了，谁能想到说解散就解散了。不是我说，当初破军走时，我将手里的一点儿积蓄都给他妈送去了，本想回到民调局以后再赚，早知道的话，当时就跟你们一样，也去接一点儿外活儿了。”

郝文明说的我和孙胖子都知道，当时整个民调局里，没有接外活儿的除了高亮就只有郝文明了，就跟他刚才说的一样，当时郝文明心存的是守着民调局过一辈子的想法，要不然的话，也不至于现在这么落魄。

见郝文明尴尬的表情，孙胖子对他说道：“好了，不说这些了。郝头，都到家门口了，怎么也得请我和辣子进去坐坐吧？”

“还是下次吧。”郝文明苦笑了一声，说道，“家里就我们两个老爷们儿，平时也没收拾，等下次，你们来之前我先把屋子收拾收拾……”

“别下次了。”孙胖子笑嘻嘻地看着郝文明，说道，“下次你再跑了怎么办？”

“老吴，麻烦你跑个腿，去买点儿……”说到这里，孙胖子将自己的钱包取了出来，打开钱包才想起自己破产之后，身上从来没带过超过一百的现金，信用卡就更别提了。他一咧嘴我就明白怎么回事了，我立刻把自己的钱包掏出来，将里面的现金都塞到吴连环的手里，说道：“老吴，你去附近的馆子买七八个热菜，白酒啤酒主食什么的你看着办，打包送过来。”

郝文明还在旁边说道：“怎么能让你们花钱，还是我请你们吧。”说着，他也伸手去掏钱包，却被孙胖子一把拦住，说道：“郝头，这都是我们孝敬你的，咱们别在这儿说话了，家走吧，去看看我郝正义郝哥，老长时间不见，还真想他了。”

他的话刚刚说完，郝文明在身后就踹了他一脚，笑骂道：“叫叔！你跟他论哥们儿，和我还怎么论？”

第二十一章　故人

见到了郝正义，他的样貌变化之大超乎我的想象。几年前刚见到郝正义时，不管在什么情况下，头发都梳得一丝不乱；说到气质，黄然都不好意思跟他站在一起；论起心智，就连孙胖子和他说话都要加着小心，要不然的话，他也不能将委员会搞得鸡犬不宁。当年如果不是高亮一心想要搞垮委员会，派郝正义去做了卧底，后面民调局的副局长应该就没孙胖子什么事了。

现在的郝正义和之前比，简直如换了一个人似的：他现在一脸的络腮胡子，眼窝深陷，头发也不知道几个月没打理了，看着就像是乱草一样。我们进到屋子里时，郝正义正披着棉被坐在床上，一脸迷惘地看了我和孙胖子一眼，随后有些惊恐地朝我们身后喊道："老二，老二……"

"来了，来了……"郝文明赶紧从孙胖子的身后挤到前面，对他大哥喊道，"我在这儿呢，老大，他俩你还记得吗？胖一点儿的那个叫作孙德胜，我给他起了个花名叫孙大圣；白头发的那个叫作沈辣，他的头发还没变白的时候你就见过他了。不是我说，这哥儿俩以前都是跟我混饭吃的，现在有能耐了，他们开了公司当了大老板了。"

"孙德胜……沈辣……"郝正义歪着脑袋想了半天，还是摇了摇头，瞪大了眼睛对他弟弟说道，“想不起来，我还是一点儿都想不起来他们是谁。”

“想不起来就慢慢想。”郝文明微微叹了口气，像哄小孩一样对郝正义说道，“你这不是病还没好吗？等你的病都好了，就什么都想起来了，到时我带你去见见别的老朋友，再回老家看看，几十年没回去了，也不知道那里怎么样了。”

“你们回老家可得带上我。”孙胖子龇牙一笑，冲郝家兄弟俩说道，“最近我去别人的老家去上瘾了，说好了，你们俩什么时候走，一定要带上我。”

郝文明笑了一下，说道：“行，一定带上你，这一路上的食宿就让你包了。”

孙胖子哈哈一笑，说道：“没问题，到时候我带上黄然……”说到这里，孙胖子突然反应过来可能提到了不应该提的人，黄然和郝正义一直都在钩心斗角，弄不好再把郝正义的负面情绪勾起来。当下孙胖子赶紧闭上了嘴巴，偷眼去瞧郝正义的反应。

好在郝正义仍像没事人一样，看着孙胖子一阵傻笑，这时孙胖子才松了一口气，看来只要不提高亮，郝正义就不会发作。这样就好办了，孙胖子已经开始和郝家哥儿俩胡说八道起来。差不多过了半个小时，大门外传来敲门的声音。

郝文明跑过去把门打开，就见吴连环领着两个餐馆的服务员，提着几个食盒从外面走了进来，将食盒里的菜都拿出来，吴连环将服务员打发走后，这才笑嘻嘻地凑过来对我说道：“沈领导，您给的钱一分都没糟蹋，一共十六个菜，三瓶五粮液，馆子里的啤酒太凉喝了伤胃，我就没要。”

谁让你瞎显摆了？我有些没好气地看了吴连环一眼，郝文明家里的小桌子最多也就能摆下六个盘子，这不是让郝家兄弟难堪吗？最后实在没有办法，只能将这十六道菜摆到了郝文明的床上。我和孙胖子帮忙将郝文明床上的被褥搬走，又在上面铺上了两层塑料布，才将十六盘菜摆在了郝文明的床上。

我们拉了几把椅子围着郝文明的床坐了一圈，吴连环这时才反应过来这事办左了，也不好意思在这里吃饭，随便找了个借口，早早地离开了郝家兄弟的家。

开始我和孙胖子还担心郝正义能不能喝酒，不过看到郝文明主动给郝正义倒了半茶缸的五粮液，我们俩也就打消了顾虑，四个人围着一张床开始吃喝起来。

吃喝了半晌，孙胖子以酒遮脸，对郝文明说道："郝头，不是我说，就凭您在民调局锻炼出来的本事，在哪儿不能混出点儿名堂。现在的人都惜命，有个风吹草动的就要找人看看，就说香港那个金瞎子，眼睛都看不见了，去年还在马来西亚的一个赌场挂名了一个执行董事，您怎么着也比他强多了吧。"

郝文明抿了一口白酒，说道："开始我也是那么想的，不过这样一来就要全国各地到处跑。不是我说，我不在家的话，我们家老大怎么办？你们看他这样子能照顾好自己吗？"说完，将酒杯里剩下的白酒一口全灌了下去。

顿了一下，郝文明接着说道："我在楼后面的小学谋了一个夜班看大门的活，白天我在家照顾我们家老大，晚上看大门的时候把他也带过去，正好做个伴。"

"你去看大门？"我和孙胖子的眼睛都直了，孙胖子将已经端到嘴边的酒杯又放了回去，说道，"这样，郝头，你什么都别说了，一会儿我就找人给你搬家。黄然那边还有几间空房，闲着也是闲着，现在正好派上用场。对了，他们家现在还有两个半高人在，让他们看看，兴许咱大哥这病还能治好。"

郝文明的眼睛一亮，马上又黯淡了下来。郝文明叹了口气，说道："算了吧，别人还好说，黄然——唉，他不弄死我们家老大就不错了，指望他帮忙，还是算了吧。”

郝文明说得也有道理，我们这些人里，黄然对谁都能客客气气的，唯独对郝正义就不好说了，当年委员会虽然是他亲手解散的，但根源出在郝正义的身上。郝正义做委员会会长时，已经毁了委员会的根基，这世上黄然最恨的人里，郝正义绝对排名第一位。

这么说起来，别说黄然家了，就连我们公司郝家兄弟怕也是进不去了。孙胖子破产时，将自己名下的股份都转到了黄然的名下，现在黄然才是真正的大股东，一个不高兴让我们俩卷铺盖走人也不好说。

见我和孙胖子都低头喝闷酒，郝文明笑了一下，说道：“你们哥儿俩也不用瞎操心了，不是我说，我在小学看大门也挺好的，离家近还没什么事，我们家老大一旦犯病……”

还没等郝文明说完，孙胖子再次说道：“郝头，你听我说，学校看大门的活儿你就别干了，又不是女子高中，那活儿有什么好干的。今天就辞职，这几天休息一下，先别着急干活儿，我想办法把待在黄然家的高人请出来，让他们先给郝老大看看，咱们治病要紧，至于这段时间你们哥儿俩的生活费……”

说到这里，孙胖子掏了掏口袋，随后看着我，我笑了一下，说道：“我给……”

郝文明对生活费并不在意，但听到郝正义的病有机会能治好，顿时来了精神，开始向我们打听黄然家里高人的事情。

“松岛介一郎”这个人，郝文明虽然听说过，但并不太了解。他感兴趣的是上善老和尚，听到上善这个名字，郝文明沉吟了一会儿，好像想起来了什么，他向孙胖子问道：“上善大师？昆仑山同佛寺的那位上善大和尚吗？”

第二十二章　反应

我和孙胖子都是一愣，上善老和尚的身份就像一个谜，孙胖子套了很多次杨枭的话，但只要一提到上善老和尚，杨枭的嘴巴马上就闭上，打死都不肯多说一个字。

听郝文明话里的意思，他好像认识上善老和尚，这个就有点儿意思了。孙胖子笑嘻嘻地夹了个虾仁儿，放到郝文明碗里，然后问道："郝头，不是我说，看不出来你交友这么广阔。说说吧，那老和尚什么来头？好像以前不叫上善，应该是后来改的。"

"他以前叫什么我真不知道。"郝文明又喝了一口酒，说道，"那还是十几年前吧……我想想，应该一九九九年的冬天，那一年昆仑山下了一场大雪，大雪封山谁都上不去，那谁……"说到这时，郝文明看了一眼郝正义，我和孙胖子明白他说的是高亮。

见郝正义没什么反应，郝文明继续说道："他让我坐直升机去给同佛寺的和尚送过冬物资。不是我说，那次也是点儿背，直升机降落在同佛寺前的空地上，把物资卸完之后，直升机还坏了，我和驾驶员两个人在庙里住了三天三夜……"

听到这里，孙胖子笑嘻嘻地插嘴说道："然后你们就在庙里面吃了三天的蒸馒头和炖雪里蕻吗？"

“蒸馒头？还雪里蕻？”郝文明摇了摇头，说道，“哪有这种好事，我和直升机的驾驶员整整喝了三天的面糊糊，就这还一天收了我们一人二百块钱，当时我可是给他送去了五百斤粮食，还有各种各样的副食。等过了三天，直升机修好之后，我们连夜就走了，后来也没有再去过。不过听你们刚才说的上善和尚这么厉害，可不像我见过的那个老和尚。”

“就是一个人，没错。”孙胖子嘿嘿一笑，郝文明也不是外人，当下他就把我们怎么遇到上善老和尚，老和尚怎么圆寂的，又怎么把老和尚的遗体运回首都，甚至连老和尚怎么半夜教训我们的事情都说了一遍。郝文明听得瞪大了眼睛，喃喃地说道：“那老财迷还有这本事？”

看来除了杨枭以外，就只有吴仁荻和高亮那只老狐狸知道上善老和尚的来历了。接着吃喝了一阵，我找了个借口去了趟银行，取了五万块钱，又回到了郝文明家，把这五万块钱塞到郝文明手里：“郝头，听大圣的，你今天就别去上班了。这点儿钱你先拿着花，等过几天我和大圣再给你找个轻松一点儿的活儿。”

“干什么活儿不急。”孙胖子接口说道，“现在最重要的是把郝大哥的病治好。不是我说，辣子，你看上善老和尚能行吗？”

“我觉得他能行。”看了一眼郝正义，我说道，“‘松岛介一郎’的魂魄都虚弱到那种程度了，被老和尚几巴掌就打回来，现在鸠占鹊巢把松岛介一郎本人压制得不敢冒头。不过话又说回来，老和尚自己现在也变成魂魄了，他的巴掌还能管用吗？”

“那是你没挨过他的打。”说到这里，孙胖子条件反射地捂住了腮帮子，仿佛那天晚上挨的巴掌，现在还在疼。

郝文明将钱放在墙角，说道：“辣子，那我就爱财了。最近手头确实有点儿紧，也不怕你们笑话，刚才和你们假客气时，真怕大圣点头让我请客，那我就只能请你们吃挂面了。”

又待了一会儿，见天色已晚，我和孙胖子起身告辞。在这儿待的这段时间，和郝正义混得熟了，我们临走时，他还在招手告别：“明天再来啊……”

我和孙胖子都喝了不少，两辆车都停在了郝文明家门口，我们俩打车回到了黄然家，进门之后，正好碰上黄然他们开饭。

我们刚才在郝文明家光顾着喝酒了，饭菜就没怎么动过，加上打车回来颠了一路，现在还真有点儿饿的感觉。

“你们俩自己盛饭，汤在锅里，什么时候喝都可以。”黄然笑眯眯地对我们俩说道，“来尝尝我的手艺，我做的三杯鸡就算是在台湾也吃不到这么正宗的了……”

我和孙胖子盛好饭，正准备开吃时，孙胖子忽然笑吟吟地对黄然说道：“老黄，不是我说，有个事情和你商量一下。你看我们公司开业也这么长时间了，蒙奇奇和张支言请假比上班的时候都多，一旦有什么紧急的事件，我们的人手还是有些不够。你看这样好不好，再招几个人，万一有什么突发事件，也不用为人手的事情发愁。”

黄然将手里的碗筷放下，对孙胖子笑了一下，说道：“大圣，如果你想让郝文明和郝正义来公司做事的话，那这个话题就到此为止了。他们俩，尤其是郝正义，你应该是知道的，我是绝不会同意他来公司的。当然，你也可以绕过我，直接把他们聘请过来，但如果你真这么做的话，我就只有撤股走人了。”

黄然说话时，孙胖子狠狠地瞪了吴连环一眼，他提前回来的，除了他多嘴，黄然不可能知道孙胖子想要说什么。

黄然说完之后，孙胖子嘿嘿干笑了几声，随后对黄然说道：“老黄，那么久的事情了，你还记仇啊。再说了，郝正义当时是被高老大派到你们委员会去的，他也是身不由己。不是我说，当年派他去你们委员会的人现在都不在了，这事看我面子，就这么过去得了。当年我和你也是死对头呢，现在不也在一张桌子上吃饭了吗？再说了，当时你也不想去继承委员会的烂摊子了，我们才达成共识的，不是吗？”

“两回事，当时你给了我一块遮羞布，至少表面上看起来，委员会和民调局是‘同归于尽’，我面子上也不难看。”黄然看了一眼孙胖子，说道，“我接手委员会之时，它已经被郝正义蛀空了，垮台是迟早的事情。我不想继承，并不等于我想把它毁掉，委员会是我外祖一族几代人的心血，因为郝正义，什么都没有了。现在你想拉他们进公司做事，让我天天面对他们，你觉得可能吗？”

自从民调局解散，和黄然合伙开公司以来，还是第一次听他用这么严肃的口气说话，不过孙胖子却并不打算和他翻脸，他“扑哧”笑了一声，说道：“老黄，不是我说，这不就是和你商量一下吗？成就成不成拉倒，你看你这样子，差点儿都吓着我了。要不是和你这么熟了，还以为你要和我翻脸呢，我现在可刚刚破产，你不会赶我走吧……”

孙胖子的态度让黄然马上就要着起来的火苗顿时又熄灭了，他看着孙胖子叹了口气，说道：“那就别说话了，吃饭，菜都快凉了。”

孙胖子觍着脸笑道：“三杯鸡咸了……”

第二十三章　走失

这顿晚饭吃完，黄然洗了碗筷，就习惯性地回书房看书抽雪茄了。“松岛介一郎”也回了他自己的房间，房间门一关，也不知道他在干什么。而吴连环知道自己办错了事，吃饭时眼睛都不敢看孙胖子，吃完就忙着帮黄然刷碗。收拾完之后，他趁在客厅看电视的我和孙胖子不注意，一溜烟儿跑回自己的房间，还学“松岛介一郎”一样插上了门，大概是怕我和孙胖子找他的麻烦。

不过他这样正中我和孙胖子的下怀，趁客厅里没人，孙胖子先回了趟自己的房间，接着又拉着我到了供奉上善大和尚的神龛前。孙胖子先从旁边的香筒里抽出三炷香点上，朝老和尚的即身佛拜了拜，将这三炷香插在香炉上，瞧瞧左右无人，他从衣服里掏出三本书在神龛前晃了一下，接着又飞快地将这三本书放回自己的怀里。

“大和尚，看见了吗？三个版本的《金瓶梅》！足本、超本和插图本的。”孙胖子贼兮兮地左右看了一眼，确定除了我以外再无旁人，这才继续说道，“之前说好了要烧给您的，不过现在您就在我们身边，也不用烧给您了，东西在我房间里，想要就进来拿。”说完之后，孙胖子拉着我就往他的房间走。

本来我以为孙胖子要找上善大和尚私聊的，但没想到他还是拉上了我，上次半夜见到上善之后，我也有点儿被吓到了。本想挣脱孙胖子回自己房间里去躲躲，被这胖货死死地抓住了衣角，无奈之下，我只能被孙胖子拖着，进了他的房间。

刚进到孙胖子的房间，就看见他的床上坐着一个满脸褶子的老和尚，正是刚刚才给他烧完香的上善老和尚，这速度也太快了一点儿吧。见到我和孙胖子进来，上善老和尚风一样到了我和孙胖子的身前，他搓了搓手，有些扭捏地朝孙胖子伸出了巴掌，说道："先把带插图的给我……"

"就说大和尚你会欣赏……"孙胖子哈哈一笑，从怀里掏出来三本书，从里面抽出一本来递给了上善。

上善老和尚只翻开了第一页，煞白的脸色就变得涨红，呼吸也紧接着变得急促起来，随后猛地将书合上，双手合十诵了一句佛号："阿弥陀佛，罪过啊罪过……"这一声佛号诵完，老和尚的脸色好了一点儿，他深吸了口气，自言自语地说道，"我不入地狱，谁入地狱——再看看第二页……"

趁老和尚的注意力都在画本上，孙胖子说道："大和尚，不是我说，有件事情还想请您帮忙……"

他的话还没有说完，就被老和尚极不耐烦的语调打断："别理我，没空儿！"

孙胖子仿佛已经算好了上善老和尚会有这样的态度，他也不急，只笑眯眯地看着上善。没多一会儿，上善就将手中的画册翻了一遍，接着一脸愕然地看着孙胖子，说道："什么叫作上卷终，下卷待续？胖子，还有下本？哪儿呢？"

"还有下卷吗？"孙胖子装模作样地说道，随后恍然大悟状一拍大腿，说道："好像还真有，让我放到哪里去了？怎么想不起来？不是我说，都是被那件事情闹的，这几天一直都在忙活那件事……大和尚，要不这样吧，我先给您足本和超本的，您先拿这两本过过瘾，容我两天时间，我一定把下卷的画册给您送过来。”

“谁要看这个？”老和尚一把将孙胖子手里的两本书抢到手里，朝孙胖子大声吼道，“刚刚吃了白面馒头，谁还想再回去喝面糊糊？明天！明天你再去给我买一套！”

“您说得轻巧，这可是孤本……”孙胖子叹了口气，说道，“这是从清宫流传出来的风月春宫，据说是同治皇帝御览过的。为了弄这个给您，我可是费劲千辛万苦，花了大价钱从拍卖会上拍到的。唉，最近有件事太闹心了，搞得我什么都想不起来了。”

老和尚斜眼看着孙胖子，后来实在等不及了，对孙胖子说道：“好了，什么事要佛爷我帮忙，快点儿说，说完了就赶紧把下卷拿出来。”

“瞧您这话说的，说得好像我在讹您似的。”孙胖子呵呵一笑，然后继续说道，“不是我说，其实是我一个朋友的事儿……”接着，孙胖子将郝正义的事情说了一遍。

上善大和尚听了，想都没想就开口说道：“和无边冥界没关系，你这朋友有点儿意思，他是把自己不愿意想起来的记忆都禁锢在内心深处，只要外界有什么事情触动到他内心深处的记忆，比如说名字、数字什么的，他就会情绪激动起来。看起来像是癫狂，其实是他不想也不敢触碰内心深处的一段记忆而已。”

我和孙胖子听了上善老和尚的话，都有点儿不敢相信，本来还以为郝正义的病症是他从无边冥界走出来的副作用，现在看来，郝正义只是不敢回忆起高亮死在他手里的事实。

不过我还是有点儿不同的意见：“大和尚，我们那个朋友从无边冥界出来之后就失忆了，从小到大的事情都忘得干干净净，最近一年多才想起来一点儿小时候的事情，如果仅仅只想禁锢某一段记忆的话，不会把所有的事情都忘记了吧？”

“那是因为他的道行不够。”上善老和尚转过头来对我说道，

“道行是差一点儿，但是人挺聪明，他知道自己道行不够，没法封住某一段记忆，索性就把自己的全部记忆都给封住了，然后再把不想记起的回忆加深禁锢。道行不足，心性来补，你们的这个朋友有点儿意思。”

老和尚就像是亲眼见到了郝正义一样，只根据我和孙胖子的几句话，就明白问题出在哪里。对上善老和尚的本事，我和孙胖子还是信服的。知道了是郝正义自己封闭了自己的记忆之后，孙胖子叹了口气，再次对上善老和尚说道：“有没有什么办法，直接出手把他的这段记忆彻底清除掉？彻底想不起来是不是就没有问题了？”

“彻底消掉他那一段的记忆？”老和尚瞅着孙胖子笑了一下，说道，“那他就永远疯疯癫癫了，这辈子就算是交代了。他的心结还需要他自己打开，这个别说是佛爷我了，就连佛祖都没有办法。”

说到这里，老和尚顿了一下，看了看孙胖子和我，说道：“这样吧，看你们俩的面子，找一天佛爷我去看看他，运气好的话，你们这朋友兴许还有缓儿……胖子，佛爷我都这样了，你还不知道拿出点儿诚意吗？把下卷拿出来！”

孙胖子笑嘻嘻地从床底下搬出来一个箱子，从里面把那本《金瓶梅》下卷拿了出来。刚刚把画本递给上善老和尚，还没等老和尚翻开，孙胖子的电话就响了起来。

打电话的是郝文明，他在电话那一头慌乱地说道：“大圣，你和辣子过来帮我个忙！我们家老大丢了，这边我都找遍了，还是找不到他！”

郝文明的声音几乎是喊出来的，我在旁边都听得一清二楚。孙胖子安慰了几句就挂了电话，套上外衣就和我往外面走。走到大门口时，他好像突然想起来点什么，回头朝正在翻看画册的上善老和尚说道：“大和尚，就别挑日子了，我们那朋友现在出事了，您帮忙看两眼吧。”

第二十四章　谷底

刚才听我们说了郝正义的事情，上善老和尚也有点儿好奇，他也想瞧瞧到底什么人竟能对自己这么狠绝。听到孙胖子叫他，老和尚将手里面的半部画册扔给了孙胖子，说道："到地儿之后，你把画册打开，我自己就出来了……"说到这里，老和尚古怪地一笑，随后身子快速地变淡，接着消失在我们的面前。

当下，我和孙胖子谁都没有惊动，悄悄地离开了黄然家。我们俩的车都停在了郝文明家门口，本来孙胖子还想偷拿黄然的车钥匙，开黄然的车去，又怕黄然知道为了去找郝正义偷开他的车，和他翻脸，最后只好打了一辆出租车，到了郝文明的家门口。

我和孙胖子刚下车，就见郝文明从远处跑了过来。在孙胖子的询问下，郝文明讲了郝正义失踪的过程。

我和孙胖子离开他们家后，郝文明将床上的残羹剩饭撤下，郝正义竟然也帮忙收拾起来。自打郝正义失忆以来，这是很少有的情况了。难得郝正义的精神头这么好，趁外面天黑没什么人，郝文明就带着郝正义出去走走，顺便消消食。

这一路上郝正义都跟正常人一样，除了身上邋遢一点儿，其他看不出任何与常人不同的地方。这天晚上的天气也格外好，虽然是早春时分但是气温不低，丝毫没有乍暖还寒的感觉，难得天气也好，这哥儿俩越走离家越远。

就在郝文明觉得离家有些远了，准备带他大哥回家时，突然迎面走来一个人，见到郝文明，这人愣了一下，随后走了过来，对郝文明说道："您是郝文明郝主任吧？对，您就是郝主任！五六年不见了，您的变化可不小，刚才第一眼都没认出您来。"

郝文明有些疑惑地看着来人，当他说到五六年不见时，郝文明才猛地想起来，这人是五年之前一起事件的当事人。原本这人是一个古董商人，收了一件晚明时期附了冤鬼的玉器，当时这人被冤鬼纠缠了小半年，眼看着就要不行时，郝文明带着破军把他救了回来，五年多不见了，想不到在这里碰上了。

难得遇到以前的熟人，郝文明也跟着聊了几句，开始聊得还不错，可没过多久，这人的话风一变，突然聊到了民调局的事情，只听他忽然问道："郝主任，听说你们民调局已经解散了，真的假的？民调局都没有了，你们这些人怎么办？你们那位高亮局长调哪儿去了？"

本来郝正义还很正常，但来人突然提到了高亮，等郝文明反应过来时，郝正义已经变了脸。他突然如同野兽一般号叫了一声，随后疯了一样，连蹿带跑地朝马路对面跑去，郝文明赶忙也追了过去。

正当郝文明也准备冲过马路追赶郝正义时，一辆汽车直接朝郝文明撞了过来，虽然司机已经紧急刹车，但是没能来得及，"嘭"的一声，汽车将郝文明撞飞出去五六米远。

不管怎么说郝文明也是前民调局的主任级人物，眼看汽车冲来，被撞之前已经避开了要害，虽然仍被撞出去五六米远，但并没有受到太大的伤害。郝文明落地之后，一个翻身就从地上爬了起来，不过等他起身时，郝正义已经消失得无影无踪。

郝文明沿着郝正义消失的方向追了下去，跑了几里地也没有找到郝正义的踪迹。这时，郝文明才彻底地慌了，赶紧给我和孙胖子打电话，让我们来帮他寻找郝正义的下落。

孙胖子问清楚了事发的经过，又去事发地转了一圈，这才指着远处一座模模糊糊的建筑说道："往那边走吧，郝头，不是我说，你们家大哥八成往那里去了。"看着孙胖子手指的方向，郝文明的脸色突然间变得古怪了起来——孙胖子指向的建筑正是当年民调局的大楼……

"不会在那里面吧？"郝文明深吸了口气，说道，"提到了高亮的名字他就这样了，现在再让他进去民调局的老楼，那还怎么得了？"

郝文明说话时，我和孙胖子已经朝民调局老楼走去。郝文明想起孙胖子那透着邪性的运气，无可奈何之下，也只能跟在我们身后，朝民调局老楼走去。

当年民调局被解散后，这座老楼本来是要被拆除的，拆楼的工人、工具车辆都到了，后来也不知道为什么，还没有拆楼，这些拆迁工人和工具车辆又被撤走了，就这样，这座大楼直到现在仍好端端矗立在此处。

我们三个人到了民调局大门口时，心里一阵感慨。当年我们几个都是在这里面混饭吃的，想不到这才过了多久，大楼门口的招牌被摘下来了，而我们几个也各奔东西了。

我还在心里感慨时，孙胖子已经在大门口发现了有人刚刚进去的迹象：满是灰尘的地面上多了一串崭新的脚印，孙胖子指着脚印对郝文明说道："郝头，过来看看，这地上的脚印，是不是你大哥的？"

郝文明走过去，只看了一眼就说道："应该是他，我和我家老大穿的都是这种回力鞋。"说话的同时，郝文明伸出左脚在地面上轻轻地一点，地面上果然又出现了一模一样的脚印。

"这就简单了，跟着脚印走吧，走到头就能看到郝头你们家大哥了。”孙胖子笑了一声，对郝文明说道，“郝头，不是我说，这里你比我们哥儿俩都熟悉，还是你来带路吧，让我和辣子也找找当年刚刚进来时的感觉。”

“当时你们两个还是愣头青，谁能想到会有现在这样的本事。”郝文明没有推辞，跟着脚印一路向前走去。可能是知道了自己的大哥就在这座大楼里，郝文明也不像刚才那么慌张了。

走到电梯口时，郝正义的脚印突然乱了起来。看样子他是想进电梯，但这几个电梯已经停止运行一年多了，郝正义应该是等了好久也没见电梯门打开，这才改变方向，换了一条路走了。

继续跟着郝正义的脚印，到了安全通道的楼梯口，郝正义的脚印沿着楼梯一直走了下去，我们跟着脚印到了地下一层的停车场，郝正义的脚印穿过了停车场，走向里面一处角门。

郝文明打开角门，里面竟又是一条细长的楼梯。“这里怎么还有楼梯？我在民调局混了好几年都不知道这里还有楼梯。”孙胖子见了也很是惊奇，说道：“不可能啊，这楼梯建好之后就只用过几次，他怎么会知道的？”

原来这里就是民调局解散前孙胖子指挥二杨，将吴仁荻和高亮多年攒下来的宝贝运出来所走的通道。

第二十五章　治病救人

一年多以前，孙胖子在这里开了一条地下通道，将民调局存下的宝贝运了出来。当时民调局解散已经进入倒计时，人心惶惶的，谁也没有发现这里突然开辟了一条通道。不过严格来说，这个通道也不是孙胖子和二杨在民调局要解散时短时间内建好的，他们三个再厉害，也不可能几天之内建好这么一条宽大的带楼梯的地下通道。

这条通道源自当年修建民调局大楼时留出来的一个紧急出口，这个紧急出口直通地下四层，后来整栋大楼装修时，电梯被安装到了其他的位置，于是高亮临时决定又将整个紧急出口给封起来。孙胖子想要转移宝贝时，因为不能走电梯，于是又想到了这个紧急出口，他让二杨将封住出口的水泥墙砸开，还在停车场里建了一个临时的角门。

这个通道就连郝文明也不知道，他一边沿着郝正义的脚印往下走，一边听孙胖子讲这条通道的来历。等孙胖子说完，我们也到了民调局的地下四层，推开一扇伪装成墙体的暗门，一阵悲凉哀伤的哭声传到了我们的耳朵里。

当年高亮倒地的位置上，一个邋遢的大胡子正趴在地上号啕大哭，他一边哭一边以头碰地，磕头如捣蒜一般。

“老大，你干什么！”见了这个大胡子，郝文明飞快地跑过去，将大胡子郝正义从地上抱了起来，搂着郝正义的郝文明也大哭起来，“你想干什么？好好的来这里做什么？他的死和你没关系，都是他自己设的局！我跟着他卖了半辈子的命，你不光给他卖命，甚至为他当了细作！他凭什么这么对你！凭什么……”

我想过去把他俩拉起来，孙胖子却拦住了我，说由着他们好好哭一顿，把心里的郁结之气都哭出来，还能好一点儿。也难为郝文明了，在整个民调局里，对高亮最忠心的就是他了，但谁都没想到最后会是这么一个结果。

郝文明越哭越激动，猛地翻了一个白眼儿，身子直挺挺倒在地上，竟然晕了过去。

我和孙胖子都吓了一大跳，孙胖子喊了一嗓子：“辣子，不对！快救人！”说话的同时，我们俩飞快跑了过去。我一把拉住了也在崩溃边缘的郝正义，孙胖子将郝文明的头抬了起来，大拇指在他的人中穴上狠狠地掐了一下。

郝文明的嘴里吐出一口气，他的眼睛也跟着睁开。睁开眼睛爬起来，郝文明说的第一句话就是：“我们家老大呢？他没事吧？”

“辣子抱着呢。”孙胖子指着已经哭得没人形的郝正义，继续说道，“郝头，你家老大比你强多了！他也就是哭哭，你是连哭带骂，结果还把自己弄晕了。你骂高胖子要是他能听到也行，现在他都已经投胎转世了，你在这里骂他，上辈子的他听不到，这辈子的他听不懂。不是我说，这样有意思吗？”

见郝文明不听劝，还准备接着骂，孙胖子深吸了一口气，对郝文明说道：“郝头，你不想把你们家老大的病治好了吗？我可是带着高人来的。机会就只有这一次，机不可失，失不再来。”

这句话说完，郝文明的情绪总算是稳定了一点儿。他转过头来，朝孙胖子身体四周看了一圈，说道：“不是我说，孙大圣，你说的高人呢？我怎么什么都没看见？”

“我这不还没呢请吗？”孙胖子看了一眼郝文明，将怀里的《金瓶梅》画册掏了出来，随手一翻，说道，“大和尚出来透透气吧！”他这句话还没有说完，就见身前几米的地面上凭空出现了一个模模糊糊的影子，随后，这个影子快速变得清晰了起来，显现出来一个身穿破烂袈裟、老得不像样子的老和尚。

郝文明愣了一下，等看清老和尚的相貌后，他有些惊异地对老和尚说道：“上善？你是昆仑山同佛寺的上善和尚吗？”

一开始老和尚还慈眉善目的，等听到郝文明指名道姓地称呼他时，老和尚的嘴一撇，扭头对孙胖子说道：“你自己听听，明明知道佛爷我是来救他大哥的，还上善、上善和尚地叫着。什么上善和尚？不知道加一个大字吗？叫一声上善大和尚不行吗？不知道加上大之后显得阔气很多吗？”

见上善老和尚碎嘴说个没完，孙胖子笑眯眯对他说道：“大和尚，都看我面子了，您先去看看辣子抱着的那个人。不是我说，那个人就是刚才和您说的那个朋友，您帮忙看一眼，要是能治好的话，我还有心意孝敬您。”

听说孙胖子后面还有心意，上善和尚顿时就像变了一个人似的，笑眯眯地对孙胖子说道：“这么客气做什么，好像佛爷我不给他治好，你就不给心意似的……”

说话的同时，老和尚转身朝郝正义看了一眼，随后又将脸转了回来，似笑非笑地看了一眼郝文明，说道：“也不知道他跟自己有什么仇什么怨，直接在自己魂魄上施展这种术法，等再过一段时间，他的魂魄就会化掉，就算是大罗金仙也救不回来了。到时唯一解脱的方法就是早点儿给他超度了，不过他魂魄缺损，超度过后也只能在畜生界轮回了。”

听了上善老和尚的话，郝文明的脸变得煞白。前些日子他就隐隐有这种感觉，通过复杂的术法，也证实了郝正义的魂魄有溶化的迹象。老和尚只看了一眼就明白了原委，可见真是有大本事的。

郝文明双腿一曲，当场朝上善老和尚跪了下去。当即磕了一个响头，对上善老和尚说道："大和尚您慈悲，救救我大哥吧。大和尚……活佛您慈悲，救救他吧……"

"早说点儿好听的，你大哥早就好了。"老和尚瞅了郝文明一眼，慢条斯理地朝郝正义走过来，一边走，一边对我说道："白头发的小家伙儿，离他远一点儿，别一会儿佛爷我动手，再伤着你。"

我没听懂老和尚的意思，正想问问他是什么意思时，后面的孙胖子对我大声喊道："辣子，你先过来，我这边有更重要的活儿给你。快点儿，晚了就来不及了！"

见孙胖子有些激动的样子，虽然不知道他想干什么，我还是听他的话松开了郝正义，跑到了他的身边。等我过来，孙胖子忽然一把搂住了郝文明的腰，同时嘴里对我喊道："辣子，按住郝头，别让他动！"

这到底是给谁治病？见孙胖子龇牙咧嘴的样子，我有些疑惑地伸手按住了郝文明的肩头。这时，就听见身后"啪"的一声，转头看去，上善老和尚的老毛病又犯了，他一巴掌就扇在了郝正义的脸上，同时嘴里面骂骂咧咧地喊道："我让你再装！"

第二十六章　至

这一巴掌就像是打在了郝文明脸上一样，他“嗷”的一声蹿了起来，顿时就要去找上善老和尚拼命。郝文明的动作大了一点，身子后仰时，后脑勺正好砸在孙胖子的鼻子上，霎时间，孙胖子脸上鼻血横流，眼前金星直冒。

这一撞，孙胖子抱在郝文明腰上的手也被撞开，好在还有我按住了郝文明的肩头，任凭他怎么挣扎，也没能从我手下挣脱。

“沈辣，你给我松手，听见了没有！”郝文明朝我大声吼道，“再不松手我就要你的命！”

这时候，孙胖子正仰着头往鼻子里面塞纸巾，听了郝文明的话，他笑嘻嘻地对郝文明说道：“郝头，不是我说你，现在你就把辣子当作那边的大和尚，把气都撒到他身上，该打就打，千万别客气。不过你得小心他还手，现在也就是二杨能挨得起辣子的一两下了。”

无论郝文明怎么挣扎扭打，我只是死死地按着他，不让郝文明挣脱。这时，那边的上善老和尚也改变了花样。几个嘴巴子抽完，没等郝正义反应过来，老和尚一脚踹到郝正义的小肚子上，将他凭空踹了起来，随后掉回地上，捂着肚子在地上痛苦地翻滚着。

见到这个场面，郝文明就像是发疯了一样，也不顾及要害不要害了，对我一阵拳打脚踢，这次出手，郝文明的手上还加了暗劲，没几下就让我感到疼了。当即我对孙胖子喊道："大圣，郝头跟我拼命了！你让大和尚快点儿，要不然一会儿他就要接着救我的命了。"

我说话的同时，上善老和尚还在继续对郝正义拳打脚踢，郝正义没有一点儿还手的意思，只是一味地躲避和哀号，最后他双手抱头趴在地上，任由上善老和尚殴打。

与此同时，郝文明从腰后拽出来他那支甩棍。只见他抓着甩棍的手一抖，里面五寸多长的一把尖刀被甩了出来。郝文明想都没想就将尖刀朝我的肚子扎了下去，我的双手按着他的肩头，完全没法抵挡，沾我这一头白发的光，就算这一刀扎进我的肚子里，也不会给我造成致命的伤害。但就怕郝文明再将扎进去的刀尖一划，这接下来的场景我想起来都是一身的鸡皮疙瘩，实在不行就只有松手了。

眼看这一刀就要扎进我肚子时，郝文明顿了一下，随后刀尖一偏，五寸长的刀尖结结实实地扎进了我的大腿里，这一下让我痛彻骨髓，疼得龇牙咧嘴。

剧疼之下我手上的力道减了几分，郝文明趁这个机会挣脱了我的束缚，举着手中甩出了刀尖的甩棍朝上善老和尚冲了过去。就在他跑出去没几步，一个胖大的身影重重地撞在了郝文明的身上，随后一个翻身，死死地压住了郝文明，腾出一只手按住郝文明拿着甩棍的右手，朝上善老和尚大声喊道："大和尚，还有多久才能治好我的朋友？商量一下，咱们快点儿成吗？"

"你说他啊？早就好了。"这时，上善大和尚停了手上的动作。他指着倒在地上的郝正义说道，"刚才第一巴掌就把他给自己种上的禁制打散了，你们也不问问佛爷我，看你们三个玩得那么开心，就没好意思打扰你们。怎么样？现在玩完了吗？"

"你不早说！"孙胖子大吼了一声，从郝文明的身上跳了起来。没有了孙胖子的压制，郝文明从地上弹了起来，举着甩棍，径直朝上善老和尚身上扎去。

老和尚笑了一下，说道："先看看你大哥，要是他没好，你再扎佛爷我不迟。"

郝文明愣了一下，低头看了一眼倒在地上的郝正义。只见郝正义仍是趴在地面上，身上满是血污，但郝文明通过天眼瞧得清楚，郝正义体内原本暴躁的魂魄已经安静了下来，之前那种逐渐溶化的状态也消失得无影无踪。这还不算，之前已经溶化掉的部分，现在也已经完全恢复了。

就算郝文明再笨，现在也明白过来，上善老和尚刚才打郝正义时，已经将郝正义治好，把他救了回来。只是这样重口味的救人方式，别说见了，郝文明就连听都没有听说过。当下，郝文明眨巴着眼睛，向上善老和尚问道："大和尚——活佛，您是怎么把我大哥救回来的……"

上善老和尚笑眯眯地看着郝文明，向他勾了勾手指，说道："法不传六耳，来……"

当郝文明把耳朵凑过去时，这个老和尚打忽然伸出巴掌，"啪"的一声，结结实实地扇在郝文明的脸上，郝文明捂着脸疑惑地看着老和尚，紧接着就听见上善老和尚狠狠地说了一句："让你再拿大刀片子吓我……"

知道了自己大哥没事，魂魄上的损伤也治好了，挨上几巴掌也无所谓了，这时郝文明想起来刚才用刀尖扎了我的大腿。他急忙转过身，一脸尴尬地跑过来，对我说道："辣子，这话怎么说的，刚才我急火攻心，你别跟我一般见识。不是我说，要不咱们上医院吧。"

"没事，这种小伤是小意思，不碍事的。"我笑了一下，将大腿上已经愈合得差不多的伤口给郝文明看了一眼，这才说道，"这点儿小伤要不了几分钟就自己好了，幸好您这一下子不是扎在孙大圣的身上，要不然他又是血又是油的一起冒出来，还真是麻烦。"

这时候，孙胖子也凑了过来，笑骂了一声说道："凭什么是我？不是我说，你们谁见过一刀扎下去，伤口里呼呼冒油的……"

没等孙胖子说完，上善大和尚等得有点儿不耐烦了。他指着躺在地面上的郝正义，说道："你们这朋友不要了吗？如果你们不要的话，佛爷我就自己留着了，留着明天早上加菜。"

虽然知道上善老和尚是在开玩笑，我们三个还是走过去，将地上的郝正义扶了起来。这时，孙胖子冲上善老和尚问道："大和尚，不是我夸您，还是您佛法通玄，我这朋友您几巴掌就救了回来。受累打听一下，您这几巴掌有什么说法吗？"

上善老和尚听了，眯着眼睛笑了一下，朝孙胖子勾了勾手指头，说道："法不传六耳，来，佛爷我给你开个小灶……"

见识过上善老和尚之前怎么对郝文明的，孙胖子缩了缩脖子，往后退了一步，说道："您就别跟我客气了，半夜报菜名那次才消了肿，还是等过两天再麻烦您给我开小灶吧，麻烦您说说这是怎么回事就好了。"

上善老和尚笑了一下，看了一眼郝正义，说道："还是这个小娃娃自己有福气，之前他在自己身体里种下的禁制已经有了被冲散的迹象，将这残余的禁制打散不过是几巴掌的事。后来佛爷我怕他魂魄不全，清醒以后变成傻子，又顺便踢了几脚将他的魂魄一并修补好了。"

说到这里，上善老和尚又看了一眼还在捂着腮帮子的郝文明，说道："不过怎么说也是伤了魂魄的，以后还是要小心一点儿，把你大哥背过去，休养个把月，他就能恢复如初了。眼下这几天除了行动有些不便，其他和普通人也没有什么区别。"

第二十七章　老熟人

我和孙胖子帮着郝文明将郝正义抬回了他们家，出民调局老楼时，上善老和尚不知道什么时候已消失得无影无踪。他这种神龙见首不见尾的人物这样来无影去无踪的也没什么出奇，也不怕他会在民调局的老楼里走丢了。

把人抬到家，郝正义依然像是睡着了一样，任郝文明如何呼喊，他都没有醒。本来我和孙胖子还想在附近给他们哥儿俩租套大一点儿的房子，但郝文明的性格太要强，任我和孙胖子说破了嘴，他仍死活不肯跟我们去看房子。

无奈之下，我和孙胖子只有经常去郝文明家里转转。每次去的时候我都给他们带一些日常生活用品，而孙胖子每次去之前都从黄然的酒柜里顺几瓶酒，他也不管白酒或洋酒，只要看上去感觉挺贵的抱着就走。

我实在忍不住，便问孙胖子："为什么每次都给郝文明带酒？黄然家里大把别的好东西，据说他前两天买回来的松露挺不错的，弄这个给郝文明尝尝鲜也不错啊。"

孙胖子狡猾地看了我一眼，指着郝文明家旁边一家烟酒商店"高价回收名烟名酒"的招牌说道："不是我说，辣子，高价回收名酒我见过，高价回收松露我就没听说过了，再说松露的保鲜期就那么几天，就郝头家这一带，谁认得那高档货？”

听了这话，我才明白孙胖子的用意：“你的意思是让郝头把那几瓶酒卖了换钱？大圣，你看郝头像是会那么干的人吗？上次我给他那几万块钱，第二天还写好了借条给我，现在你放他家的十几瓶酒，他会动吗？”

孙胖子嘿嘿一笑，说道：“这就随他自己了！如果郝头真遇上难事，让他卖掉这些酒总比叫他开口找我们借钱容易，别小看这几瓶酒，打对折也能值两三万。如果郝头用不上那更好，我们再来把它们喝了就是了。”

我笑了一下，马上想起这事情可能还有点儿首尾，于是提醒孙胖子说道：“大圣，你就不怕哪一天东窗事发了，老黄问你这些酒都哪儿去了，你怎么说？”

“这不用你操心，我都想好了。”孙胖子笑眯眯地说道，“就连背黑锅的人都找好了，养吴连环千日，用吴连环一时……”

再说郝正义，自打那天挨了上善老和尚一顿嘴巴子后，他就一直处于沉睡的状态，这一睡就是一个多礼拜。要不是郝文明知道是怎么回事，让他看着自己兄弟不吃不喝睡那么长的时间，急都能把他活活急死。

又过了一个礼拜，我和孙胖子又去郝文明家串门。到了中午饭口时，我们正商量着吃什么菜，突然听到床边有人说道：“来个杂烩菜吧，宽汤，又是饭又是菜的……”

这句话吓了我们三个一跳，回头看时，就见昏睡了半个多月的郝正义终于睁开了眼睛，他冲我们几个微微一笑。郝文明一声惊呼，当场就扑了过去，抱住郝正义又是一阵痛哭。

这时的郝正义虽然还是一脸胡子，脸上邋里邋遢的，但他目光之中已经有了一道精光，说出话来条理分明，闲扯几句后，他还安慰起郝文明来。邋遢的相貌下，当年的郝正义又回来了！

郝正义毕竟昏睡了半个多月，醒过来之后精神虽然不错，但身体仍很虚弱，以他现在的肠胃，杂烩菜拌饭是不用想了。喝了半碗白粥之后，他被郝文明强行按在床上休息，见他们哥儿俩还有话要说，我和孙胖子也知趣地告辞离去。

从郝文明家里出来后，我和孙胖子商量着等郝正义的身体康复之后，把他安排到萧和尚那里。虽说萧和尚为人小气点儿，但对自己当年的徒弟，又为了民调局吃了这么多苦的郝正义，想来也不至于太差。

我上了孙胖子的车，正打算和他一起回公司时，还没等孙胖子发动汽车，他身上的手机先响了起来。孙胖子看了一眼来电显示，自言自语地说道："有日子没见这哥们儿了，怎么今天想起来给我打电话了？"

孙胖子接通电话，嬉皮笑脸地说道："喂，这不是雨果大神父吗？不是我说，这么长时间你都跑哪儿去了……"

还没等孙胖子说完，就听雨果在电话里急吼吼地说道："别瞎客气了！我这里有点儿麻烦事儿，想找你和沈辣帮帮忙，看在以往民调局的情分上，无论如何也要拉兄弟一把。"

尼古拉斯·雨果有个习惯，每当遇到难度特别大、他自己解决不了的事情需要找人帮忙时，普通话就会说得倍儿溜；如果是他轻易能解决的事件，他的海外圣教大神父的臭德行就会冒了出来。现在听他说话的语调就像是"老北京"，甚至还和我们称兄道弟时，不用想，这事情准小不了……

孙胖子的眼珠子在眼眶里转了几圈，突然对电话里说了一句："你打错电话了……"说完，他立刻就挂了电话，就在孙胖子挂电话的前一刻，我听见雨果在电话里号叫："我×——你不能这样……"

见胖子挂了电话，我有些不明白地问道："大圣，你先听听雨果是什么意思，你这突然挂了电话，他要真有什么大事，需要我们去帮忙怎么办？"

孙胖子呵呵一笑，说道："就是知道有大事，我才挂的电话，大家都是熟人，一会儿谈价钱的时候抹不开面子……"他的话还没说完，电话就再次响了起来，孙胖子接通电话，说道："呀，这不是雨果大神父吗？好久不见了，你这是在哪儿发财呢？"

就听见雨果在电话里说道："少跟我扯犊子！这事儿亏不了你们。我在市郊九原里教堂，你们马上来，越快越好。对了，你们把家伙都带上，我可不知道你们能不能用上！记得，快点儿来啊！"

他那边乱哄哄的，雨果说完这几句就把电话挂了，都没有给我们多问几句的机会。孙胖子眨巴几下眼睛，将电话收好了，然后扭过脸来，对我说道："这哥们儿东北话都出来了，看来事情小不了。"

好在郝文明的家距离雨果说的教堂也不远，不到半个小时，我们就到了雨果说的那所教堂。现在这所教堂被警察层层围住，时不时就有裹着白布的尸体被担架抬了出来，抬出来的尸体一字排开摆在地上，乍一看有七八具之多。

我们下车走到门口，在人群里打听了一会儿，也不知道这消息是怎么传的，问了五个人，就听到了五个版本。实在打听不出来怎么回事，我和孙胖子掏出来了以前的工作证，往看守警戒线的警察眼前晃了一下，没等这名警察反应过来，我和孙胖子已经进了警戒线。正好这时从教堂里蹿出一个金发碧眼的外国男人，他加快几步小跑到我们身边，说道："你们怎么才来……"

第二十八章 唤魔

见到我和孙胖子，雨果差点儿就要哭了，他指着身后的教堂说道："我不知道该怎么形容了，看在上帝的分儿上，你们还是亲自去看一眼吧。"

孙胖子看了雨果一眼，笑嘻嘻地说道："大神父，你这一阵是去东北了？刚才电话里那一口东北腔倍儿正宗。不是我说，我还真怕你在电话里削我……"

说到这里，孙胖子突然张大了嘴巴，把后面要说的话忘得一干二净——这时，我和孙胖子已经走进教堂，只见教堂里面横七竖八到处都是死人的尸体。根据目测，里面还算完整的尸体有十五六具，经过法医初步检查之后，陆续由警察抬出教堂。

之所以把这些还算完整的尸体搬出去，是因为里面尸体碎块实在太多了，放眼望去，整个教堂中厅到处都是尸骸残肢，虽说我们这几年见过不少"大场面"，但看到眼前的场景，我也不禁嗓子眼儿一阵发紧，胃里的那点儿早餐呼之欲出……

重灾区在教堂中厅的主讲台前，这里被清出来一块五六平方米的空地，空地的中心是一个由人体内脏器官拼造出来的六芒星，六芒星的中心点就像是被烈火灼烧过一样，地板都已经严重碳化，但这个由内脏器官拼出来的六芒星没有一点儿被烧到的样子。

见到这幅景象，孙胖子捂着嘴，好不容易才把已经到嗓子眼儿的东西咽了回去。缓了半天，他才回头向雨果问道："不是我说，大神父，你们这是得罪谁了？弄出这么大的场面！"

"这是有人在设魔法阵召唤恶魔。"雨果用手帕捂着鼻子说道，"刚才给你们打电话时，我也是刚到不久，但这所教堂里并没有安装监控，所以我也不知道是哪个孙子把什么召唤出来了。"

雨果的话刚刚说完，就听见门口有人说道："大家把东西都收拾一下，这里被上面的特派员接管了，除了门岗以外，其他人五分钟之内全部撤出。从现在起，这起案件进入侦破保密程序，必须严格保密，大家都是老刑警了，就不用我多说了吧。"

这人刚刚说完，就听见一个熟悉的声音接着说道："各位还要把这起案件的所有资料，包括文字和照片都要留下来，手机和照相机给我们的人查看过之后，才能离开。"

我和孙胖子回头一看，正看见西门链哥儿仨皱着眉头走进来。进来之后，老莫马上就取出自己的手术器具，开始研究地上的尸体和残肢。

看到我和孙胖子，熊万毅第一个说道："我说怎么哪里都能看见你们哥儿俩？一看见你们俩还就出事儿。孙胖子，你给交个底，这事儿是不是你干的？辣子给你打的下手……"

孙胖子笑眯眯地回嘴道："好吧，熊玩意儿，下次我就去你家住两天……"

熊万毅还要还嘴，却被西门链拦住。大官人说了熊万毅两句，就带着老莫和熊万毅径直走了过来，大官人边走边说道："大圣，看我的面子，你别跟老熊一般见识，他就是管不住那张臭嘴。"

说到这里，西门链顿了一下，看了一眼主讲台附近的内脏六芒星，皱着眉头向我们问道："你们哥儿俩先到，看没看出来什么名堂？”

孙胖子朝雨果扬了扬下巴，说道：“雨果大神父说这是有人摆了魔法阵在召唤恶魔，别的你们哥儿仨自己看吧，我们也就比你们早到一步，刚刚压住恶心，你们就到了。”

西门链点了点头，说道：“刚才我看了一遍门口的尸体，他们的肚子被人用利器剖开，肚子里面是空的，现在看起来都被集中在这里了。”说到这里，大官人又看了我和孙胖子一眼，说道，“你们既然来了就别走了，帮帮忙，把这里的事情弄明白了再说，这次就当我们哥儿仨欠你们的人情了。”

孙胖子嘬了嘬牙花子，说道：“大官人，不是我说，现在不是民调局的那会儿了，我们就是一民营小企业，做点儿什么事情都要算成本的，都像你这样上嘴皮一碰下嘴皮，我们吃什么？还有，咱们以后有事说事，别提什么人情，你自己说说你们欠我们的人情还少吗？”

孙胖子的话刚刚说完，熊万毅的火气就上来了。他指着孙胖子的鼻子说道：“孙胖子，别给脸不要脸！现在是和你好说好商量，你再这么废话，我就把你关起来饿两天，有什么话咱们号子里面再说……”

“大官人，你自己看看，你们欠了我那么多人情，他还敢这么跟我说话。”孙胖子没搭理熊万毅，直接对西门链说道，“大官人，这几天我不舒服，有什么话咱们过完年再说吧。”说完，拉着我就朝门外走去，只听背后熊万毅莫名其妙地说道：“你傻啊，这不是刚刚过完年吗？”

这时，夹在中间的雨果实在忍不住了，他指着头顶上的耶稣受难像，对熊万毅吼道：“姓熊的，这是他的地盘儿，你把嘴给我闭上！”说完之后，也不理会熊万毅的反应，一溜小跑儿跑到了我和孙胖子的身边，说道：“大圣，你就算不给我这个面子，也要给天父的面子吧。这样，这次的事件我代表教会向你们公司提出合作申请，你放心，我们教会几千年延续下来，资金一向都是充足的……”

既然都这么说了，孙胖子也没有反对的理由了。他回头看了雨果一眼，说道：“不是我说，大神父，你也是干这个的，你自己怎么不查？”

雨果苦笑一声，说道：“教会里有人在弹劾我，说我用天父赐予的圣力，做了一些违反教义的事情。现在教会已经派了裁判官对我进行调查，在事情没有调查清楚之前，我不可以使用天父赐予的力量做任何事情，否则就要剥夺我神父的职位，而且还会被驱逐出教会。”

听了雨果的回答，孙胖子嘿嘿一笑，又在他的伤口上撒了一把盐：“不是我说，你们教会的人事真多，你也没有多大的本事啊，翻来覆去就那老三样：翻翻《圣经》骂骂人，用圣水泼人家一身，再不就是用十字架吓唬人……”

说话的同时，孙胖子闷头一直朝前走，走到一排长椅旁边时，突然指着椅子上的缝隙说道：“辣子，我蹲不下去，你帮我看看那是什么？是不是手机？”

我朝孙胖子手指的方向看去，就见一张长椅的缝隙间，真有一部手机卡在里面。我过去将手机从缝隙里拿了出来，递给孙胖子，说道：“大圣，你这眼力也真厉害，藏这么隐秘你都能看见。”

手机仍是开着的，最后一个程序是在拍视频，孙胖子打开视频，不久前发生的一幕在我们眼前展现……

第二十九章　召唤恶魔

视频拍得并不清楚，可能是某位做礼拜的教友所拍，视频一开始是一群唱诗班的小姑娘演唱完从台上走下来；随后一名身穿白袍，六十多岁的老神父走上主讲台，他手里拿着一本《圣经》，对台下的教友说着什么。因为距离太远，听不清老神父说的内容。

就在这时，一个端着一盏类似煤油灯一样的物体的五十多岁的男子从老神父的身后走过。老神父回头看了这人一眼，接着转回头继续对台下说着什么。之后的视频里，这个男人一直在人群里穿来穿去的，他手里煤油灯一样的物体也开始冒出来缕缕的白色烟雾。

四分十五秒后，台上的老神父终于说完。他合上了《圣经》，朝手里捧着煤油灯的男人说了一句话，看起来像是在询问这个人的身份。见老神父跟自己说话，这个男人转身朝老神父走去，左右两排的教友也议论纷纷，看这情形，这些教友也不认识这个手捧煤油灯的男人。

男人走到了老神父的面前，他低声对老神父说了一句什么。这句话让老神父有些不知所措，他哆哆嗦嗦地在自己的胸前画了一个十字，脸上的表情忽然变得有些愤怒，开始质问这个男人。男人微微一笑，随后将煤油灯往老神父脚下用力一摔。

煤油灯落地的一瞬间，一股浓烈的白色烟雾冒了出来，烟雾瞬间就把老神父和这个奇怪的男人笼罩住。随后这股烟雾快速地向外扩散，在众教友的慌乱呼喊声中，视频里的景象就变成白茫茫的一片了。

白色的烟雾又迅速地消散，烟雾消散的同时，伴随着什么东西落地的声音（应该是手机摔落到椅子缝隙里），手机视频的拍摄变了一个奇怪的角度，拍摄方向倾斜着朝向教堂的右侧地面，拍摄范围也缩小了，有限范围内的视频里躺着几个昏迷不醒的教友。

三五分钟后，除了之前那个奇怪的男人以外，视频里又出现一个三十来岁的男人，他与之前那个奇怪的男人一起，把手机拍摄范围内的几个昏迷不醒的教友拖走。

不一会儿，手机拍摄范围内已经空无一物，又经过一段时间，一阵砍剁的声音传了出来，拍摄范围内陆续有鲜血喷溅过来；再之后，有一些受害者的残肢被抛到手机拍摄的范围。

又过了十来分钟，手机里没有拍到什么有价值的信息，虽然有一些声音，但断断续续的，也分辨不出来那两个男人在做什么。

就在这时，手机里传来一段拉丁语，现场除了雨果之外，也就孙胖子听得懂几句拉丁语了。只不过这段拉丁语生涩难懂，十句里面孙胖子能听懂一两个单词就算不错了。

一大段拉丁语之后，手机视频里又没了动静……

没过多久，视频的进度条走到了尽头，这一段视频用光了手机的全部内存。孙胖子将手机递给了西门链，同时嘴里嘀咕了一声："什么牌子的手机？电这么扛用……"

等西门链将手机接过去，孙胖子还没忘叮嘱他一句："大官人，不是我说，你把这两个狠毒的家伙的相貌截图出来，然后调出教堂四周的监控探头，查查他们往哪里走了。"

等孙胖子说完，西门链按孙胖子所说从手机视频里截出那一老一少两个男人还算清晰的照片，接着把照片传到自己的手机上。做完这些，他想了想，又将这两人的照片发给了他的大老板。照片发完，他又找出大老板的电话号码，拨通后打了过去，简短汇报了现场的情况，又重复了一遍刚才在视频里看到的信息，最后学了一遍孙胖子刚刚说完的话：“我请求调看教堂周边二十公里范围内的监控探头，希望能在这两人进入市区之前拦住他们。嗯，是，我明白了。”

西门链挂了电话，转过身来对孙胖子说道：“大圣，这次的事情非同小可，咱们几个可能收拾不了，你赶紧联系二杨和吴——主任……”

他的话还没有说完，就被孙胖子顶了回来：“大官人，真不是我不给面子，现在不是民调局那会儿了。那时我还是副局长，能不能指使得动老吴咱们先不说，二杨多少要给我点儿面子，真要有什么事情还是能叫动他们的。但现在民调局没有了，二杨倒是好说，只要有钱就行，他们每人都是五百万的出场费，只要把钱打到他们的账号里，他们人就能过来。老吴就不好说了，钱对他不管用，只有想想别的法子。总的来说，这一趟下来没有两千万，你就别指望把他们仨都凑齐了。”

听了孙胖子的话，西门链有些无奈地说道：“大圣，你先把他们找来再说……”大官人好话说了一箩筐，但无论他怎么说孙胖子就是不松口。实在没有办法，西门链又给他的大老板打了电话，讲清楚事情的严重性之后，大老板在电话的另一头长出了一口气，最后咬着牙说道：“你去跟孙德胜说！先把那两个男人找来，找到人之后我一个子儿都不会少他们的！”

第三十章　瓦德西东游记

西门链大老板的话还是有些分量的，孙胖子算是勉强答应下来。他分别给二杨打了电话，把这里的情况和他们大概说了一遍。搞定了二杨，孙胖子准备接着给邵一一打个电话，探探吴仁荻的口风。他刚把邵一一的电话号码找出来，还没等拨出去，就见雨果皱着眉头，盯着主讲台旁边的“六芒星”。

“大神父，你看出什么了？”孙胖子拿着电话，走到了雨果的身边，继续说道，“说两句吧，这里是你的地盘儿，招的又是你们那儿的恶魔，如果看出什么还不说的话就有点儿说不过去了吧。”

雨果回头朝孙胖子苦笑一声，说道：“孙，这件事情我也不敢肯定，所以不知道该不该说出来，如果是我判断失误的话，可能反给你们制造不必要的大恐慌。”

“那就更该说说了。”孙胖子笑眯眯地看了雨果一眼，说道，“有什么事我帮你断断，不是哥们儿我自夸，民调局的时候你就应该知道，不管什么事，只要是牵扯到选择题，我从来都没选错过。”

孙胖子的这个本事雨果倒是信服的，他犹豫了一下，冲孙胖子使了个眼色，随后两人不动声色往边上走了几步，看他们的意思是不想让大官人他们听到，不过却没打算防我。我也跟着他们走了几步，就听到雨果说道："孙，这件事情说起来有点儿复杂，起因要追溯到一百多年前，所有的一切都是瓦尔德泽伯爵带来的罪孽……"

雨果一下就说到了一百多年前，当时清王朝的慈禧太后被气昏了头脑，刚刚向全世界列强宣战。英、法、美、德、俄、奥、意、日八个国家组成联军侵略中国，联军统帅是阿尔弗雷德•冯•瓦尔德泽伯爵。在即将前往中国指挥侵略军的前一晚，几名传教士在当地主教的带领下来到他的官邸，和瓦尔德泽伯爵见了面。

双方客套一番之后，几名传教士说明了前来拜访的原因：他们都是意大利教区的传教士，目的地和瓦尔德泽伯爵一样都是中国，只不过他们是想去中国传教。不巧的是，他们原本计划乘坐的轮船发生了故障，维修好需要很长一段时间，因此，他们希望瓦尔德泽伯爵看在上帝的面子上，允许他们搭乘瓦尔德泽伯爵的舰船前往中国。

瓦尔德泽伯爵本身也是一位虔诚的天主教徒，既然都提到了上帝他老人家，那就没有什么好推辞的了，更何况这几名传教士还是盟国的神职人员，那就更没有什么问题了。第二天一早，瓦尔德泽伯爵登船之后，在舰船甲板的角落里发现了一个巨大的像是棺材一样的黄铜箱。

在甲板上存放这样的东西，明显是违反舰船守则的。瓦尔德泽伯爵大为发火，对舰船大副一顿斥责。正在斥责时，一名昨天晚上在他家里出现过的传教士从船舱里跑了出来，向瓦尔德泽伯爵解释说明，这个黄铜箱是他们带上的，箱子里都是传教用的圣物，因为黄铜箱实在太大，无法放进安排给他们的狭小的船舱里，没有办法，才放到甲板上的。

关于黄铜箱，大副之前已经警告过他，绝不可以放在甲板上，因为当时瓦尔德泽伯爵还没有上船。大副看在上帝的面子上，允许传教士暂时将黄铜箱放在甲板上，等瓦尔德泽伯爵上船，必须第一时间向瓦尔德泽伯爵解释说明。想不到这名传教士刚刚回到自己的船舱收拾自己行李时，瓦尔德泽伯爵就到了，他这才慌慌张张地跑上来解释。

听了传教士的解释，瓦尔德泽伯爵也有点儿为难。以他德国人认死理的性格来说，甲板上绝对不可以存放这样的东西，但上帝他老人家的面子又不能不给，最后实在没有办法，瓦尔德泽伯爵勉强同意将黄铜箱存放在甲板上，但要求传教士将黄铜箱用缆绳绑结实，别在航行途中出什么事故……

舰船启程在大海上航行，前两天还风平浪静的。到了第三天早上却遭遇了罕见的大风浪，船身大幅度地摇摆，绑着黄铜箱的缆绳被磨断了一根，黄铜箱从固定的位置里翻滚了出来。

在翻滚的过程中，黄铜箱的箱盖曾被短暂撞开过一次，之后又被撞击合上。据当时的目击者所说，黄铜箱箱盖被撞开之后，立刻有一股充满邪恶力量的黑气从黄铜箱里冒了出来，距离最近的两名水手瞬间就被这种邪恶的黑气包裹住。

黑气消失之后，这两名水手顿时就发了狂，毫无缘由地开始互相厮打，两人越打越狠，一名水手将另外一名水手的脸颊咬出来一个窟窿，脸被咬伤的水手又插瞎了咬他的水手的一只眼睛。当时船上所有人都被这幅景象吓傻了，连续喝阻无效后，瓦尔德泽伯爵只能下命令开枪射杀了两名水手。

说来也奇怪，这两名水手被枪打中，跌入大海之后，本来还是狂风暴雨、大浪滔天的海面，竟瞬间平静下来。狂风消失了，暴雨也停了，海面静悄悄的，就连一丝风吹过的涟漪都看不到。

这时，瓦尔德泽伯爵命令士兵将几名传教士都抓住，命令他们说出黄铜箱里到底存放着什么东西，如果他们不肯说，就把他们连同黄铜箱一起扔进海里。

领头的传教士在瓦尔德泽伯爵耳边小声地说了几句，他是用拉丁语说的，除了瓦尔德泽伯爵以外，谁也不知道领头的传教士说话的内容。

听了领头传教士的话，瓦尔德泽伯爵脸上显现出不可思议的表情，见瓦尔德泽伯爵半信半疑的样子，领头的传教士吩咐一名传教士回船舱，拿出了意大利区主教的亲笔信。

看了主教的亲笔信，瓦尔德泽伯爵陷入巨大的恐慌与纠结中，他嘴里不停地喃喃说道："上帝，怎么会这样……上帝，原谅我吧……"

舰船继续航行，瓦尔德泽伯爵叫水手用帆布将黄铜箱层层包裹，接着再用缆绳将黄铜箱子绑好，为以防万一，瓦尔德泽伯爵还专门安排了四名水手看守这个黄铜箱。

好在之后的旅程中，这个黄铜箱再没出什么事情，好不容易到了中国，舰船在天津一靠岸，瓦尔德泽伯爵立刻就让这几个传教士带着黄铜箱下了船。从此，关于这黄铜箱的消息就彻底地消失了。

瓦尔德泽伯爵去世若干年后，他的日记也被公开了。当人们翻看他乘坐舰船去往中国的日记，头两天还很正常，也就是些寻常的航海见闻，但到了第三天，瓦尔德泽伯爵的日记内容变得离奇起来，从这天起他的日记每天就这么一句话："是我们不再信仰上帝，还是上帝抛弃了我们？"

听雨果说到这里，孙胖子看了他一眼，说道："大神父，你的意思是说他们在这教堂的做法是为了召唤黄铜箱里的恶魔吗？"

第三十一章 目的地

雨果回看了孙胖子一眼，摇了摇头，说道："这个我也说不好，根据当时的记录，那个黄铜箱被运到了天津，应该是埋在了天津某座教堂的地下，但当时的有关记录，现在已经找不到了。"

孙胖子点了点头，似笑非笑地看着雨果，说道："大神父，埋在哪里你不知道，但黄铜箱里装着的是什么恶魔，你不会不知道吧？"

听到孙胖子的这个问题，雨果的表情变得有些局促起来，他犹豫了一下，才吞吞吐吐地说道："具体是什么我也不敢肯定，不过那个时间段发生过一系列的事情，把这些事情串到一起，也许就知道是什么了。"

"大神父，有什么话你直接说不好吗？"孙胖子有些纠结地看着雨果，说道，"不是我说，你们家的事情，我怎么可能知道？"

雨果看了孙胖子一眼，他现在已经没有了开玩笑的心思。他苦笑了一声，说道："在瓦尔德泽伯爵成为欧洲联合部队总司令的前一年，罗马教廷得到报告，在那不勒斯城郊区的某座教堂发现强大的邪灵出没。教廷派员调查得知，这座教堂里竟供奉着恶魔艾什玛的邪灵，一名红衣主教加上一百多名拥有丰富驱魔经验的大神父，才联手将艾什玛的邪灵封印在一个由黄铜打造的容器内。他们将这个黄铜容器安放在意大利北部山区的一座修道院内，但过了没多久，这座修道院便发现各种邪灵出没的迹象，这些邪灵驱赶不绝，上一批还没净化完，下一批邪灵又出现了。

“这种情况以前从来没有出现过，这些邪灵显然是被什么东西吸引过来的，答案很明显，除了刚被安置到修道院里黄铜容器封印的恶魔以外，就再没有别的什么东西能这么吸引邪灵了。后来，教廷被迫将黄铜容器更换了几座修道院或者是教堂，但是每次更换地点后不久，又陆续不断地有邪灵追踪而来。

“就这样，一年多的时间过去，也没能找到一个存放黄铜容器的理想存放地点，还造成了大量神职人员的伤亡，损失惨重。这之后，慢慢地，教廷内部冒出了一个提议，也不知道是谁首先提出来的，提议的内容是将这个禁锢着恶魔邪灵的黄铜容器运送至异教徒国家，用这个办法来解除教廷一年多来的大难题。不过，根据教廷的记录，这个提议被严厉驳斥了，并被禁止在任何时候被任何人再度提出……”

孙胖子实在是受不了，截住了雨果的话，他抢先说道：“不是我说，嘴巴上说绝不祸害别人，实际早偷偷摸摸去祸害了吧！这种事我绝对相信你们能做得出来。”

雨果尴尬地笑了一下，也不回嘴，任由孙胖子痛骂了一通，才继续说道：“那几位传教士将黄铜箱埋在了天津一座教堂的地下，过了一段时间，教廷再派人去检查时，发现黄铜箱还在，但箱子已经被打开，里面的恶魔邪灵已消失得无影无踪。教廷因此还特地遣出特使询问了当年运送黄铜箱的一位传教士，根据他留下来的话，当时他们几个完全是按照教会的固定程序，将黄铜箱深埋在地底下的。这些年也没有发生过地震之类的情况，他也弄不明白为什么黄铜箱会被打开。”

等雨果说完，孙胖子的火气也消了不少，脸上又恢复了他招牌式的笑容。他看了雨果一眼，准备再说几句时，突然听到身后一个人说话的声音：“大圣，有那两个人的下落了！”

说话的是西门链，刚才雨果给孙胖子讲述一百多年前的故事时，西门大官人联系了交通局，将事发后教堂周围的监控摄像头全部调取勘查，很快就发现了刚才在视频里出现的一老一少。

两个人一路往西走，好在他们行走的路线人流量都不大，现在西门链已经安排了人尾随监视，看看这二人到底要去哪里。

西门链说话的同时，将手里的地图打开，指着其中一个点说道：“五分钟之前，他们二人出现在这个位置，沿着他们的路线一直往下看，并没有什么特别的地方。现在还搞不清楚他们的目的地在哪儿，刚刚闹出这么大的事情，不找个地方藏起来，还大摇大摆地招摇过市，到底怎么想的？”

“没什么特别的地方？”孙胖子眯着眼睛看地图，看了片刻，孙胖子伸手点在二人出现的位置，手指慢慢移动，最后停在了二人前方差不多十公里的位置上，抬头看了西门链一眼，说道，“这两人的目标是民调局的老楼！”

西门链看着孙胖子指的位置，愣了一下，说道：“他们去民调局做什么？不可能，大圣，你是不是想多了？”

孙胖子没有马上回答，他不停地眨着眼睛，好像突然想起了什么事情。停顿了片刻，孙胖子突然掏出了手机，拨了一个号码打了出去。电话接通之后，孙胖子对电话说道：“郝头，你和咱大哥在家里没出去吧？好，你听我说，过一会儿你们附近不管出什么事情，你和咱大哥都别出来，具体的事情现在说不清楚，你只要记住了，天塌下来有吴仁荻顶着，别的都不叫事儿。”

挂了电话，孙胖子又回头看着西门链，说道：“大官人，那两人的身份查出来了没有？不是我说，你可别告诉我，你们现在还没查出来他们是干什么的。”

西门链有些尴尬地摇了摇头，说道：“现在正在查，不过可能还需要一点儿时间。大圣，你确定那两人的目标是民调局老楼？”

“我们打个赌吧。”孙胖子笑眯眯地说道，“大官人，我和辣子现在去老楼等他们，如果在老楼没有碰到他们的话，这次请二杨和老吴的费用分文不取，就算我请客了。要是我命好，在老楼碰到他们的话，也不用你们给双份费用，哥们儿我在外面有点儿欠债，你们帮我还上就好了。”

“和你打赌太吃亏了。”西门链没往坑里跳，他一边掏出手机拨号码，一边对孙胖子说道，“难得我们老板大方一次，二杨和老吴的钱一分不会少——领导，有件事情向您汇报一下。”话说到一半，西门链的电话已经接通，他拿着电话走向僻静处，继续向他的领导汇报着工作。

西门链走开以后，孙胖子眨巴眨巴眼睛，他也掏出手机，给二杨打了电话，把集合的地点改成了民调局的老楼。挂了电话之后，他拉着我和雨果上了车，在去往民调局的路上，孙胖子犹豫了一下，最后还是又拨了一个号码打了过去，电话接通之后，孙胖子缩着脖子对电话说道：“吴主任，好久没见了，您吃了吗——是，是，我该说就说，该放就放，那什么，有件小事和您说一下，民调局的老楼等一会儿可能有点儿麻烦……”

半个多小时后，我们在民调局老楼门前下车，三个白头发的男人已经在楼里等着了。

第三十二章　民调局门前

吴仁荻站在二杨的中间，似笑非笑地看了我和孙胖子一眼，说道："我都开始怀疑我是不是有点儿自虐了，为什么你们俩每次惹了什么祸，我都要给你们擦屁股？"

孙胖子龇牙一笑，说道："吴主任，这次您真的冤枉我们了，不是我说，雨果大神父，你就不打算说两句吗？"

这时，雨果也下了车，他先在胸前虚画了一个十字，才微笑着对吴仁荻说道："吴，好久不见了。您倒一点儿都没有变，我真是越来越羡慕你们神秘的东方秘术了。虽说时间就像美酒，愈久弥香，但如果可能的话，我也希望能像您一样把时间停住，永远享受青春的感觉。"

"好啊……"吴仁荻无所谓地耸了耸肩，这个回答让雨果愣了一下，以前在民调局时，他用各种方式试探过无数回，但得到肯定的回答这还是第一回，不过老吴接下来的话又让雨果刚刚升起的幻想破灭掉，"你好好投胎，下辈子先把头发和皮肤的颜色配置好，到时我再给你想想办法。"

雨果苦笑了一声，说道："我就不奢求能变成和吴主任您一样的人了，不过……"

见雨果说起来没完没了，孙胖子有些不耐烦了，他咳嗽了一声，对雨果说道：“大神父，不是我说你，客气几句意思意思得了，要不你也不用说了，直接让吴主任见见真人就好了。”

雨果这才点点头，将不久前教堂发生的惨剧给吴仁荻他们说了一遍。就在这时，孙胖子的电话响了起来，他看了一眼来电显示，是西门链打过来的。当下孙胖子后退了几步，转身朝楼外走。待在吴仁荻的身边有点儿压抑，于是我也跟着孙胖子往外走。孙胖子一边走一边接通了电话说道：“大官人，难道那两个人突然改道，不来民调局了？嗯，嗯，吓我一跳，还以为我猜错了！你说吧，年轻人的身份查到了？”

西门链来电话是因为已经查到了两个人中年轻一点儿的人的身份，这个人叫作孔章，今年三十二岁，几年前因为盗窃数目巨大被判了八年，过年之前刚刚放出来，想不到还没过两个月就又犯下这么大的案子。

另外一个年纪大点儿的身份还没有查到，拿他在教堂里留下的指纹在指纹库里进行比对，并没有比对出来相同的指纹，看来这个人之前没有案底。现在正拿民调局留下的档案资料进行查找，看能不能找出有价值的线索，不过民调局的档案资料众多，估计一时半会儿很难查到这个人的信息。

西门链在电话里告诉孙胖子他们离民调局老楼还有五公里，大概十几分钟能到，就在这时，电话里突然一阵大乱，先是传来一阵巨响，紧接着就是无数男女扯着嗓子大喊的声音。

只听西门链在电话里大声喊道：“老熊！你带人往前面找！刚才人还在呢，怎么说没就没了！老莫，你开车往民调局那边走，看能不能遇到他们，小心点儿，能找到就行，千万不能动手……”

西门链在电话里面大吼大叫时，孙胖子眯着眼睛，也不说话。好一会儿以后，西门链喘着粗气的声音再次在电话里出现，他的声音几乎是喊出来的，不用孙胖子重复，我也能听得一清二楚：“大圣，我这里出麻烦了，就在五分钟之前，孔章和那个年纪大的路过一家小饭店时，饭店的煤气罐突然爆炸，他们两个趁乱跑了。我现在正在调周围的监控摄像头，查看他们跑到哪里去了。大圣，看来他们早就计划好了，这次未必是冲民调局的老楼去……”

西门链的话还没有说完，就听孙胖子在电话里怪笑了一声，说道：“大官人，可惜刚才的赌没打成，要不然下半辈子我就讹上你们了……”

就在孙胖子说话的同时，离民调局老楼五六十米远的地方，不急不缓地走过来一老一少两个人。这两人正是西门链刚刚疯狂寻找的那俩人，见到这二人出现，孙胖子赶紧拉着我朝吴仁荻他们身边走去。

走了没几步，就听见身后有个略显嘶哑的声音问道：“劳驾，请问这里有没有个民俗事务调查研究局？”

说话的是叫作孔章的年轻人，听声音不像是性格凶狠之人。快走几步离吴仁荻更近一点儿，孙胖子才笑嘻嘻地回头，对这一老一少说道：“你们是问那个什么什么局啊，就在前面，再往前走几百米就到了。不过听说这个什么局已经解散了，里面的人都搬走了，上个月连楼都扒了，不是我说，你们去那里干什么？”

听到孙胖子的话，孔章看了年纪大点儿的人一眼，接着皱了皱眉，用他那有些嘶哑的声音，对年纪大点儿的人说道：“那里已经没有了，我们怎么办？”

年纪大点儿的人张嘴发出了一阵仿佛铁丝划过玻璃的笑声，接着先看了我一眼，又看了看我们身后不远的三个白头发，当他看到吴仁荻时，眼角的肌肉不受控制地颤抖了几下。最后他将目光转向笑眯眯的孙胖子，说出一长串除了孙胖子和雨果之外，谁也听不懂的拉丁语。听到了这个人的话，孙胖子嘿嘿一笑，拉着我退到了吴仁荻的身后。

站定之后，我小声地向孙胖子问道：“大圣，他说的是什么意思？”

“这个老家伙以前来过民调局。”孙胖子回道，“他说他十五年前来过民调局，好像是被高亮亲手抓进来的，不过他命好跑了出来。辣子，十五年前——八成又是林枫造的孽了。”

见到这两人之后，二杨显得有些紧张。就吴仁荻依然没事人一样，他上下打量了这两人一眼，扭过头对孙胖子说道：“下次再有这样的货色，不要打电话来麻烦我，要不你们把他们弄死，要不他们把你们弄死，也省得你们再出去丢人现眼了。”

吴仁荻说完，孙胖子赔着笑脸说道：“吴主任，您也不用说得那么客气，我们的见识浅，也不知道这个老头子是被什么东西上身了，不是我说，您帮忙掌掌眼，看看他身体里面是什么东西。”

吴仁荻冷笑一声，说道：“比鬼大一点儿，比魔小一点儿。要不要找纸笔，我把图给你画出来？”

孙胖子嘿嘿一笑，说道：“那敢情——还是算了吧，估计也没有什么好看的。”说了一半时，孙胖子看见吴仁荻那似笑非笑的表情，马上将后面的话改了过来。

听了孙胖子和吴仁荻的对话，对面的孔章突然冷笑一声，他对我们几个说道：“在真神的面前，你们竟敢胡说八道。反正今天已经背了十几条人命，也不差你们几个了……”

孔章的话还没有说完，他身边年纪大点儿的人突然伸手按住了他的脑袋，孔章反应过来后，眼中露出惊恐的神色。还没等我们反应过来，孔章的身体突然像气球一样膨胀起来，接着“嘭”的一声，整个人就在我们的眼皮子底下化成了一团血雾……

第三十三章　地下五层

孙胖子看着已经被血雾包裹的年纪大点儿的人，嘴里喃喃地说道："不是我说，这个老家伙到底是哪头的……"孙胖子的话还没说完，这团血雾突然快速地向外扩散开，只是瞬间的工夫就将连同吴仁荻在内的我们这几个人全部笼罩在了里面，孙胖子第一时间就躲到了吴仁荻的身后。

这血雾来得快，去得也快。也就过了十几秒，这团血雾便已经消失，原本站在面前的年纪大点儿的人也随着血雾一起消失得无影无踪。确定安全了之后，孙胖子从吴仁荻的身后走出来，四周看了一圈之后，说道："这老家伙算是什么意思？就为把孔章带过来，杀人灭口给我们看？"

说到这里，孙胖子顿了一下，他回头看了吴仁荻一眼，说道："吴主任，不是我挑事儿，他在你面前杀人灭口我也不说什么了，不过他这说来就来，说走就走的，是不是太不把你放在眼里了？不是我说，这事儿换我我就忍不了。"

"我不是你，所以我就忍忍吧。"吴仁荻皮笑肉不笑地看着孙胖子，说道，"对付这样一个小东西，还要我亲自动手……小胖子，你是丢人丢习惯了，可别算上我。"

孙胖子干笑了一声，依然有点儿不死心地对吴仁荻说道："吴主任，那刚才这老家伙的下落您总得给个说法吧？他连自己人说弄死就能弄死，留着他还指不定要害死多少人。"

吴仁荻看了孙胖子一眼，说道："这个时候，你就不用再算计了。他在哪里，为什么来的，你比我清楚。"说到这里，吴仁荻顿了一下，朝孙胖子古怪地笑了一下，再次说道，"看你以后还去不去昆仑山找日本和尚问姻缘了。"

你来就是为了噎我的——孙胖子这才明白问题出在哪里，不过吴仁荻决定了的事情，除非邵一一亲自过来，其他任何人都不好使。孙胖子只能打碎了牙往肚子里咽，他无奈地看了吴仁荻一眼，掏出手机给西门链打了过去，让他带人过来收拾残局。挂了电话又对二杨说道："你们二位的出场费我已经谈妥了，怎么样？现在可是淡季，能找到给出场费的活儿可是不多了。"

"就算想拿出场费也要先知道人去哪儿了。"杨枭看了一眼吴仁荻，见他没有异议，又接着说道，"刚才的血雾里加了隐藏气息的术法，现在我也完全感觉不到那个人的气息，我们上哪儿找他去？"

杨军也是和杨枭一样的意思，孙胖子看了吴仁荻一眼，嘿嘿一笑，说道："想找的话就一定能找到，那老家伙刚刚召唤了一个恶魔，接着就直接奔民调局来了，看来他也是孤注一掷了。不是我说，你说他甘心就这么走了，我怎么有点儿不相信？"

孙胖子说完，突然将目光转向民调局地下室的方向，接着说道："刚才他不是跑了，而是进去了！如果我猜得没错，这个老家伙现在最起码已经到了地下三层，他的目标应该是民调局的地下四层或者地下五层……"

孙胖子说到这里，我忍不住说道："费了这么大的劲，他到底想干什么？"

孙胖子冲我龇牙一笑，说道："抓到这个老家伙，就什么都知道了。”

除了吴仁荻在上面等我们“凯旋”以外，我、孙胖子、雨果以及二杨都从民调局的停车场进去，通过孙胖子弄出的暗门到了地下二层。到了这里之后，杨枭深深地吸了口气，思索一会儿，对孙胖子说道：“刚才的老头子从这里走过，不过血腥气很淡，应该是停留了不久就下去了。”

雨果有些不解地看着杨枭，说道：“杨，我的朋友。你刚才不是说他的气息已经被掩盖住了吗？那你现在怎么知道他从附近走过？”

杨枭回看了雨果一眼，说道：“我是说他的气息被血腥气掩盖住了，在上面时全是这种血腥气的味道，自然分辨不出来，但是这里一年多没人进来了，如果不是他来过怎么会有血腥气？”

孙胖子对杨枭的话深信不疑，既然老杨已经确定这一层没人，孙胖子也就不查看了，他直接带着我们到了地下三层。到了之后，我们几个的目光都停在了杨枭的脸上。

再次深吸了一口气，杨枭还是摇了摇头，说道：“血腥稍微浓烈了一点儿，不过他也没有在这里停留，继续往下走吧，我能感觉到血腥气慢慢往下去了。”

继续往下到了地下四层，刚一进来，杨枭就是一声冷笑，对孙胖子说道：“有点儿刺鼻了，这一层可以好好地转一转了。”

孙胖子嘿嘿一笑，说道：“不用，继续往下走。他要找的东西在地下五层，当年民调局解散时，老吴撤了地下五层的禁制，现在谁都能下去转一圈了。”

看孙胖子的样子像是已经知道这老头是为了什么东西而来，我心里有些好奇，一边跟着他走，一边说道：“大圣，民调局解散之后，还有什么宝贝没拿走吗？”

孙胖子嘿嘿一笑，指着自己的鼻子说道：“辣子，你是第一天认识我吗？有好东西的话，我会便宜别人吗？”

说完之后，孙胖子不再理会其他人的猜想，笑眯眯地说道：“这回听我的没有错，顺便也让你们见识一下地下五层老吴的私人空间。”

听了最后一句话，除了我之外，其他几个人都开始兴奋起来。只要是吴仁荻待过的地方，就算现在什么东西都没有了，对他们来说都具备特别大的吸引力的。

一直往前走，走到尽头时，见到了通往地下五层的楼梯，我们在楼梯口停住。杨枭再次深吸了一口气，对孙胖子说道：“血腥气的源头就在下面，不过你真的敢确定，吴主任之前下的禁制都已经撤了吗？那个可不是闹着玩的。”

孙胖子笑嘻嘻地说道：“放心，要支撑那么大的一个阵法，是要花些时间和精力的，现在老吴可没有心思玩这个了。”不过就算孙胖子的话说到这个程度，杨枭还是不敢轻易尝试。

最后还是我说道：“还是我先走吧，要是不放心的话就踩着我的脚印下去……”

当我们到了地下五层，不但是杨枭，就连我都在空气中闻到了一股浓烈的血腥味道，空间里弥漫着浓重的血腥气味，就连杨枭也分不清这血腥气味的散发点。

孙胖子眯着眼睛原地转了一圈，说道：“辣子，先带我们去老吴的小仓库开开眼界吧。不是我说，以前听高老大说过，这间仓库是老吴亲手建起来的，就算现在都空了，我们进去见识一下也好。”

我实在受不了孙胖子故作高深的样子，干脆直接向他问道：“大圣，你就直说吧，那个老家伙为了什么东西来的？”

第三十四章　诱饵的诱饵

孙胖子嘿嘿一笑，说道："你还记得当年林枫用什么东西诱惑了一群倒霉鬼来民调局堵枪眼儿的吗？当时他们为了什么东西来的——现在这个老家伙就也是为了什么来的。"

"《天理图》！"我脱口而出这三个字，随后对孙胖子说道，"不可能吧，那件事情闹得那么大，再说民调局早就解散了，他现在找过来还有什么用？"

孙胖子嘿嘿笑了一声，看了我一眼，说道："他要是知道民调局早就解散了，刚才在上面就不会问我们民调局的地址了……"

孙胖子的话还没有说完，突然听到正前方响起来一阵野兽一般的号叫声，这声号叫弄得整个地下五层的空气都跟着颤抖了起来，号叫声传来的方向正是以前吴仁荻存放私人物品的小仓库。孙胖子被这声号叫吓得哆嗦了一下，稳了稳心神之后，他向我问道："辣子，老吴的仓库不会就是那里吧？"

我看着发出声音的位置，嘴里回答孙胖子说道："如果老吴只有一个小仓库的话，就是那里没错了。"

听了我的话，孙胖子回过头来，对我和二杨说道："不是我说，就算他是外国的恶魔，凭着你们三个白头发，对付他应该也不是太难的事情吧？”

杨枭看了孙胖子一眼，说道：“恶魔也分很多种，闹太平天国时，我也见过几个被传教士带来的外国恶魔。只是井水不犯河水，我们没有什么利益冲突，所以也没有动过手，至于他们的实力怎么样——我们这儿其实有一个人最有发言权。”

杨枭的话说完，雨果苦笑了一声，接口说道：“如果我之前得到的资料没错的话，这个恶魔可有点儿棘手，他是中亚和欧洲文献上记录的——愤怒和血腥的不死恶魔艾什玛，据说他有惊人的再生能力，就算把他的头砍下来，在头颅落地之前，新的头颅就会长出来。以前就是因为没有办法处置他，所以才把这个恶魔封印在黄铜箱中，想不到还是被他从里面跑了出来。”

“砍掉的头还能长出来，不是我说，雨果大神父，你把这个恶魔和哈利·波特搞混了吧？”孙胖子笑嘻嘻地看着雨果，顿了一下，继续说道，“真要是有那样的恶魔，别说我们几个了，恐怕连老吴都收拾不了他，但刚才老吴怎么说的你也听到了……”

没等孙胖子说完，一直没说话的杨军有点儿受不了，他看了孙胖子一眼，插嘴说道：“你真以为就凭你们在这里说几句话，就能消灭掉那个什么恶魔了吗？今晚我还有点儿事情，如果你们说完了的话，我想过去见识一下什么叫作恶魔，可以吗？”

孙胖子讪笑一声，说道：“一起吧……”

由我领着，我们几个很快到了吴仁荻的小仓库前。由于对这个外国恶魔实在不托底，我和二杨商量了一下，先由杨军从正面进去，杨枭隐身在旁来个出其不意，等他们缠住老家伙，我再最后一个进去，用罪罚双剑给他致命一击。

算盘打得不错，但等杨军踹门冲进去之后，才发现仓库里面空空荡荡的，别说人了，除了几个空空如也的架子，什么东西都没有。我和杨枭跟着进去，和先进去的杨军面面相觑——难不成刚才我们都听错了吗？

就在这时，仓库外面突然又响起一声野兽般的号叫，这次的号叫声比前一次又提高了许多，不只是空气，就连这间小仓库都跟着颤抖了起来，感觉就像是地震了一样。

这次号叫的源头是以前关押广仁的地方，这次我们不再犹豫，拔腿就朝声音发出的方向冲去，但等我们跑到，依然连那老头子的影子都没发现，远处的号叫声就又响了起来。

就当我们几个再准备跑过去时，孙胖子突然说道："不用去了，他在耍我们玩呢。"说到这里，孙胖子朝号叫声发出的方向看了一眼，继续说道，"不是我说，上面有老吴守着，这老家伙不敢从上面走，在这里找了半天又没找到《天理图》，于是就把怨气撒我们身上了。见过猫戏耗子吧？现在这外国恶魔就想这么耍我们玩呢。"

说完，孙胖子顿了一下，他看着漆黑一片的四周说道："不过我们人多，这老家伙也没有必胜的把握，所以他是在使手段想把我们分开，然后再各个击破。"

"那我们不分开不就可以了吗？"我向孙胖子问道，"反正他也不敢上去，我们就跟他耗上了，看最后谁先熬不住。"

"那有什么意思？"孙胖子眯着眼睛说道，"既然他想我们分开，我们就分开给他看看，看这个老家伙有没有胆子现身。"

说到这里，孙胖子原地转了一圈，确定老家伙不在我们周围偷听之后，他才继续说道："我、辣子和大神父一组，二杨一组。如果我估计得没错的话，二杨你们假意走远，老家伙就会来对付我们三个，到时二杨你们两个，加上辣子一共三个白头发，反过来对付那个老家伙，应该有比较高的胜算吧？"

杨枭听后点了点头，他向孙胖子问道："那我们什么时候走？"

"现在。"孙胖子嘿嘿一笑，随即马上收敛了笑容，对他和杨军说道，"两分钟，你们哥儿俩两分钟后必须赶回来，不是我说，超过两分钟不见你们回来的话，就等着给我们烧纸吧。”

孙胖子说完，二杨对视了一眼，一言不发转身就走。孙胖子有些无奈地说道：“别走得那么快，慢点儿走快点儿回，这个还要我教你们吗？不是我说，你们走得都自然点儿，大杨，你顺拐了……”

等二杨的身影消失在黑暗中，我悄无声息地将两把短剑都拔了出来，孙胖子已经将左轮掏了出来，雨果的手也握住了他的十字架的顶端，我们三个人面朝外站成了“品”字形，就等那老家伙过来了。话说回来，这一次我对孙胖子有点儿刮目相看了，以前他都是用别人来做诱饵的，现在主动用自己当诱饵引人上钩，在我的印象里这还是第一次。

这时，孙胖子嘴里正念念有词地嘀咕着什么，随着他的声音越来越大，我听得也越发清晰起来：“三十七……四十五……五十九……”

孙胖子是在计算时间，这段时间内，周围没有任何的异常情况发生，不过我的心已经提到了嗓子眼儿。

“一百一十八……一百一十九……一百二十！辣子、大神父跟着我跑！”孙胖子话音未落，他那肥大的身躯已经朝二杨离开的方向跑了过去。我和雨果不知道出了什么事情，只能跟着孙胖子往前跑，我们跑了有七八百米，就看见了二杨和那个老家伙缠斗的身影。这时我才明白，孙胖子儿一点都没有变，当诱饵的本来就不是我们三个……

这时老家伙的上半身正好被杨军的绣春刀一刀劈开，只见他摇摇晃晃地狞笑了一声，身子一晃又合并了起来；这还不算，还把杨军的绣春刀锁在了他的身体里，趁杨军发愣，老家伙变手为鹰爪朝杨军的手臂抓了过去。

第三十五章　恶魔现身

事后听杨军说，和我们分开之后，他和杨枭刚走了两分钟，正当他们准备回来跟我们会合时，空气中传出几句他们谁也听不懂的外国话，随后眼前一黑，那老家伙突然出现在他们面前。

这会儿二杨的神经都绷得紧紧的，见到老家伙现身，杨枭顿时出手。他用力将绳镖甩出，“噗”的一声，整个镖头击穿了老家伙的胸口，然后用力一拉，将老家伙拉得双脚离地，到了他的身前。这时杨军已经抽出了他的绣春刀，迎头就朝老家伙劈出一刀。

老家伙似乎是来不及躲闪，任由这一刀将他的头竖着劈成两半，接下来杨军刀势不减，继续将老家伙的身体劈开。

就在二杨以为得手时，老家伙被劈成两半的身体突然开始合拢，瞬间就将杨军的绣春刀锁在了老家伙合拢的身体里，杨军舍不得撒刀，连拽了几次也没能把绣春刀从老家伙的身体里抽出来。就在这时，老家伙大半个身子已经合拢，同时变手为鹰爪朝杨军握刀的手臂抓了过去。眼看老家伙就要抓到杨军手臂时，他的身后突然响起一声枪响，“啪”的一声，老家伙刚刚合拢的脑袋上突然出现了一个血洞，开枪的孙胖子一声大喊：“辣子，你来！”

孙胖子开枪的同时我已经握住了罪剑，突突乱颤的剑芒出现在剑身之上。

“大杨！你躲一下！”我这一嗓子喊出去的同时，已经将剑芒朝老家伙的脖子扫了过去，没有感觉到丝毫的阻力，老家伙的头颅已经掉了下来。

没想到的是，还没等我这口气松下来，老家伙的脖子上突然喷出来一道黑雾，等黑雾散尽，老家伙的人头仍好端端地在他脖子上杵着。我看了一眼掉落到地面的人头，又看了一眼一脸冷笑的老家伙，一时之间有些蒙了，刚才被砍掉的头颅是障眼法吗？

就在我发愣时，身后的雨果已经冲了过来。他手中拿着一个装满了圣水的玻璃瓶子，冲过来之后，直接朝老家伙的脸上泼了过去。

圣水接触到老家伙脸上的皮肤时，就像是泼到了一块烧热的石头上，一大半的圣水化成了一股子热腾腾的水蒸气，老家伙惨叫了一声，他的脸就像是被硫酸泼到一般，大块大块的皮肉被腐蚀掉，露出里边白森森的骨头来，看起来就像是一个骷髅头上挂着半张脸的皮肉。就算是我和孙胖子这样见过点儿世面的，也不禁心惊肉跳起来。

被圣水泼到以后，老家伙的能力瞬间减弱了许多。二杨趁这个机会，分别将各自的家伙什从他的身体里抽了出来，随后二人分别各退一步，警惕地盯着在痛苦中挣扎的老家伙。

“大神父，继续啊，别停手！”孙胖子说话的同时，又朝老家伙的骷髅头开了一枪。这一枪打过去，骷髅头当场四分五裂，从他的脖子里再次冒出来一股浓烈的黑烟，只不过和前一次相比，这次冒出的黑烟要浓烈得多。

这次的黑烟出现之后，开始不停地向四周扩散，随后又快速地在旁边凝结，只一瞬间，黑烟便凝结成一个模模糊糊的人形。这时雨果最先反应过来，他又掏出来一瓶圣水，朝已经成人形的黑烟泼了过去。

雨果每泼一次圣水，那股人形黑烟就减弱一分，但只要雨果的圣水一间断，黑烟便开始再度凝结，而且凝结得一次比一次更稠密，不到一分钟，已经能在人形黑烟的脸上看到五官的形状了。其间，我们几个把能用上的手段都用上了，刀砍、枪打，两把短剑在黑烟中反复穿梭，但除了圣水以外，这些手段对人形黑烟几乎都没有任何伤害。

唯一有点儿效果的是杨枭，他放弃再使用绳镖，手中凭空出现了一张画着恶鬼像的符纸，朝黑烟甩了过去。画着恶鬼像的符纸出手之后，立刻突然爆开，变成一个大火球朝人形黑烟飞了过去。眼看就要接触到黑烟时，大火球突然熄灭化作一团青烟。

从青烟里伸出一只布满青筋的鬼手，这只鬼手一把掐住了人形黑烟的脖子，将它往青烟里拉。青烟里的鬼手和人形黑烟似乎是同种物质，它竟然可以抓住人形黑烟的实体。鬼手拽着人形黑烟朝青烟的方向走了几步，可惜接下来人形黑烟越来越浓，青烟里伸出的鬼手却越来越淡，最后人形黑烟将鬼手从它的脖子上扯了下来，随后张开已经成型的嘴巴，朝青烟鬼手一口咬去，没有实体的人形烟雾竟然几口就将鬼手咬得支离破碎。

咬了五六口之后，青烟鬼手彻底不支，随后化成了一股青烟，即使这样，它也没能逃脱。人形黑烟往前几步，伸出雾腾腾的左手拽住青烟，又慢慢地这股青烟拉了回来，最后竟然将这股青烟拉进了它的身体里面，黑青两种颜色的烟雾混在一起，没过多久，青烟便彻底消融在黑烟之中。

“老杨，还有符吗？一次多来几个！”见青烟挺有效果，孙胖子急忙冲杨枭喊道，“多来一些！现在不是和它客气的时候，一个不行就多来几……”说到这里，孙胖子才发现不知道什么时候杨枭的脸色已经变得涨红，他脸色惨白的样子孙胖子见得多了，但像现在这样涨红得像要滴血的样子，我们几个都是第一次见到。

这时的杨枭突然张嘴，一口鲜血朝人形黑烟喷了出去。这口血喷出来之后，杨枭的脸色总算恢复到之前惨白的样子，随后杨枭急退几步，从口袋里掏出来两个蜡丸，将蜡皮捏碎之后露出来两个黑漆漆的药丸，杨枭将这两个药丸放进嘴里，嚼都没嚼就直接吞到了肚子里。药丸入肚之后，杨枭才长出了一口气，随后他身子一晃，整个人慢慢地消失在了空气中。

杨枭消失的同时，黑烟已经完全凝固成一个红头发的外国人。他转过脸来，看了一眼手里拿着空圣水瓶子正在发愣的雨果。红发外国人冷笑了一声，说了几句拉丁文，雨果听了这几句话之后，脸上开始流露出绝望的表情。他在胸前虚画了一个十字，朝红发人大声地回了一句拉丁语。

我站在孙胖子的身边，小声地向他问道："大圣，给翻译一下，他们到底在说些什么？"

这时，孙胖子的脸色也变得不好看起来，他愣了一下，接着低声回答道："他俩在掐架，红头发的外国人说要带我们一起去地狱，雨果还在嘴硬，不过明显底气不足。"

孙胖子的话刚刚说完，红头发外国人突然转过头，看了孙胖子一眼，随后用一嘴不太标准的中文说道："东方人，这件事情和你们没有关系，人的生命只有一次，不要无谓地送死。"

这句中国话说出来，我们几个都是一愣。谁都没想到这个在欧洲混了几百年的恶魔还会说中文，孙胖子嘿嘿笑了一声，说道："那就要看这话该怎么说了……"

第三十六章　建议

红发恶魔冷笑了一声，说道："那我倒想听听你怎么说。"

孙胖子有些无赖地笑了一下，盯着红发恶魔的红眼睛说道："不是我说，你要是早来几天，这事和我也没有什么关系。可事情就这么凑巧，我刚和雨果大神父说好，过两天请他给我洗礼，正式加入教会。你也知道，现在出来混都不容易，不正经找几个靠山，谁都敢欺负……"

孙胖子笑嘻嘻地对红发恶魔说话的同时，手中的枪口一抬，朝他的脑门突然一枪打了出去。这一枪正好击中红发恶魔的眉心，子弹从他的眉心射入，接着穿过头颅，最后从他的脑后穿了出来。

一击得手！孙胖子的脸上却没有半点儿得手的喜悦，红发恶魔依然好端端地站在那里，虽然脑门上被打出一个血窟窿，却连一点儿中枪的反应都没有。他冷笑着看向孙胖子，慢悠悠地说道："为什么不再开一枪？也许下一枪会有效果也说不定。"

孙胖子苦笑了一声，说道："如果我说，刚才那一枪是走火了，你会信吗？"

"那我就当是走火好了。"红发恶魔笑了一声，身上突然燃烧起来，一股黑色的火焰迅速蔓延到了他身体的表面。接着他朝孙胖子一挥手，一个拳头大小的黑色火球朝孙胖子飞了过去。

雨果见到了火球，一脸惊恐地对孙胖子喊道："那是地狱之火，快躲开！"只不过他的提醒有些多余了，早在雨果喊出来之前，孙胖子已经兔子一样朝我这边跑了过来。

黑色火球的速度并不快，却像是长了眼睛一样，孙胖子转向跑向我这边，黑色火球也跟着转向朝我这边飞过来。

这时我没有丝毫犹豫，立刻将手中的罪剑剑芒挥向黑色火球，只听"嘭"的一声响，黑色火球在剑芒之下四分五裂，碎成无数个小火星之后，消失在了空气之中。

红发恶魔愣了一下，他盯着我手中的短剑，似乎有点儿不相信他的火球能被我劈碎，红发恶魔喃喃说道："地狱之火也有熄灭的时候……"他这句话还没有说完，一支短小的弩箭无声无息地插在了他的心口。

被弩箭射中的地方，周围的黑色火焰竟然熄灭了巴掌大小的一块。红发恶魔似乎不敢相信自己的眼睛，他低头盯着胸前的弩箭，半晌都说不出话来。就在这时，雨果将他最后一瓶圣水打开，往红发恶魔身上泼了过去，就在雨果将圣水泼出来的同时，藏在我身后的孙胖子突然大喊了一声"别用圣水"，可惜他的话还是晚了半拍，孙胖子的话刚说完，雨果的圣水已经泼在了红发恶魔的身上。

接下来让雨果想破脑袋也想不明白的事情发生了，当圣水浇到红发恶魔身上时，圣水好像变成了汽油一般，红发恶魔身上黑色的火焰反而暴涨，就连刚才被孙胖子用弩箭熄灭掉的巴掌大小的一块地方，也再次燃烧了起来。

雨果也被眼前的景象惊得呆住了，等他反应过来，将瓶中剩余的圣水倒进了自己的嘴里，随后还一脸不可思议地说道："是这个味儿啊，是圣水没错，怎么会这样？"

孙胖子一脸无奈地说道："不是我说，麻烦你也用脑子想想！如果圣水真对他有用的话，刚才他现身以后，第一个就应该对付你，不会给你使用圣水的机会。你们斗了这么多年，就是傻子也应该找到了对付圣水的方法了。他不动你，就说明不怕你那点儿圣水了。”

红发恶魔看了孙胖子一眼，微微地笑了一声，说道：“既然你都说出来了，那么我就再解释几句，教会我东方语言的那个人，也教会了我对抗圣水的方法，只是居然能有这么好的效果，就连我自己也没有想到。”

趁红发恶魔说话时，我突然向前几步，挥舞着手中短剑的剑芒，朝红发恶魔的脑袋削了过去。他刚刚吃了短剑的亏，这下也不敢硬接，狂吼了一声，双手同时向我甩出十几个黑色的火球。

黑色火球飞到剑芒能触及的距离时，剑芒卷了几下，这十几个火球顿时熄灭。搞定黑色火球之后，我再接再厉继续举着短剑朝红发恶魔冲了过去，眼看我手中短剑的剑芒就要触及他身体时，红发恶魔的身体突然暴涨，再次幻化成一阵黑色的烟雾。这阵烟雾快速往后飘到十几米外，随后重新凝结，刚才的红发恶魔又出现在不同的位置上。

等我再次挥舞着剑芒冲过去时，红发恶魔继续幻化成黑色的烟雾，就这样和我打起了游击。

“辣子，休息一下吧，你这速度撵不上他。”说话的同时，孙胖子已经重新装好了一支弩箭，顿了一下，对我继续说道，“不是我说，他在故意吸引你走远，等你距离我们远了，他再突然回来对付我们几个，到时候你想救我们也来不及了，只能眼睁睁看着我们几个挨宰了。”

孙胖子的话提醒了我，我又开始慢慢往回跑。红发恶魔见计划被孙胖子识破，只能再次现出身形，时不时打出几个黑色的火球来干扰我。不过这种黑色火球并没有太快的速度，我手中短剑的剑芒又是对付它们的最佳利器，因此，对我并不能构成太大的威胁。

击落二十几个火球之后，我和孙胖子他们重新会合。

而再次凝结成人形的红发恶魔也慢慢朝我们走了过来，走到离我们二十多米远时，他停下了脚步，对我们说道：“不要以为有这个白发人在，我就拿你们没有办法，其实我只要把这里都烧掉，你们几个谁都逃不了。”这句话说完，就连孙胖子的脸色也变得难看起来。

这到这里，红发恶魔顿了一下，他的目光在我们每个人的脸上扫过一圈，再次说道：“我现在有一个对我们双方来说都可以接受的提议：把我召唤出来的那个东方人，跟我说有一件叫作《天理图》的物品，这件物品能操控生死，对我这样一个地狱的信徒来说，没有比这更好的东西了。我也知道这件物品就藏在这里的某个地方，只要你们能把它给我，我马上带着这件物品离开这里。虽然东方世界也很吸引我，但这里毕竟是不属于我的世界，只要拿到这件物品，我永远都不会再回来。”

孙胖子笑了一声，说道：“你要是早来两年，我就把那个玩意儿送你了。不是我说，你来晚了两年，现在你想要它的话，就只有去一个叫无边冥界的地方，找一个叫作阎罗王的去要了。你想要的那件物品现在在他手里，不过你跟他要的时候态度一定要诚恳点儿，多说点儿好话，他的脾气也不太好，你们俩真掐起来的话，还真说不好谁能赢。”

孙胖子难得地说了几句实话，但红发恶魔的脸色已经变了。一阵冷笑之后，他对孙胖子说道：“看来你没有听取我的建议，那就只有让你品尝一下地狱之火的味道……”

他的话还没有说完，突然在我们身边响起一个熟悉的声音：“地狱之火，好熟悉的东西……”

第三十七章　老姑父

当时我们的注意力都在红发恶魔身上，没人发现地下五层又进来人了。听到人说话后，才瞧见从出口的方向慢慢走进来两个人。虽然距离颇远，而且还是黑暗之中，但我还是一眼就认出来这二人正是郝文明和他们家老大郝正义。

孙胖子也听出说话的人是郝文明哥儿俩，只是不久之前他才叮嘱过郝文明，不管发生了什么事情都要待在家里不要出来。这时孙胖子有些怀疑自己是不是听错了，于是又对我说道："辣子，你眼神好，看看谁来了。"

"是郝头和他大哥。"我回答道，"你刚才还跟他们打过电话的，怎么现在就听不出他们的声音了？"

"就是因为我给他们打过电话，所以才不确定是不是他们。"孙胖子长出了一口气，对远处的郝文明哥儿俩说道："不是我说，你们二位来干什么？不是说好了让你们没事别出来瞎转悠吗，好好待在家里不行吗？"

郝文明和郝正义越走越近，没等郝文明说话，郝正义先说道："孙局长，刚才外面的煤气罐一爆炸，西门链他们就出来了。这分明是出事情了，我们哥儿俩担心是不是和民调局有关系，所以过来看看，想不到一来就发现了这么有意思的事情。”

孙胖子有些无奈地说道：“老吴就眼睁睁地任由你们下来了？他没拦着你们？”

说到吴仁荻，郝家兄弟都一愣，郝文明说道：“吴主任也来了？我们下来的时候没看见他啊？”

“你们招呼打完了吗？”红发恶魔实在忍受不了孙胖子他们啰唆个没完了，他有些恼怒地说道，“你们这样无视一个魔鬼的存在，是极端不礼貌的行为，我保留用地狱之火将你们烧成灰烬的权利……”

“地狱之火……”郝正义淡淡一笑，看了红发恶魔一眼，继续说道，“传说中能将一切都化为虚无的火焰，不过怎么没有将地狱也化为灰烬呢？我查过关于地狱之火的记录，被地狱之火烧死的人的确不少，但没查到有任何地方或者建筑被地狱之火烧毁的记录。”

郝正义刚刚恢复，体力有些跟不上，说完这些他靠在郝文明身上喘了几口粗气。红发恶魔有些惊讶地看着郝正义，等郝正义把气喘匀了一些之后，他才开口问道：“你到底是什么人，你是怎么知道这些事情的？”

郝正义笑了一下，说道：“两年前，有个人在谋划来民调局抢夺《天理图》时就和我说过你的事情。在这个人的计划里，你和另外一名阴司鬼差是那次计划的关键。可惜很不凑巧，那名阴司鬼差提前暴露了，而这个人去接你时，也被我耍了一点儿小花招，我故意把禁锢你的教堂的名字写错了，让他无法找到你并将你从禁锢中释放出来。本来我是想在那次事情结束之后，再把他也解决掉的，不过后来我自己也出了状况，就没顾得上他，想不到他还真有毅力，最后真把你找到了。”

郝正义的话听得红发恶魔一头雾水，他皱着眉对郝正义说道：“你究竟在说些什么？这些事情和我有什么关系？”

孙胖子在一旁说道：“这话本来也不是说给你听的。”说完之后，孙胖子突然哈哈一笑，原地转了一圈，朝空气里大声说道："吴主任，差不多行了。我知道错了，下次再也不敢挟持你家邵姑娘了。这个什么恶魔，您受累把他解决了，解决完之后，我安排大官人把您的那份钱打到你家邵姑娘的账上，现在她也老大不小了，也该存点儿钱置办点嫁妆了。"

孙胖子这句话说完，半晌都没有听到有人回话。红发恶魔听到孙胖子对他蔑视的话，深受侮辱，手一挥一个黑色火球朝孙胖子打了过来。红发恶魔这一下来得很突然，等我反应过来，再想出手解救，已经来不及了。

就在这时，眼看就要击中孙胖子的黑色火球突然自行熄灭，接着一个冷冰冰的声音响了起来："救你一次，就当给邵一一添嫁妆了，这个小鬼头你们自己解决！你又不是我儿子，凭什么让我帮你擦屁股？"

孙胖子死里逃生，满脸的冷汗，连拍了几下胸口才惊魂稍定。听到吴仁荻出声，他嘿嘿一笑，也不管旁边这许多人，直接跟吴仁荻认上了亲戚，只听他谄媚地说道："其实吧，吴主任，我心里一直都拿你当干爹的……"

这句话说出来，全场忽然死一般寂静，所有人都在等吴仁荻的反应，沉默了几秒钟，空气中传来吴仁荻简短的回答："滚！""滚"字说完，吴仁荻留下的最后一丝气息也消失不见。孙胖子赶紧再次说道："干爹不行，咱们再认别的，干叔叔、干舅舅都成啊，要是这些都不行，我还可以想个不远不近的亲戚——老姑父，你还在吗？"本来拔剑弩张的场面，被孙胖子搅得有些啼笑皆非。

从始至终，吴仁荻都没在地下五层露过面，不过刚才吴仁荻无声无息熄灭掉黑色火球的手段，让红发恶魔也暗自吃惊。他完全想象不到竟有人可以面都不露就将他的黑色火球弄熄灭，这样的事情连他自己都做不到。这样的人物让红发恶魔也心生恐惧，顿时萌生退意，对我们也不敢再下杀手，当下再次化作人形烟雾，想要从这里离开。

人形烟雾快速地朝出口方向飘去，无论是我使用剑芒刺或者砍，还是孙胖子用吴仁荻留下来的弓弩射它，都无法给这人形烟雾造成伤害。

当人形烟雾飘至楼梯口的位置时，它前方的空气突然扭曲了一下，紧接着一大口鲜血从空气里喷了出来，结结实实地喷到人形烟雾身上。

被喷到鲜血的人形烟雾停顿了一下，接着忽然变得沉重起来，人形烟雾直挺挺地朝地面倒了下去，倒地时，竟响起重物落地才会发出来的一声闷响，随后烟雾散尽，刚才的红发恶魔再次出现在我们的眼前。

红发恶魔满眼不可置信的表情，他惊恐地看着凭空喷出鲜血的地方，就见之前已经消失的杨枭从空气里现出身形。

见红发恶魔意外倒地现身，孙胖子抬手朝他就是一弩箭，不过这次红发恶魔已经有了防范，见到弩箭射过来，红发恶魔猛地从地上弹了起来，躲过这一箭的同时，飞快朝楼梯门口的方向拼命跑去。

这时，杨枭的手中出现了一根铜钉，他用力一甩，铜钉朝红发恶魔的背影飞了过去，当红发恶魔准备闪身让过飞来的铜钉时，杨枭的拇指突然虚按下去，铜钉在即将飞过红发恶魔时突然爆炸。

伴随着铜钉爆炸过后的烟雾，红发恶魔从楼梯口栽倒，滚了下来。

第三十八章　恶魔的尸体

见红发恶魔滚落下来，杨枭右手一甩，又一根铜钉朝红发恶魔打了出去。眼看铜钉就要射进红发恶魔的胸膛，红发恶魔的身体再次凭空消失，而就在他消失的瞬间，杨枭再次引爆了铜钉里面的炸药。

“嘭”的一声巨响，红发恶魔又被炸出了真身，他倒在地上，张嘴喷出一口黑色的血液。这时，杨枭的第三根铜钉已经到了，有了前两次的教训，红发恶魔再不敢停留，他以一种不可思议的速度翻身从地上跳了起来，接着身体一晃，人已经跑出去十几米远了。

红发恶魔的身子刚刚停住，就感觉身后的空气微微震荡了一下，他还没来得及转身，一把长刀已经朝他的脖子砍了下来。这时他再想闪避已经来不及了，只能认命被这把长刀将他的头砍掉。

这次红发恶魔真身的头被砍掉之后，并没有像之前那样又长出一个新的头来。黑色的血液从红发恶魔的脖子里喷出来一米多高，他的身子摇晃了几下后也轰然倒地。

见红发恶魔的生气一点儿一点儿消失，我们都慢慢地围拢过来。孙胖子看着一动不动的恶魔身体，说道：“这是不是有点儿太容易了？雨果大神父，这就是你们出动了大批人马都没能搞定的恶魔吗？不是说就是因为弄不死他，才把他封印起来的吗？看现在这情势也不难对付啊，也就一刀的事。大杨，刚才你那一刀没加什么特别的料吧？”

杨军将绣春刀收好，看了孙胖子一眼，犹豫了一下之后说道：“说实话，刚才那一刀我也是试探着砍的，想不到他竟然没能躲开，这才顺手一刀将他的脑袋砍下来的。”

这时雨果也一脸的茫然，他的目光从恶魔身上转移到孙胖子的脸上，依然有些不可思议地说道：“孙，不应该是这样。我看过封印恶魔艾什玛的记录文件，当时由一名红衣主教带队，出动了一百六十八名神父，超过两千名的意大利士兵。最后以三十五名神父、一百二十五名士兵伤亡的代价，才将恶魔艾什玛封印在黄铜容器中，这样厉害的恶魔怎么可能这么容易就被杀掉？”

孙胖子听了，眯着眼睛看了看雨果，随后又对杨军说道：“大杨，不是我说，要不你再补一刀？”

杨军将他的绣春刀拔了出来，走到红发恶魔的身边，朝他的上半身又一刀斩了下去，从心脏的位置将红发恶魔再一分为二，甩掉刀锋上的黑血之后，重新将绣春刀归鞘。这时他回头对孙胖子说道：“他的心脏都一剖为二了，还需要再来一刀吗？”

这时，孙胖子和我们都已经走到了尸体旁，看着已经分成三部分的红发恶魔，孙胖子皱着眉头说道：“都这样了，八成是活不过来了……”

说完这些，孙胖子拨通了西门链的电话：“我说大官人，你们在哪儿呢？不是我说，咱们能不能改改坏蛋都死光了，你们才出现的剧本？民调局地下五层，你们过来吧，给你们见识一下好东西，来的时候做好心理准备……”

孙胖子打电话时，雨果脸上的表情就有些不太自然。等孙胖子打完了电话，他凑了过来，在孙胖子耳边低声说道：“孙，我希望你能将这具恶魔的尸体交给我们教会方面来处理，你也知道这个恶魔在一百多年前就是由教会封印在黄铜容器里面的，如果你能把他的尸体交还给教会，教会方面肯定会给你精神和物质双方面的奖励。”

孙胖子笑眯眯地看着雨果，等他说完，孙胖子才慢悠悠地说道：“既然雨果大神父你都这么说了，我再不给面子的话就有点儿说不过去了。这样，雨果主任，你现在就和你们那儿能做主的人联系，西门大官人他们为了这次事情，光是老吴……主任和二杨的出场费就是两千万，你们教会有钱，应该不会低于这个数吧？”

“我明白。”雨果的眼睛一亮，马上掏出手机，开始联系教会那边的人。孙胖子在他身边继续说道：“不是我说，雨果主任，你们最好能在大官人到这之前就把事情谈妥了，大官人他们哥儿仨你也知道，我还欠着他们的人情，如果他们开口，今天这件事情还真不好办。”

雨果对电话说了一通拉丁语后，又转回头来，对孙胖子说道：“孙，你放心，这件事情包在我的身上，如果教会需要审批的话，我私人先垫付两千万向你表示感谢……”跟孙胖子说完，雨果接着跟教会那边的人沟通起来。

见雨果连说带比画地在电话里说个没完，孙胖子叹了口气，看了我一眼，对我低声说道：“辣子，为什么我突然觉得你们好像都比我有钱？老黄也就算了，人家家底够厚。你说雨果他一个四大皆空的洋和尚，说掏两千万就掏两千万。不是我说，早知道教会的油水这么大，我老早跟他混就好了。”

趁雨果打电话没注意时，我小声向孙胖子问道：“大圣，你真打算把这尸体交给他们教会吗？当初可是他们主动把这祸害运到中国来的。他们自己收拾不了的恶魔，现在想要捡现成的，两千万是不是少点儿？”

“薄利多销嘛。”孙胖子笑了一声，又看了一眼地上断成三截的恶魔尸体，接着对我说道，“不是我说，辣子，占便宜还是吃亏，现在还说不清楚。”

孙胖子的话说得模棱两可，正当我想再问几句时，那边雨果已经挂了电话，满面春风地走了过来，对孙胖子说道：“孙，教会已经开出了三千万人民币的支票，只要你现在把这个恶魔的尸体交给我，支票明天早上就能交到你手上。”

等雨果说完，孙胖子笑嘻嘻地将手腕上的手表在他眼前晃了一下，随后说道：“雨果主任，不是我说，再有个两三分钟，大官人他们就该到了，要是被他们看见，你连三分之一都带不回去。”

雨果听了，赶紧开始收拾地上的残尸，看他手忙脚乱的样子，我帮着他一起将红发恶魔的尸体搬到吴仁荻的小仓库里。在里面陪雨果待了一阵，孙胖子打电话告诉我们，西门链他们已经将老家伙的尸体运走，我和雨果可以出来了。

再出来时，二杨已经不见了踪影，孙胖子正陪着郝文明和郝正义哥儿俩说话。见到我过来，孙胖子对我说道：“辣子，郝正义大哥要去泰国了，找一天我组个局，把欧阳偏左叫来，加上雨果主任，咱们民调局的老人聚聚，顺便给郝大哥送行。”

孙胖子的话说完，我愣了一下，郝正义这两年一直不清不楚的，现在刚刚恢复了正常，怎么就要去泰国了？没等孙胖子说完，雨果的电话已经响了起来，他对电话说了几句，回头对我们几个说道：“聚会时通知我一下，我一定会到的。教会的人已经到了，我要把恶魔的尸体送出去。”

第三十九章　黄然的晚辈

我帮着雨果将恶魔的尸体运送到民调局的门口，已经有一辆面包车等在这里了。将尸体装进了车里，看着雨果离开之后我才有机会向郝家兄弟俩问道："郝头，咱大哥这不才醒过来吗，怎么又要去泰国了？"

郝正义笑了一下，说道："也不算快了，几年前我曾做过泰王的宗教顾问，我刚从无边冥界回来时，泰国王室就找到了我，想让我回去继续给他做宗教顾问。只是那时我整个人都是昏昏沉沉的，连自己都顾不了，就更别说给别人做顾问了。今天你们刚走不久，泰王那边就打电话过来，询问我现在的状况。民调局没有了，我在这里也没有什么意思，与其这样，还不如换个环境，说不定能更好一点儿。"

郝正义说完，孙胖子笑嘻嘻地对郝家兄弟说道："不是我说，换个环境也好。不过话说回来，如果我这边有事要帮忙的话，你们二位可一定要回来帮我一把……"

孙胖子话还没有说完，郝文明就不客气地打断了他："废话！我们哥儿俩姓郝不姓吴，你有事我们不回来还能眼睁睁地看着你们出事呀？"

这话说得孙胖子嘿嘿直乐，随后他又说道："郝头，你先去泰国打个前站，等过段时间，我和辣子闲了就去泰国找你们玩个十天半月的。有什么好吃好玩的，先帮我们打探好。先说明白，太健康的不适合我。”

我们又闲聊了几句，一辆挂着泰国大使馆牌照的汽车开了过来，停在民调局的大门口。副驾驶上跳下来了一个黑瘦的东南亚人，这人见到了郝正义，双手合十朝郝正义鞠了一躬，说道：“萨瓦迪卡……”

郝正义对来人客气了几句，便和郝文明一起上了泰国大使馆的车。就在车子启动之前，郝正义突然降下了车窗，对孙胖子说道：“如果叫不动吴仁荻的话，下半场戏一定要带着杨枭和杨军，艾什玛应该不是刚才那么简单……”

孙胖子嘿嘿笑着，点头说道：“就知道瞒不过郝大哥你……”他的话还没有说完，郝文明的脑袋也从车窗伸了出来，冲孙胖子喊道：“你这辈儿怎么叫的？不是我说，你得叫大爷……”

看着郝家兄弟乘坐的汽车驶远，我瞅了一眼孙胖子，问道：“大圣，什么还有下半场？你又在玩什么猫腻儿？”

孙胖子冲我龇牙一笑，说道：“现在还不能说，说早就不灵了。辣子，明天晚上，你就等着看好戏吧。说不定张结巴给我拉下的那点儿饥荒，这次就有着落了。”说完，孙胖子又是几声得意的贼笑。

我知道孙胖子的脾气，看他这样子是怎么都不会再透露半点儿了，于是我也懒得多问，反正无非就是两种结果，一是孙胖子忍不住主动告诉我；二是到时间了他带我去看那下半场的演出。

瞧着孙胖子笑嘻嘻的样子，我突然想起来一件事来：“对了，大官人他们这就走了，怎么没留下来几个人勘察一下事发现场？这不像是他们的作风啊。”

孙胖子哈哈一笑，说道：“那是他们的那位大老板不待见我，怕他们待久了再被我讹了钱。不说他们的事了。辣子，时间也不早了，咱们回去找老黄聊聊吧。”

从民调局的老楼出来，外面的天色已经彻底暗了下来。这时再回公司也没什么意思了，我和孙胖子开着车，准备直接回黄然的家。车子刚发动，孙胖子突然一咧嘴，对我说道：“坏了，今天轮到我做饭了。上次我忘了，老黄给了一晚上的脸色看，这回我又忘了，八成是要被撵出门了。”

好在现在还不算太晚，孙胖子跟相熟的馆子打了电话，点了几个菜让他们准备着，等我们过去拿了菜再赶回黄然家，不管是做还是买的，先把这顿晚饭对付了再说。

还是孙胖子的运气好，就在我们开车朝餐馆驶去时，孙胖子接到了黄然的电话。黄然在电话里说有一个晚辈从台湾过来，他要去机场接一下，所以就不回家吃晚饭了。孙胖子听了马上“哀怨”地说道：“老黄啊，不是我说你，不回来吃饭你怎么不早点儿通知一下呀？你知道为了这顿晚饭我准备了多长时间吗？本来还打算让你们尝尝我的手艺，现在倒好，说不回来就不回来了。算了，不说了，我也没有心思做了，去外面买点儿什么吃吧。”说完，也不理会黄然的解释，直接就把电话挂了。

挂了电话，孙胖子先是控制不住地一阵狂笑，随后点上一根香烟，抽了一口之后，笑嘻嘻地对我说道：“辣子，看见没有，老天爷都是帮我的，本来还打算硬着头皮等挨骂的，现在反过来还能骂老黄一顿。不过话说回来，老黄家来的是什么晚辈，还能让老黄亲自去机场接，这孩子看来大有来头啊。”

见孙胖子得了便宜还卖乖的样子，我也跟着笑了一下，随后说道：“大圣，你也不要客气，老天爷一直都是站在你这边的。有时候我都怀疑你是不是老天爷家的亲戚，特意放你下来玩两年。看你这一身的外挂，脑袋瓜就不用说了，就说你这运气，我就没听说过还有第二个像你这么好运气的人……”

孙胖子看了我一眼，眨巴几下眼睛说道：“辣子，不是我说，你这就是身在福中不知福了！我用我这运气加上我的脑袋瓜，再加上我所有的人脉资源，就和你换一样东西，别的我不要，就换你这白头发，你换吗？”

我打了个哈哈，算是把孙胖子的这个问题混过去了。到馆子将已经打包好的菜品取了，没过多久，我和孙胖子回到了黄然的家。除了老黄去机场接人以外，吴连环和“松岛介一郎”已经饥肠辘辘地等待多时了。

吃饭的时候，孙胖子问起老黄来了什么晚辈，还需要他亲自去机场接机。我们这几人之中，就数吴连环搜罗小道消息的能力最强，孙胖子的话音刚落，他马上接口说道：“这事我还真知道，黄会长接电话时我就在他身边，听他说话的内容好像是之前在台湾认的一个干儿子，过来投奔他。”

“干儿子？”孙胖子眯着他的小眼睛笑了一下，说道，“不是我说，老吴，你是不是听错了，是干女儿才对。”

吴连环也跟着孙胖子略带猥琐地笑了一下，接着说道：“您还别说，听黄会长说话的口气，或者真是干闺女来投奔他也说不定。”

孙胖子还想趁黄然不在，继续调笑老黄几句时，他的手机突然响了起来。孙胖子看了一眼来电显示，笑眯眯地接通了电话，说道：“雨果大神父啊，不是我说，这大半夜的你们就要给我送支票……”

孙胖子的话还没有说完，就听雨果在电话里气急败坏地吼道：“支票？纸钱你要不要？姓孙的，你是不是早就算好了艾什玛晚上还会复活的！快点儿叫上吴和二杨来救人吧！”

第四十章　雨果的请求

“哦，出事了？”孙胖子不紧不慢地说道，“雨果主任，这话可不能乱说，你可是亲眼看见那个恶魔被砍成三段的。你这种真行家都看不出来恶魔是假死，我这假行家就更看不出来了。不是我说，你们那可是教会啊！不是神父就是主教的，对付一个刚死过一次的恶魔不是手到擒来吗？”

“如果能对付它的话，我还需要给你打电话吗……”雨果说话的时候，他的电话里不断地传过来多人背诵拉丁文咒语的声音，中途雨果还短暂中断了和孙胖子的通话，他用英文对同伴喊叫着什么，场面乱七八糟的，就像是在打仗一样。

十几秒钟后，雨果再开口时语气已经有些凄凉、悲壮了：“孙，我的法阵顶不了多少时间了，如果你们再不来的话，今天将会是你们见到我的最后一天。”

孙胖子还是一副笑眯眯的样子，他对电话另一头的雨果说道：“雨果主任，不是我说，你也知道二杨出场费是很贵的，更别说是老吴……”

他的话还没说完，雨果已经破了音的声音喊道：“别他妈的废话了！一亿！就在过年之前你们来找我的那间教堂。半个小时内你们到不了的话，这一亿你就下来找我要吧！”说完，雨果已经挂了电话。

“你直接说一亿，我现在已经出门了。”孙胖子一边说话，一边分别给二杨打电话。看来他们之间早有默契，孙胖子没有废话，直接将教堂的地址告诉了二杨。挂了电话之后，“松岛介一郎”突然对孙胖子说道：“刚才我好像听到艾什玛了，是不死恶魔艾什玛吗？”

孙胖子愣了一下，接着笑眯眯地问道：“连你都知道，这个恶魔那么有名吗？”

“松岛介一郎”看着孙胖子说道：“有名也谈不上，几十年前福岛神社接待过一个英国的传教士。说到东西方恶魔的时候，那个传教士提起过这个不死恶魔艾什玛，说他在中世纪时还有过一个名字叫狐狸艾什玛，他用诈死的方法欺骗过很多有名的驱魔人和大神父。当人们以为他死了放松警惕时，艾什玛又突然复生了，他在诈死时会积蓄力量，等复生再出手时，比诈死之前要强大得多，看来你的朋友也受到了欺骗。”

孙胖子眨巴几下眼睛，笑了一下说道：“幸好是他受到了欺骗，要不然还真够头疼的……”

半个小时后，我和孙胖子到了雨果说的那间教堂，从教堂外面看不出丝毫异常的迹象，教堂门口还站着几个上了年纪的牧师，看样子他们的职责应该是阻止无关的人在此时进入教堂。

其中有一个牧师是见过我和孙胖子的，这名牧师见到我和孙胖子，赶紧上前急急地说道：“有两个白头发的十分钟之前已经进去了，两分钟之前教堂里响起过几次爆炸声，现在不知道怎么样了……”

等我和孙胖子进到教堂里面，正看见雨果还有另外几名神父站在离门口不远的位置。在教堂中心，二杨和复活的红发恶魔呈“品”字形的方位站着，这时二杨身上都带了伤，红发恶魔的身上虽然见不到伤痕，但也是气喘吁吁的样子。看来我们进来之前，三方已经有过一番恶斗，似乎和下午在民调局地下五层时正相反，这次是二杨吃了亏。

趁三方都没出手，孙胖子向雨果询问了恶魔复生的经过。其实雨果是知道“狐狸艾什玛”这个绰号的，但当他看到身体被剁成三截的艾什玛，还是存了侥幸的心理，再加上有孙胖子捣乱，一再说西门链他们就要赶来带走恶魔的尸体，雨果的注意力就被转移了，一门心思都放在怎么将恶魔的尸体弄到教会，关于艾什玛复活的事就顾不上了。

将艾什玛的尸体运回教堂之后，按程序还要再做一次驱魔的仪式，也多亏有这道程序，当他们将尸块从尸袋里倒出来时，才惊异地发现断成三截的艾什玛重新连成了一体，虽然看着还有点儿血肉模糊的，明显已有复活的迹象。

众人先尝试用刀砍斧剁，然而全无效果。眼看艾什玛的创口慢慢复原，雨果一众人也有些慌了，他们迅速分成两组人，雨果和几位神父摆下中世纪教廷驱魔法阵，将艾什玛放到法阵正中间，几位神父一起诵念《圣经》驱动法阵，希望以此延缓恶魔复生的时间。其他低级的神职人员在教堂后院架起了柴火堆，准备等柴火堆烧旺，再试试看能不能用烈火把艾什玛烧死。

没想到的是，后院的柴火堆还没架起来，艾什玛就已经复生。他摇摇晃晃想要站起来时，才发现自己正处于法阵之中，不过这驱魔法阵对他起不到太大作用，千钧一发之际，二杨赶了过来，才改变了整座教堂被屠戮的命运。

这次再动手，二杨完全处于下风。要不是雨果在外围时不时干扰一下艾什玛，缓解了二杨的部分压力，现在二杨身上的伤绝不会只有这么一些。眼见情势与预想的差别巨大，孙胖子深吸了口气，随后掏出手机，先翻出邵一一的电话号码，犹豫了一下之后，还是换成了吴仁获的电话号码打了过去。

见我和孙胖子也到了，红发恶魔突然变得更加狂躁起来，不知道是不是刚刚复生的原因，他现在好像失去了语言的能力，只是一个劲儿地狂叫，好像马上就要冲过来似的。

我拔出了两把短剑，走到二杨之间的位置，对他俩说道："不好下手吗？"

杨枭盯着红发恶魔，嘴里对我说道："和傍晚比就像换了个人一样，要不是他脚下的驱魔法阵限制了他的速度，现在我和杨军可能已经趴下了。"

我们交谈的时候，红发恶魔没有要趁机攻过来的意思，他只是看着我不停地冷笑。和傍晚的时候相比，红发恶魔除了身上那两道伤口还没有完全合上，其他看起来并没有什么不同。

见红发恶魔依然气喘吁吁的样子，我准备先下手为强，也没跟二杨暗示，先将罪剑朝他的咽喉甩了出去。在罪剑出手的同时，我手中的罚剑已经催出剑芒，挥舞着罚剑的剑芒，我朝红发恶魔冲了过去。

罪剑没有悬念地刺穿了红发恶魔的咽喉，从咽喉进去，从脖子后面飞出，但这时红发恶魔的身体就像是烂泥一样，被罪剑刺穿的地方马上就被周围的血肉挤满，连一滴鲜血都没有流出来。

罪剑穿过红发恶魔咽喉的同时，罚剑的剑芒也已经到了。仿佛热刀切黄油一般，将红发恶魔的脑袋再次切了下来，还没等我反应过来，没有头的红发恶魔直接向我冲了过来，伸出他那好像枯枝一样的手，朝我的脑袋抓了过来。

看这一下的力道，如果被他抓到，估计红发恶魔的手指甲会从我的后脑勺冒出来。罪剑已经离手，再用罚剑阻挡也来不及，眼看我就要挨上这一下时，腰间突然一紧，杨枭的绳镖已经缠在我的腰间，他猛地一下硬生生将我拉了回去。

第四十一章 拼命的杨枭

就在我被杨枭拉走的一瞬间，红发恶魔的爪子已经触碰到了我的头皮，只要他的爪子再向前伸出一点点，我的头皮就要被他揭下来了。就在这时，一个白色的人影冲过我身边，绣春刀的刀锋一闪，红发恶魔伸出来的手就被杨军砍断。

杨军一击得手却没有恋战，一刀挥下去之后他转身就走，就这样还是慢了一拍——红发恶魔的手掌落地的同时，他的身体向前一步紧紧地抱住了杨军，随后诡异的一幕发生了，杨军竟然慢慢地陷进了红发恶魔的身体里面。

"坏了！"杨枭大喊了一声，随后松开缠在我腰间的绳镖，赶紧又将绳镖朝杨军甩了过去，口中大声喊道："抓住了！"这时，杨军的大半个身子包括整个脸在内，已经陷进了红发恶魔的身体里，就在杨枭绳镖扔过去的一刹那，杨军就像仍然能看到一般，突然伸手紧紧抓住了绳镖的镖头。

见杨军抓住了绳镖，杨枭左手一挥，五六支铜钉同时射在了杨军身边——红发恶魔的身上，随着杨枭大拇指虚按几下，几根铜钉同时爆炸，红发恶魔的身子被炸得四分五裂，他向后倒退了四五步，将一身血的杨军从身体里面"吐"了出来。

杨军被“吐”出来之后，两腿一软就要瘫倒在地。这时我赶紧冲过去将杨军扶了起来，搀着他走回到杨枭的身边。这时杨枭正挥舞着绳镖不停地击打在红发恶魔的身上，只是杨枭的绳镖似乎没有什么作用，连续击打之下，红发恶魔的身体还是像变了颜色的水银一般，连同之前被砍掉的头颅和手掌，又慢慢地聚拢到了一起，随后就在我们眼皮底下，再次变成红发恶魔原来的模样。

虽然以前在民调局也有过一些见识，但这种场面还真是第一次见到，这哪是什么降妖除魔的案件，分明变成了美国科幻大片《终结者》了嘛！

见红发恶魔再次站了起来，杨枭叹了口气，对我说道：“看到了吗？就和刚才这样差不多，加上你这次，一共五次了！每次砍掉他脑袋后不久，他就这样重生一次，这个恶魔复原的能力要比我们强大太多，还没等我们爬起来，他已经把一堆碎肉聚拢到一起了。”

杨枭说话时，我将杨军扶到了身后的长椅上坐着，这时我回头朝孙胖子喊道：“大圣，吴主任那边怎么样了？他什么时候能到？”

“这就快了！在路上呢，你们再坚持一会儿，老吴说话的工夫就能到。”孙胖子说话的同时不停地在看表，看得出来他的底气也不是很足。

就在这时，红发恶魔突然朝我和杨枭的方向慢慢走了过来。他一边走，嘴里一边发出来“桀桀”的声音，趁他到了我短剑剑芒的范围内，我举着罪罚两把短剑，将剑芒朝红发恶魔身上扫了过去。

剑芒所到之处，红发恶魔的头颅不知道第几次被剑芒削掉，头颅落地之前我用短剑又将它削成了几块，随后我手中的双剑剑芒不停地在红发恶魔身上来回划割着。他走了没几步，身子已经分成几块掉在地上。看来只要我双剑在手，虽然不能干掉这个恶魔，但自保还是可以的。

杨枭见我毫不费力就将红发恶魔切碎，心里也有了底，趁红发恶魔重新凝结的时候，退到了杨军的身边，给他号了号脉，从口袋里面掏出来一个小蜡丸，捏碎了蜡皮之后，将里面葡萄大小的药丸放进了杨军的嘴里。

就在这时，满地的残肢再次凝结变回红发恶魔的模样，等他变回人形，我再次将红发恶魔的脑袋扫掉，就当我准备接着把他的身体切割成几块时，没有头颅的红发恶魔突然跳了起来，从半空中向我扑了过来。

虽然跳起来的红发恶魔的身体被我一分为二，但还是没能阻挡住他的残肢摔落到我的身上。红发恶魔的残肢触碰到我的身体时，竟然马上变化成类似水银一样的液体，这些液体瞬间就将我的身体包裹起来，这些液体就好像是有意识一般，在我身上到处游走。眨眼之间，就将我除了头部以外的身体部位都包裹起来，我的四肢已经不受自己控制，两手一松，罪罚双剑都掉落到地上。

这一切都发生在电光火石之间，等我反应过来，这些类似水银的液体已经到了我的下巴，只要我一张嘴，这种类似水银的液体就能灌进我的嘴巴里，到时会是什么样子，想想都让人害怕。当下我只能紧闭嘴巴，不敢让一点儿这样的液体渗进我的嘴巴。

眼看这层液体已经漫过了我的嘴巴，就要钻进我鼻孔时，眼前突然一阵血红，随后一股血腥气扑面而来，一口鲜血将我喷了个满脸满身，紧接着，第二口鲜血已经喷在了我的身后。接触到这些鲜血，我身上那层水银一样的液体快速地褪去。

等我清醒过来，就看见杨枭那张惨白的脸，两口鲜血喷出之后，他的脸色就跟白纸一样。还好杨枭早有准备，第二口鲜血喷出来的同时，他已经吞下生血的灵药，咽下药丸之后，杨枭的脸上才稍稍好了一些。

从我身上褪去的水银一样的液体迅速凝聚成红发恶魔的样子，就在我伸手去捡两把短剑时，红发恶魔飞快跑到我身前，可能是顾及杨枭喷在我身上的鲜血，他没敢直接接触我的身体，只重重地一脚踹在我的胸口，一脚把我踹飞，接着他又一脚将两把短剑踢出去二十多米远。

就在这时，杨枭又将绳镖朝红发恶魔的脑袋甩了过去，绳镖无声无息在红发恶魔的脑袋上开了一个洞，还没等杨枭再甩出去几根铜钉，红发恶魔用力一拽镖绳，将杨枭拽了一个趔趄，身子不由自主地往前跨了一步。

杨枭这一步跨出去的同时，红发恶魔也朝杨枭跨了一步，接着他整个身子都扑到杨枭身上，红发恶魔的身体接触到杨枭身体的瞬间，他的身体又变化成刚才那种类似水银的液体，将杨枭包裹起来。

这股液体将杨枭包裹起来后，根本没给杨枭任何喷血的机会，只一瞬间就将杨枭从头到脚全部包裹住。我学着杨枭的样子咬破了舌尖，一口血朝杨枭的脸喷了过去，但我这口血喷到杨枭脸上后没有任何效果。这时杨枭身上的那层类似水银的液体越裹越紧，片刻之间，包裹在杨枭身上的液体已经变成了大红色。

情况紧急，形势逼人。杨枭也真够顽强，他挣扎着伸出来右手，大拇指虚按了下去，就听见“嘭嘭嘭”一连串的爆炸声响，杨枭身上被炸出来五六个伤口，那层类似水银的液体在杨枭的身上被炸得四溅散开，随后马上从他的身上褪去。而这时的杨枭也血葫芦一样蜷缩成一团倒在地上，他身上被炸出来五六个血洞，身上的生机随着不停流出的鲜血，慢慢地消耗殆尽……

第四十二章　参天大树与韭菜

眼看杨枭随时就要不行，我对身后的孙胖子和雨果说道：“大圣！你们把二杨都带出去！能跑多远就跑多远，这里不用你们管了！”说话的同时，我已经催动罪罚二剑飞了回来。双剑在手，我不再给红发恶魔任何成形的机会，双剑剑芒对他连削带打，一时之间，他的身体仿佛泥浆一样溅到四周。

孙胖子和雨果趁这个机会，将二杨抬了出去。临走前孙胖子对我说道：“辣子，差不多行了！撤吧，天塌下来还有老吴顶着！”

没过多久，我手中短剑的剑芒变得越来越短，到最后只剩下一尺有余。种子的力量开始有了后继乏力的感觉，差不多到了撤离的时候了，如果短剑剑芒消失的话，我已经不敢想象会是什么样的后果了。

最后一次将凝结成形的红发恶魔打散，我转身就朝教堂大门外跑去。这时，装着二杨的汽车已经启动，一脚油门下去，汽车消失在茫茫的夜色之中。另一辆车的车门已经打开，孙胖子坐在驾驶座里对我大声喊道：“辣子，上车！老吴一会儿就到，这里咱们让给他——你后面——”

孙胖子的话说到一半时，我已经感觉到一股巨大的力量从我的背后袭来，这时来不及躲闪，只能硬挺着承受这一下了。这股力量击打在我的后背上，顿时将我打得双脚离地，身子飞出去十几米远，在半空中时一口血已经忍不住喷了出来。

落地之后才看到红发恶魔站在刚才我待着的位置上，正冲我一个劲儿地冷笑。这时，之前杨军在他身上留下的伤痕已经完全消失，谁也看不出来几个小时之前，这个“人”是被分成三段的。

这个时候，孙胖子已经跳下车，跑到我身边将我扶了起来。他扶着我慢慢向车边走去，就在快要到车旁时，突然传来一阵巨响，眼前的汽车横着飞出去至少二三百米远，随后空气中又传来红发恶魔的一阵冷笑。

这又是怎么回事！这么大的力量不应该是刚才这个恶魔的。如果红发恶魔有这么大力量，刚才对付我们三个白头发，他也不会那么吃力，但除了这红发恶魔以外，现场再没有其他的人。

“我真的应该感谢你，如果不是你的话，我不会蜕变得这么彻底。”红发恶魔看着我，冷冷地说道，“为了表示我的感谢，我将会把你的血肉筋骨都吃掉，这样你就会和我融为一体，到时，你就能和我一起享受这地狱使徒的荣光……”

说话的同时，红发恶魔慢慢地朝我和孙胖子走过来，孙胖子扶着我慢慢地往后退去。红发恶魔似乎并不着急，他保持着和我们差不多的速度，看样子是想再来一次猫戏老鼠的游戏。

退了几步，孙胖子突然对红发恶魔说道：“不是我说，既然我们必死无疑了，临死之前能不能让我们哥儿俩做个明白鬼？你现在看起来跟刚才不太一样，是不是你刚说的那个什么蜕变的原因？”

红发恶魔停顿了一下，将目光从我这转移到了孙胖子身上，上下打量了孙胖子一番，他才冷冰冰地回答道：“看在这个白头发马上就要和我融为一体的分儿上，让你们做个明白鬼。今天下午在地下室里，那个一直不曾现身的人让我感觉到惶恐，我不想和他发生正面冲突，就借长刀人的手死了一次。

“我的体质就算在恶魔之中也算是比较特殊的，复生之后要经过二十次蜕变才能重新恢复到最强大时的状态，无论在地下室，还是刚才在教堂里面，你们每砍掉我一次头，并不是杀死我，只是帮我蜕变一次而已，算上最后一次，刚好是二十次。现在明白了吗？好了，还有什么要说的吗？没有什么要说的话，我就要送你们上路了。”

他的话刚刚说完，孙胖子朝红发恶魔举了举手，红发恶魔只觉得眼前一花，好像是有什么东西向他飞了过来。红发恶魔的脑袋一偏，一支小巧的弩箭擦着他的脑门儿飞了过去。孙胖子将弩箭射出去后，根本不看射没射中，他拉着我转身就朝后面跑去。

跑了没几步，一股巨大的力量在背后将我和孙胖子掀倒，没等我们爬起来，红发恶魔已经到了我们的身前。他一脸狞笑地看着我和孙胖子，顿了一下，伸手掐住了我的脖子，将我慢慢地提了起来，说道：“其实我并不是那种一定要吃人的恶魔，但是你实在太特别了，希望吃了你之后，能把你的力量也继承过来……”

说完，他张开嘴露出锋利的牙齿，朝我的咽喉咬了下来。我自认这次必死无疑了，只有闭上眼睛，希望这个过程不要太痛苦。但我的眼睛闭了差不多有半分钟，始终不见红发恶魔咬下来，弄得我想睁开眼睛问问他，他到底是想吃了我，还是想吓死我！

等我睁开眼，却看到红发恶魔仍保持着半分钟之前的样子，他朝我的咽喉张开了嘴，但他的人就像被定格了一样一动不动。更让人惊讶的是，红发恶魔全身上下已经被他自己的冷汗湿透，冷风一吹，竟然在他身上结了一层白霜。

既然他不动手，我再不跑那就是傻子了。我用力从红发恶魔的手中挣脱出来，和孙胖子相互搀扶着走了几步。不过这个时候，孙胖子似乎是不打算走了，他突然对空气大声喊道：“吴主任，是你到了吗？不是我说，你这临门一脚的功夫越来越精纯了，不到最后关头你绝不现身的……”

就在孙胖子喊话的同时，教堂大门外的台阶上凭空出现了一个全身皆白的身影。这人坐在台阶上，斜着眼睛看了看孙胖子和我，慢条斯理地说道："要是你们争气点儿，就不用我临门一脚了。"

说到这里，吴仁荻顿了一下，目光在我和红发恶魔的身上来回看了一眼，接着对我说道："要不然你还是把种子还我吧，我给你种子是想让它长成参天大树的，就算长不成参天大树，长成棵小树苗我也能忍了。结果你却让它长成了一茬子韭菜，你说你除了过年能包顿饺子之外，还能做什么？"

吴仁荻说话时，我一直低着头没敢接话，心想，就让吴仁荻痛快痛快嘴吧，等他骂得累了，就会放过我了。吴仁荻毕竟不是上善老和尚，他也就是刻薄人几句，不像上善老和尚喜欢扇人嘴巴子。

这时，孙胖子走上前去，笑嘻嘻地对吴仁荻说道："吴主任，不是我说，我知道您是恨铁不成钢，不过这次的点子确实有点儿扎手，弄得跟终结者似得，怎么打都打不死……"

没等孙胖子说完，吴仁荻就冷笑了一声，用眼白看了眼孙胖子，说道："怎么打都打不死——你真是太给他面子了。"说话的同时，老吴已经从台阶上站了起来，他慢慢地走到红发恶魔的身边，似笑非笑地看了他一眼，说道："听说你怎么打都打不死？"

现在的红发恶魔完全僵住了，他全身上下除了眼珠子以外，想做个表情都做不了。红发恶魔转动眼珠看了一眼吴仁荻，眼神中流露出恐惧的神色，这表情就跟几分钟前的我一样，那时的我正无奈地等着被吃掉。

第四十三章　矜持

吴仁荻伸出一根手指头点在红发恶魔的脑门上，对一动不动的红发恶魔说道："让我也见识一下你死后复生会是什么样子好不好？"老吴刚说完，红发恶魔的身体开始剧烈地抖动，本来还很僵硬的脸上也出现了惊恐的表情，不过到这时似乎什么都晚了。

吴仁荻点在红发恶魔脑门儿上的手指轻轻一按，然后转身就走开了。开始我还等着看吴仁荻是怎么修理这个红发恶魔的，但他只是按了一下红发恶魔的脑门，就没了后续的动作。就在我纳闷儿吴仁荻到底想做什么时，突然从红发恶魔的头顶方向传来了一声闷响。

当我的目光从吴仁荻身上再转到红发恶魔时，以刚才吴仁荻点在他脑门上的那一点为中心，出现了无数道龟裂的纹路。这些龟裂的纹路在红发恶魔身上蔓延，伴随着龟裂的声音，没过多久红发恶魔的全身就像变成了一幅人体拼图。

一阵寒风吹来，将红发恶魔龟裂开的皮肉吹散，这些皮肉离开红发恶魔身体的瞬间就变成了细如面粉一样的粉末，随着寒风飘散在空气之中，片刻之间，红发恶魔就化成了空气中的尘埃。

吴仁荻回过头来，看了一眼正冲他傻笑的孙胖子，继续问道："这个算不算是死了呢？"

“那谁知道呢？”孙胖子笑嘻嘻地回答道，“不是我说，老话说活要见人，死要见尸的。现在这哥们儿都飘走了，见都见不着，我哪儿知道他死没死。”

孙胖子说完，吴仁荻顿了一下，他走到孙胖子身边，做了一个和刚才一模一样的动作——伸出手指朝孙胖子的脑门儿按下去：“那你就亲自去问问他吧。”

这个动作吓了孙胖子一大跳，他大叫了一声转身就跑，跑了没有几步又停了下来，回头瞧见吴仁荻根本没有追他的意思，孙胖子才干笑了一声，说道：“吴主任，就知道您爱跟我开玩笑……”

吴仁荻皮笑肉不笑地看着孙胖子，说道：“现在呢，他算不算是死了？”

“死得透透的！”孙胖子赔着笑脸说道：“这都不算死，什么算死？都烟消云散了，这就是死亡的最高境界。不是我说，吴主任，能被您亲手点死算是他上辈子积了大德了。”

吴仁荻不再搭理孙胖子，他转身看了我一眼，说道：“种子的事情你自己好自为之吧，如果再没有成长的话，就算我不动手，也会有其他的人把它拿走……”说到一半时，他转身朝黑暗中走去，不一会儿便消失在茫茫的夜色之中。

看着吴仁荻消失的背影，孙胖子转头对我说道：“辣子，我开始怀疑老吴上辈子欠了你的钱……”

红发恶魔的事情终于告一段落，孙胖子打电话联系雨果，才知道因为怕恶魔报复，他们已经在去往天津的路上。现在二杨的伤势已经自愈了不少，伤势最重的杨枭也开始有了意识，二人伤势好转的迅速和程度，让同车有医师执照的神父们都大跌眼镜。在他们的眼里，有这样治愈能力的人，不是天使就是魔鬼，但看这两个白头发的人，好像和哪一方都不沾边。

确认红发恶魔已经被我干掉——孙胖子没提吴仁荻，把除魔的功劳算在了我的头上，雨果带着人又从天津赶了回来。询问事件经过的时候，孙胖子替我吹嘘，说紧急关头我的小宇宙爆发，和恶魔大战了三百回合之后，最后将罪罚二剑的剑芒捅进了恶魔的嘴里，顿时剑芒大涨，一阵巨响，红发恶魔化作尘埃，消失在空气之中。

当时现场除了我和孙胖子以外，就只有吴仁荻了。虽然明知孙胖子的话里有水分，雨果也只能当作实话来听。后来他向我打听当时的细节，我推说脱了力，已经记不得当时的情况，有什么事情让他直接去问孙胖子。

不管怎么样，红发恶魔已经消失了。雨果立即向教廷汇报了这一喜讯，同时在孙胖子的催促下，他也请求教廷尽快支付那一亿的酬金。教会方面的答复倒是很快，因为恶魔艾什玛被除掉的状况太特殊，一是没有留下来尸体，二是现场也没有教会的神职人员见证，所以他们暂时不能将恶魔艾什玛的名字从恶魔名录里的现存恶魔名单中划掉，要经过九十九年的观察期，如果这段时间之内，再没有恶魔艾什玛的消息，则可以认定他已经死在了我的手上，到那时才可以把那一亿的酬金支付到孙胖子的账上。

听到了这个消息，孙胖子直接就崩溃了。当着雨果的面就骂上了大街，这货也搞不清如今教会做主的是哪些人，他干脆打开了百度，根据教会的关键词搜到谁就大骂谁祖宗十八代一通。

雨果劝了几句，孙胖子反而越骂越凶。好巧不巧这个时候，二杨都给孙胖子打来电话，要求尽快把他们的钱打到账上。接了这两个电话之后，孙胖子基本上就算是疯了，最后还是雨果再次联系了教会方面，说明了这件事情和东方宗教的关系，教会方面再三商量之后，最后答应了雨果，先支付百分之十的酬金，剩下的还是得等观察期过了才能打到孙胖子的账上。

不管怎么样，先把二杨的出场费给支付了，我和孙胖子这次就算白忙活了。九十九年，我倒是能等，但孙胖子恐怕就只能下辈子再来领了。

等我和孙胖子从教会出来时，已经是第二天下午的事情了，本来想回去黄然家补一觉的，但刚刚上车就接到了黄然的电话。老黄的电话是打给孙胖子的，他今天晚上要请客，晚上六点，还在那家贵得离谱的粤菜餐厅里，说是有一位新朋友要介绍给我们。

孙胖子倒没打算客气，当即一口答应了黄然，他刚损失了一个亿，晚上怎么样也要吃回来一点儿。我和孙胖子先回黄然家小睡了一两个小时，醒来后又像是赶场子一样，五点四十就到了黄然请客的那家餐厅。

我们到达时，吴连环和“松岛介一郎”都已经坐在包间里面了。这时他们正在背菜谱，看他们认真的样子，我都觉得好笑，当下对他们说道：“你们也太执着了吧，不就是吃顿饭吗，你们看得这么仔细，是打算给老黄省钱吗？”

“松岛介一郎”没搭理我，仍继续目不转睛地背着菜单上的菜名，看他的样子，好像连配料都背了下来。吴连环赔了个笑脸，冲我和孙胖子嘿嘿了一笑，说道：“这不是有了上次的教训了吗？家里面有个老祖宗，谁知道他今晚会不会跑出来，再让我们给他背菜谱。上次你是不知道啊，嘴巴子打得真狠啊。”

他的话说完，孙胖子摸了摸自己的腮帮子，跟着也找包间经理要了一份菜谱，三个人面对面而坐，都认真背起了菜谱。

正好六点钟时，黄然带着一个十八九岁的小姑娘进了包间。他进来朝我们几个微微笑一下，将身后的小姑娘拉到身前，说道：“给你们介绍一下，这是我的干女儿矜持。”

随后，他又指着我们几个，对这个叫矜持的小姑娘说道：“这些都是你的叔叔……”

第四十四章　夜遇上善

“别啊老黄，谁跟你论哥们儿的。不是我说，其实在我的心里，一直都拿你当长辈的。那什么，你叫矜持是吧？别叫叔，我姓孙，你叫我孙大哥就成。”孙胖子嬉皮笑脸地指着我和吴连环、“松岛介一郎”，对黄然的干女儿继续说道，“你管他们叫叔就对了，这是你沈叔叔，那个不像好人的是你吴叔叔，那个光头的是你松岛叔……”

孙胖子的话还没有说完，“松岛介一郎”突然插嘴说道：“别松岛了，我姓广……”

听到“松岛介一郎”爆出来自己的姓之后，孙胖子的眼睛顿时眯了起来，他笑眯眯地看了一眼“松岛介一郎”，说道：“原来你姓广，那什么，矜持妹子，以后你就管他叫广叔叔吧。”

孙胖子说话的时候，黄然也笑眯眯地看了一眼姓广的“松岛介一郎”，等孙胖子说完，他才笑着说道：“都不要客气了，以后见面的日子还多着呢，不怕矜持记不住都各是哪位叔叔。”说完，老黄把餐厅经理叫了过来，开始点菜。

黄然点完菜之后，又开始研究点什么酒水。这时，孙胖子凑了过去说道：“老黄，不是我说，刚才听你话里的意思，咱们的矜持妹子要在首都待一阵子？”

“是，可能待几年吧。”黄然点好了酒水，笑着对孙胖子说道，“正好跟你商量一下，矜持的父母都是我老朋友，这次我受了她父母的嘱托，让我帮忙好好照看她。如果你不反对的话，我想让她先到公司做前台，你看合适吗？”

孙胖子嘿嘿一笑，说道：“有什么合适不合适的，咱们自己家妹妹，只要不觉得前台委屈。明天就来上班。”说到这里，孙胖子笑嘻嘻地看了一眼矜持，挠了挠头，接着对黄然说道：“老黄，不是我说，看咱妹妹的岁数现在应该上大学了吧？来咱公司做前台，不怕耽误了学习吗？”

黄然也跟着看了一眼矜持，随后笑着说道：“她现在念台大，念书念得烦了，刚办了一年的休学，想换个环境历练历练。因为她父母和我交情很深，就把她送到我这里来了。”

孙胖子笑着点了点头，他眨巴几下眼睛好像突然想起了什么事情，又开口向黄然继续问道：“老黄，咱矜持妹子的父母具体和你什么样的交情？”

黄然依然一脸微笑地看着孙胖子，说道：“在当年的委员会里，她父母都是重要委员。尤其是矜持的爸爸，曾经做过两任的副会长，会长继任名单的排名还排在我前面，如果不是他主动放弃的话，以前和你钩心斗角的人就不是我了。”

孙胖子有些惊讶地再看了矜持一眼，随后笑嘻嘻地说道：“没看不出来，还真是家世显赫啊。”

这时，黄然点的菜陆续上来。服务员上菜时，孙胖子、吴连环和“松岛介一郎”他们三个每次都会叫住上菜的服务员，详细询问了菜名，三人各自默念几遍，才动手开吃。

今天的饭局里多了一个不熟悉的小姑娘，我们几个都没有太尽兴，不到十点就散了饭局。黄然早就安排好了代驾，由代驾驾驶我们的两辆车回到了黄然家。稍微有一点点意外的是，矜持也跟我们一起回了黄然家，打听之后才知道，黄然去接机之前，已经给矜持收拾好了房间，矜持在大陆逗留的这一年时间内，都会住在黄然家。本来我们几个大男人住的房子，突然间多出来了一个女人，多少都有点儿不习惯，看来我要早点儿找房子搬家了……

简单洗漱之后，我便上了床。前番与红发恶魔的大战耗尽了我的体力，晚上吃饭时又喝了不少酒，我躺到床上没一会儿便迷迷糊糊地睡着了。这一觉睡得特别香，就是中途做了一个怪梦，梦到上善老和尚又出来了，孙胖子、吴连环和“松岛介一郎”跪在他的面前，背着今天晚上吃过的菜名，中间这哥儿仨好像又有什么菜名没说对，惹得上善老和尚一阵大怒，左右开弓打得他们三个嘴角鲜血直流……

第二天早上，我起床洗漱完毕，打开房门准备去早餐时，看见昨晚梦到的这三人捂着腮帮子从各自房间出来。他们见到我时，三个人的眼神都变得很怪异，孙胖子气鼓鼓地直接走过来问道：“辣子，不是我说，我们仨都被打成这样了，怎么就你没事？”

见他们三个这个样子，不用说我也明白出了什么事。我看了一眼三人浮肿的脸颊，向孙胖子问道：“昨晚上善老和尚真又出来了？你们昨天不是看了一晚上的菜谱，怎么还有没背出来的菜名吗？”

“他要是问吃什么菜就好了！”孙胖子恨恨地说道，“不是我说，老家伙问吃鱼翅配的什么醋。辣子，你知道我吃鱼翅一直都不放醋的，结果大嘴巴子就打过来了。”说到这里时，孙胖子回头看了看吴连环和“松岛介一郎”，顿了一下，向吴连环问道：“我记得你昨天吃得挺欢实，不会也没记住吧？”

吴连环哭丧着脸说道：“有鱼翅，谁还记得什么醋啊？再说了，我记得是人家服务员小姐直接倒好醋再端上来的，我哪知道她倒的什么醋？我只好什么米醋、香醋、陈醋、浙醋的都说了个遍，然后他说我不负责任，结果还是挨了一顿打。”

最后我们的目光都落在了“松岛介一郎”的脸上，他叹了口气，用哀怨的眼神瞅了吴连环一眼，叹了口气说道：“我那碗鱼翅羹给你了，压根儿没喝上，谁知道配的是什么醋。”

他们三个抱怨了一阵之后，我们又一起朝餐厅走去，这时，黄然和他的干闺女矜持正在准备早餐。见他俩丝毫没有挨过耳光的样子，孙胖子他们三个都悻悻地走到上善老和尚的即身佛前，各自从香筒里抽出了三炷香，点燃之后举到头顶朝上善老和尚的即身佛鞠了三个躬，一边鞠躬一边嘀咕了几句，三个人说得都差不多，大抵都是差不多就行了，同一个屋檐下给点儿面子之类的话。

他们三个上完香，黄然父女也将早点准备好了。吃饭的时候，矜持很奇怪他们三个的脸怎么会肿成这个样子。这样丢脸的事情他们三个怎么会说实话，无奈之下，各自找了借口，孙胖子是睡觉的时候，从床上掉下来摔的；吴连环是得了怪病，早上起来脸都会肿，等到下午就好了；“松岛介一郎”自恃身份，拒绝回答。

吃喝了一会儿，矜持突然说到她昨晚上做了一个“梦”。“梦”里一个老和尚在三更半夜时进了她的房间，见到矜持就开始问她多大了，有了婆家没有，有没有兴趣入空门做个小尼姑什么的。当时矜持困得不行了，就没搭理这个老和尚，翻了个身又睡过去了，连他什么时候走的都不知道。

这时候，黄然的脸色有些不对了，他放下了碗筷，也去给上善老和尚上了三炷香。上香的同时也嘀咕了几句，大概是在说，让他没事少去矜持的房间里转悠。

早上的插曲告一段落，我们吃饱喝足，正准备开车去公司时，孙胖子突然接到了一个电话，打电话来的是萧和尚。他也没和孙胖子客气，直奔主题说道：“小胖子，我又给你接了一个活儿。”

第四十五章　人面疮

具体的事情萧和尚并没有细说，只说他已经到了我们公司楼下，等我们到了之后再细谈。这也是萧和尚的一贯作风了，手里掐着点儿什么好东西，不谈好价钱是不会透实底儿的。

等我们到了公司门口，就看见一辆老款桑塔纳停在我们的停车位上，正是萧和尚的座驾。这辆车是他去年买的二手车，当时的车主都准备将这辆车报废了，萧和尚和车主讲了半个月的价，花了不到两千块钱就把这堆废铜烂铁运回了家。这样的车本来是没法开的，于是萧和尚找到了黄然，让黄然找了个汽车维修店的朋友帮忙修车。这种型号的桑塔纳已经停产多年了，根本找不到匹配的零件，无奈之下黄然又花钱买了一辆桑塔纳，将新买的桑塔纳的内芯拆下来，再套上萧和尚的桑塔纳的外壳。

萧和尚取车时看到鸟枪换炮的桑塔纳笑得合不拢嘴，当即很大方地给了黄然五百块的修车费，临走萧和尚还不忘跟黄然说以后修车再来找他……

公司里没人，萧和尚进不去门，只能在车里待着。虽然现在已经开春，不过天气乍暖还寒，萧和尚又是个极其会过日子的人，自然不舍得开空调，我们到时他坐在车里直打哆嗦。

跟我们进了公司，又给他倒了一杯热茶，萧和尚捧着热乎乎的茶杯，喝了几大口热茶才缓了过来，接着他把这次工作的情况说了一遍。

花钱请我们帮忙的是一位东北老板，姓赵，名叫赵连甲。之前在黑龙江一带做煤炭生意，随着生意越做越大，又开始涉足房地产和餐饮娱乐行业，如今这位赵老板的生意已经遍布大半个黑龙江省。

大约半年前，赵老板的腰上长出来一个疖子。一开始赵老板还没拿它当回事，但随着时间的推移，赵老板腰上的疖子越长越大，一个多月的光景，这个疖子竟然长得像碗口一般大小。这还不算，诡异的是疖子上面开始长出一些坑坑洼洼的斑点，乍一看就好像一个人的脸似的。

这个时候，赵老板开始觉得不对劲了。在斑点还没有长出来时，他就开始往医院跑了。去了四五家大医院，找了十几位名医，CT、X光、核磁共振做了无数次。所有的医生看后都是同样的说法，都说赵老板腰上的疖子就是寻常的疖子，虽然有点儿大，实际上没有太大的关系，让赵老板戒烟戒酒，少吃油腻，如果情况继续加重的话，就再吃点儿消炎去火的药。

回家之后，赵老板遵照医嘱，烟酒全戒，连续吃了半个月的素，除了盐以外，就连味精这样的调料都不放；消炎药一天三遍，去火的中药成斤往家买。不过就算这样，他腰上的疖子仍不见好转，反而越来越大，真长出来一个仿佛人脸的模样来。

疖子上的人脸越长越清晰，五官都长了出来，任谁一眼就能认出这是一个女人的脸。既然都长成了这样，那就别麻烦医生了，赵老板开始派人四处去请“大神”、请“半仙”，“大神”跳了几十场，给“半仙”的敬神钱也花了百十来万，非但没见好转，人脸长得越发清晰，就连耳朵上的耳环都能瞧得清清楚楚，看着就跟一个女人头像纹在赵老板腰上似的。

这之后，赵老板的身体也开始虚弱起来，几乎每天都有一段时间变得神志不清，开始赵老板迷糊的时间也就十几二十分钟，但后来变得越来越长，现在他一天有三四个小时是在神志不清的状态下度过的。

碰巧在这个时候，之前被我们解救过的孙老板来看赵老板。见到赵老板的样子，孙老板便想起了我们来，他把自己曾经的遭遇说给赵老板听。当时他也是将整个东北有名的“大神”“半仙”请遍了，也没有任何效果。如今的赵老板几乎已是绝望的状态，听了孙老板的话，立刻就请孙老板做中间人给萧和尚打了电话。

萧和尚把情况介绍完，孙胖子的眼睛就眯了起来。他笑眯眯地看了一眼黄然，说道：“老黄，不是我说，这趟活儿能接吗？”

黄然点了点头，说道：“听萧顾问的介绍，这种情况像是人面疮，是蛊毒和降头常用的害人方法。不过人面疮一般都发生在东南亚国家，在国内出现还是第一次听说。”

黄然说完，孙胖子接口说道：“老黄，不是我说，人面疮什么的以后再谈，现在先说这趟活儿能不能接？”

黄然笑着点了点头，说道：“如果真是人面疮的话，我倒是有点儿办法。当年我在泰国就亲手处置过三例，应该没有问题。”

“这就好办了！”孙胖子笑嘻嘻地转过头去，对萧和尚说道，“老萧大师，不是我说，当事人肯出多少钱？”

萧和尚笑眯眯地看着孙胖子，伸出一个巴掌，说道：“本来人家本主只肯出五十万的，后来他听说了孙老板那次花的费用，再加上我吓唬了他一下，最后赵老板愿意出五百万，只要能把他身上的这个怪东西去掉，同时让他的身体恢复到以前的状态，他就可以支付五百万的酬金。”

“总算有一趟见点儿油水的买卖了。”孙胖子叹了口气说道，“不是我说，老萧大师，我们最近挺不顺的，好几笔酬金都没拿到手，这次总算能贴补贴补了。”

萧和尚笑眯眯地听完了孙胖子的感叹，说道：“那我就去答复人家了，这事得趁早，听说香港的金瞎子已经知道这件事了，据说他也有兴趣接这个活儿，咱别让他给截和了。”

孙胖子和黄然对了一下眼神，见黄然没有反对的意思，孙胖子对萧和尚说道：“成了，不过加一条，达成协议后要先付百分之二十的定金，最近我们一直在倒贴钱做生意，这趟活儿见不到定金我们就不出门。”

听了孙胖子的话，萧和尚的脸色有些发苦。他叹了口气，说道：“这样合适吗？小胖子，我可听说了，金瞎子只要三百万，这就差了小一半了，一旦赵老板同意让金瞎子试试，他要是成了，咱们可就白瞎了。”

“金瞎子！”孙胖子笑了一下，接着说道，“不是我说，金瞎子那一套我清楚得很，看风水是他的本行，这方面咱比不过他，我们也不去抢他的饭碗，但说到对付妖魔邪祟，就得看我们的了。”

第四十六章　女人头像

萧和尚把孙胖子的要求向对方做了转达，没过多久就得到了回话。对方认为百分之二十的预付有点儿高了，出于对孙老板的信任，百分之十的话他们可以接受，马上就可以转账过来。同时赵家人表示，如果我们确定了出发的时间，他们可以立刻安排飞机、食宿等事宜。

孙胖子和黄然商量一下，反正最近也没有别的事情，现在就可以出发。黄然以前解决过类似的事情，听他话里的意思，似乎有个三两天就能把事情解决了。

事情定下来后，萧和尚又联系了赵家，十几分钟的电话说完，他挂了电话跟我们说道："赵家的人已经在订机票了，让你们先去机场，你们到机场之前他们能把机票搞定，登机之前，他们会给公司的账户转过来五十万的定金，剩下的事情就看你们的了。"

说到这里，萧和尚忽然话锋一转，说道："还有个事情和你们说一下，赵家人同时联系了金瞎子，他最后开价是两百六十五万，这次的事情你们双方一起来办。不过赵家人的意思是让金瞎子先来，如果他不成的话，再由你们出手。"

"金瞎子这么快就搭上了？"孙胖子愣了一下，说道，"不是我说，这里面是不是有什么猫腻？怎么我们这边刚联系上，金瞎子那边也搭上了？话说回来，金瞎子这两年怎么回事？这么玩命挣钱，这是想开了，还是想不开了？”

萧和尚看了一眼孙胖子，说道：“到时候你自己去问他吧……”老萧的话还没有说完，他的电话又响了起来，萧和尚看了一眼来电显示，对我们说道：“赵家的。”

萧和尚接通了电话，说了几句便挂了电话，他回头对我们说道：“机票已经下来了，一个半小时之后起飞，你们收拾收拾就出发吧……”

一路无话，差不多三个小时后，我、孙胖子和黄然在哈尔滨机场下了飞机。赵家人准备了一辆奥迪Q7来接我们，又经过了将近三个小时的车程，奥迪Q7在哈尔滨郊外的一处四层别墅前停下。

这就是赵连甲的郊外别墅了，我们由司机带进客厅时，就看到金瞎子已经坐在了沙发上，一个五十来岁的男人正陪着他聊天。见到我们几个进来，这名五十多岁的男人站起身来，朝我们抱了抱拳，说道：“几位朋友辛苦了，我大哥的事情就拜托几位了。”

这个男人说完，引我们进来的司机给我们介绍道：“这位是我们赵总，是赵董事长的弟弟。”

双方客气了几句，孙胖子斜着眼看了看在沙发上正襟危坐的金瞎子。金瞎子就像没听到我们几个进来一样，跷着二郎腿坐在沙发上，手里把玩着一枚磨得锃亮的铜钱。他身后站着一个二十岁出头的小伙子，随时给金瞎子递一些茶水、手帕之类的东西。

这时，孙胖子也好像发现了新大陆一般，他表情夸张地看着金瞎子，说道：“这不是金大师吗？我还以为你一直都在香港不会出来呢，想不到在东北这旮旯也能碰见你。不是我说，你这次出山是准备来造福东北人民吗？”

听到了孙胖子的话，金瞎子扶着沙发站了起来，在身后年轻人的引领下，走到了孙胖子的身前。他主动握住了孙胖子的双手，说道："是孙局长吗？咱们差不多也有两年没见了，没想到在这里能遇到孙局长您。"

说到这里，金瞎子拍了拍孙胖子的肩头，顿了一下，说道："你们也是为了赵先生的事情来的吧？唉，早知道你们要来的话，我这个老家伙就不来这里现眼了。"

孙胖子和金瞎子交谈时，一名四十来岁的男人走了过来，在赵总耳边低声说了几句，等他说完之后，赵总点了点头，随后对我们和金瞎子说道："几位朋友，我大哥请你们上去，给你们提个醒，我大哥现在的情况和你们知道的可能不太一样了，大家有个思想准备。"

说完，赵总带着我们两队人上到二楼的主卧室，就见一个瘦得已经脱了相的老头躺在床上，见到我们两拨人进来，他有气无力地朝我们点了点头，看样子他是想客气几句，话到了嘴边，却没有力气说出来。

赵总叹了口气，走到了赵连甲的身旁，说道："哥，这几位朋友都是来给你看病的，我帮你把衣服脱了，让他们看看现在的症状。"说完，赵总直接将赵连甲的上衣脱了下来，扶着他侧卧在床上，将他后腰上的人面疮露了出来。

和萧和尚早上说的情况不同，赵连甲身上的人面疮已经有冬瓜大小，从后腰直接衍生到屁股上。这块人面疮的模样不仅和女人头像很神似，就连它的身子都清晰地显现了出来。人面疮周围的皮肤已经开始溃烂，厚厚的一层药棉已经被脓血浸透，药棉一撕开，空气里顿时散发出一阵恶臭。

我们几个凑过去仔细看了一遍，都将目光看向了眉头紧锁的黄然。金瞎子带来的年轻人将看到的情况给金瞎子说了一遍，一直到年轻人说完，金瞎子的脸上都没有任何表情。

黄然思索了一会儿，开口向赵连甲问道："请问赵董第一次发现自己身上有这种东西是什么时候？这个很重要，请赵董一定要想清楚再回答。”

“这个不用问我大哥，我就知道。”赵总看了一眼赵连甲，继续说道，“去年刚刚立秋的时候，有一个香港朋友想见识一下东北的农村风情，我们哥儿俩就把他带过来了，为了款待这位香港朋友，我们还杀了一头猪，请他吃了一顿杀猪菜。吃饭的时候，我哥喝得有点儿多了，脱了衣服光着膀子，还是那位香港朋友发现了我哥的后腰长了个疖子。当时不痛不痒的，我哥就没拿它当回事，到现在后悔也晚了。”

赵总说话时，金瞎子在年轻人的搀扶下，走到了赵连甲身边。他伸手在人面疮上摸索了起来，我在旁边看得清楚，金瞎子的手触碰到人面疮时，床上的赵连甲没有任何感觉，但当金瞎子的手触碰到旁边的脓血时，赵连甲疼得连连吸气，不一会儿，黄豆大小的汗珠就从他额头上冒了出来。

“金大师，你这是干什么！”赵总过去想要将金瞎子推开，却被金瞎子带来的年轻人拦住，年轻人对赵总说道，“赵总，金先生是在想办法救您大哥，您现在拦住金先生，反而害了你大哥。”

赵总愣了一下，将伸出去的手又收了回来。他回头看了我们一眼，想从我们的目光中得到确认，而和我们一起的黄然忽然走到了金瞎子身边，一把抓住金瞎子的手，将金瞎子的手按到了像女人脑袋的位置。

第四十七章　血红剑芒

当金瞎子的手按到人面疮脑袋位置时，他的身子猛地震了一下，紧接着飞快地把手撤了回来。这时，他才反应过来是谁抓着他的手按上去的："黄然？"

"别装作你刚刚猜出来似的。"没等黄然说话，他身后的孙胖子抢先说道，"刚才都介绍过了，不是我说，金北海，你眼睛看不见，耳朵也不好使了吗？"

"你说话客气一点儿，金北海是你叫的吗？"金瞎子带来的年轻人瞪着孙胖子说道，他本来还想说点儿什么，却被金瞎子拦住："不要这么没礼貌，金北海这个名字本来就是让人叫的。"

说完，金瞎子扭头朝孙胖子笑了一下，接着说道："孙局长您别说叫我金北海了，就算叫我盲金，或者金瞎子，都没有任何的问题。"金瞎子这段话说完，年轻人也不敢再争辩，把头一低，老老实实地站在金瞎子身后，不再吭声。

这时，赵总又开口问道："几位大师，我哥这病能治吗？"

黄然和金瞎子两人都有些沉吟，没有马上回答赵总的话。孙胖子看出事情有点儿麻烦，他笑嘻嘻地将问题踢给了金瞎子："不是我说，还是按原来说好的办吧，金北海先动手，如果他解决不了的话，我们再想办法……”

孙胖子说话的同时，赵总已经看向了金瞎子。金瞎子虽然眼睛看不见，但也能感觉到赵总在等他的答复，这时金瞎子轻轻叹了口气，说道：“赵先生的情况有点儿出乎我的意料，现在看来，赵先生的麻烦我是无力解决了。”

说到这里，金瞎子顿了一下，将头转向了孙胖子，接着说道：“如果可以的话，我想见识一下孙局长他们是怎么给赵先生治病的。”

见金瞎子连尝试都不尝试，直接就放弃了。孙胖子多少有些意外，他看了一眼金瞎子，然后到了黄然的身边，小声和老黄嘀咕了一会儿，回头对赵总说道：“赵董的病不是不能治，反倒是因为我们手上的方法太多，一时之间不知道用哪个好。赵总，你让我们商量一下，商量出一个最适合的方法来治疗赵老板的病。”

金瞎子比我们早到几个小时，赵总和他相谈甚欢。同时金瞎子赫赫有名，在圈里的名气比名不见经传的我们响亮得多，因此赵总的心里更看好金瞎子能治好他大哥的病，没想到的是，这样一位“半仙”也没有任何办法。现在他只有把希望都寄托在我们几个身上了，虽然我们几个看起来（主要是孙胖子留给他的感觉），怎么看怎么不靠谱。

当下赵总点头说道：“你们尽管商量，如果有需要的话，我可以给你们安排个房间，需要什么东西尽管开口，朱砂、黄表纸什么的有的是，要公鸡血我现在就让人给你们抓鸡去。”

孙胖子冲赵总嘿嘿一笑，说道：“不用那么麻烦，我们在这儿聊两句就成。”说到这里，他扭头看了一眼金瞎子，顿了一下，说道，“就是金北海，想留下来听着也成，省得你晚上睡不着觉。”

金瞎子笑着点了点头，向孙胖子说道：“那就多谢了，这件事结束之后我送你一卦，也算是礼尚往来了。”

孙胖子冲金瞎子龇牙一笑，却没有继续往下说。他将我和黄然叫到了窗边，一边开窗透气，一边低声对黄然说道："老黄，不是我说，老赵这件事还有谱吗？我大话可吹出去了，你要是没把握的话，一会儿也多少装装样子，怎么说咱们也出过点力了，就算成不了他们也不好意思把定金要回去。"

敢情孙胖子要商量的不是怎么处理赵连甲身上的人面疮，而是怎么不把定金退回去。一旁的金瞎子听到孙胖子的话，赶紧让身边的年轻人扶他走开避嫌。

黄然有些无奈地看了孙胖子一眼，说道："赵董的情况和我预想的有些出入，原来我以为就一个人面疮而已，现在看起来，这位赵董应该是被人算计了！他身上这东西并不是人面疮，是鬼面疮，而且现在附在里面的冤鬼已经成形，五官四肢都长出来了，想把这个冤鬼解决掉确实有些难度。"

说到这里，黄然缓了口气，然后接着说道："现在我有两个办法，最简单的办法是把杨枭找过来。杨枭的术法能克制这种鬼魂，他来处理的话会简单得多。"

孙胖子听了连连摇头，说道："这不行，不是我说，老黄，总共的报酬也只够老杨的出场费，都便宜他了，我们就只能赚个免费旅游了。再说公司已经好长时间没什么进项了，再这么下去可不行。"

黄然点了点头，随后说出了另一个办法："那我们就只能试试复杂一点儿的办法了，这个办法需要辣子来配合，等一下我先想办法禁锢住鬼面疮，再由辣子用短剑的剑芒把附在鬼面疮里的冤魂从里面挑出来。这个办法最难的地方是我只能禁锢鬼面疮几秒钟的时间，如果辣子错失了这次机会，受到惊吓的冤魂便会向赵董的体内转移，到时再想把它制住，也只有找杨枭过来，看他还有没有办法了。"

"你是说要我用剑芒把那块鬼面疮挑出来？"我瞪大了眼睛看着黄然，继续说道，"老黄，我那剑芒你又不是没有见过，好几米长就不说了，最前面的一段一直都是不受我控制的突突乱颤，用它来拼命行，如果是太精细的活儿，我可不敢保证能行。”

“这个就需要你来想办法了。”黄然看了我一眼，说道，“鬼面疮和金玉木器相冲，我们这里除了你的短剑的剑芒，我实在想不出更好的办法了。辣子，类似你这样的剑芒，以前我在委员会的资料典籍中也见过，上面的介绍说，剑芒随心所欲时，可长可短，可刚可柔。如果你能做到这样，将鬼面疮从赵董的身体上挑出来，也不是太困难的事情。”

虽然黄然已经说到了这个程度，但我还是摇了摇头，我现在的剑芒就好像一根大棒子一样，不可能做到这样精细的操作。旁边的孙胖子听了黄然的话，饶有兴致对我说道：“辣子，不是我说，成不成的咱们先试试。成了更好，还能省下老杨的出场费；实在不行，也还有老杨来给你擦屁股，你担心什么？”

孙胖子说完，黄然也在一旁帮腔，在他们的劝说下，我将罪剑拔了出来，将种子的力量注入之后，三米多长的剑芒从剑尖蹿了出来。赵总和金瞎子带来的年轻人见了都吓得目瞪口呆，在金瞎子的询问下，年轻人将看到的情况又和金瞎子说了一遍，顿时金瞎子的表情也变得惊诧起来。

将剑芒释放出来后，我开始慢慢地控制注入短剑的力量，不过成效不大，只要后续的种子力量衔接不上，剑芒马上消失，连续试了几次，剑芒没有一点儿缩短的迹象。最后我不再将注意力放在控制注入短剑的力量的大小，转而尝试用意念像控制短剑那样去控制剑芒，心念一动之后，剑芒终于开始慢慢地回收变短，随着剑芒的回收，它的颜色也开始变得更深，等到最后，剑芒只凸显出薄薄的一层包裹在罪剑上，整把剑的剑身都散发出一种血红色的光晕……

第四十八章　意外的人物

见到了短剑的变化，孙胖子和黄然也十分惊奇。黄然左右看了一圈，像是在找什么东西。孙胖子立刻明白了老黄的想法，他从自己的口袋里掏出一个煮熟的鸡蛋，对黄然说道：“今天早上剩下的，这个合适吗？”

黄然点点头接过鸡蛋，顺手又递给我，然后对我说道，“辣子，用剑芒把鸡蛋壳削下来，但别伤到蛋白。”

“直接用手剥下来不成吗？”我嘴里嘀咕了一句，一手拿着鸡蛋一手握着短剑，慢慢地将鸡蛋壳像削苹果皮一样削了下来，将光溜溜的鸡蛋在黄然和孙胖子眼前晃了晃，说道，“这样没问题了吧？”

接下来黄然开始做禁锢鬼面疮的准备，他先找赵总要了一个空碗和一瓶白酒，又从自己的背包里掏出了两张符纸，将符纸放进空碗里烧成了灰烬，再倒了半碗白酒，用手指把符灰和白酒搅拌到一起。黄然端着这半碗符灰酒走到赵总身边，说道：“赵总，本来是要借赵董一点儿鲜血的，但现在赵董的状况实在不宜取血，你是他的至亲，取血的事情要麻烦你了。”

赵家兄弟的感情不错，听说要借血，赵总二话不说，当场脱了外套，挽起袖子露出大半只胳膊，对黄然说道：“我自己下不了手，你帮我一下。要多少血，你看着办就行了。”

黄然笑着说道：“也不需要很多，一点点就够了。”说话的同时，黄然手中出现了一根钢针，他用钢针在赵总的食指指尖扎了一下，将几滴指尖血滴到酒碗里，随后端着酒碗，叫上我一起来到赵连甲的床前。

“辣子，一会儿鬼面疮会从赵董的身体上面浮出来两三秒钟，这两三秒钟就是你动手时间，一旦错过了，就只有叫杨枭来帮忙了。”说完这些，黄然先让赵总帮忙解开赵连甲的衣服，将鬼面疮露了出来，接着又让赵总撬开了赵连甲的嘴巴，将小半碗含着符灰和鲜血的白酒灌进了赵连甲的嘴里。

这一口白酒灌得急了点儿，赵连甲开始剧烈地咳嗽了起来。就在这时，黄然咬破自己的舌尖，将碗里剩下的白酒含到嘴里，再将混合了赵总和他鲜血的符灰酒朝赵连甲腰上的鬼面疮喷了过去。

这口酒喷到鬼面疮上面时，卧室里突然响起一声惨叫，随后，印在赵连甲腰上的女人像从他身上慢慢往上凸起浮现出来，看起来就像是要从赵连甲的皮肤上脱离出来一般。

见此情景，黄然对我大声喊道：“就是现在，动手！”在黄然说话的同时，我已经将由剑芒包裹着的短剑剑尖插进了鬼面疮和赵连甲皮肤相连的地方，接着手腕一挑，立刻将鬼面疮从赵连甲身上挑了下来。

鬼面疮从赵连甲身体上剥离开，瞬间化作一块充满腐烂气息的腐肉掉落在地板上。对此黄然早有准备，见这块腐肉落地，他立刻将手里的半瓶白酒倒到腐肉上面，随后一把火将腐肉烧得噼里啪啦直响。

等腐肉烧得差不多了，黄然用匕首将它挑了起来，打开窗户将腐肉扔了出去。这块腐肉接触到阳光后，本来眼看就要熄灭的火焰再次燃烧起来，没多久这块腐肉便烧得干干净净。

确定鬼面疮化作的腐肉已经被烧干净，黄然才关好了窗户，回到了赵连甲的床边。这时的赵连甲就像睡着了一样，躺在床上紧闭双眼一动不动，赵总叫了七八声，也没有把他叫醒。

黄然扒开了赵连甲的眼皮，又给他号了号脉，然后对赵总说道："赵总，你不用担心，赵董已经没事了。之前的鬼面疮透支了他太多的精力，现在就让他好好休息一下，等他休息好了，自然会醒过来的。"

赵总亲眼见证了祛除鬼面疮的全过程，这时已经对我们几个佩服得五体投地。他拉着黄然的手差一点儿哭出声来，哽咽着说道："都以为我大哥这样是没救了，多亏了几位大师，你们几位就是我们赵家的大恩人！"

说到这里，赵总顿了一下，转身对门外大声喊道："有福，你去一趟广粤楼，把他们那儿最好的厨师请到家里来做菜，就说我们赵家来了贵客。还有，你再去酒窖里拿几瓶好酒，白的、黄的、红的挑最好的每样拿两瓶……"

还没等赵总把酒席的标准说完，黄然拦住了他，说道："赵总，不用客气，吃饭先不急。我们之前关于赵董是怎么得的鬼面疮还没有说完，你说最早是赵董的香港朋友发现赵董腰后长了鬼面疮是吧？"

赵总愣了一下，歪着脑袋想了半晌，说道："对，就是那个香港朋友首先发现我大哥身上长了疖子……"说话的时候，赵总不自觉地看了金瞎子一眼。

这个动作马上引起了孙胖子的注意，他顺着赵总的目光看了金瞎子一眼，在黄然说话之前插嘴问道："不是我说，你们这个香港朋友是不是姓马？叫马啸林？这位金北海也是马啸林介绍过来的，是吧？"

赵总愣了一下，有些迟疑地说道："就是他！你的意思是我大哥出事是这个姓马的捣鬼？"

"不会，这个我敢替老马担保。"孙胖子笑嘻嘻地说道，"老马没这么大本事，我只是好奇，老马的眼神儿什么时候变这么好了。”

黄然对马啸林的兴趣并不大，等孙胖子说完，他继续向赵总问道：“发现赵董身上有鬼面疮的那几天，还有没有什么特殊的事情发生？这个你要仔细想想，否则我可不敢保证赵董以后会不会再被鬼面疮折磨一次。”

听到了黄然的话，赵总先是愣了一下，紧接着眼神有些发狠地向黄然问道：“你是怀疑背地里有人故意想整死我大哥？”

黄然看着赵总，说道：“这方面的可能性不小，鬼面疮也不是那么好得的。虽然鬼面疮是针对寄主的，但在前期需要有人专门用动物的魂魄来喂养，否则的话它根本长不大，也不会对寄主产生威胁。赵总，你想想赵董最近得罪过什么人没有？”

听了黄然的话，赵总脸上露出一种尴尬的表情。他讪笑了一声，说道：“我们哥儿俩是生意人，做生意免不了会和人产生点儿小摩擦。不过再怎么样也不至于这么害人吧。黄大师，如果你们能帮忙查出是谁害得我大哥，你们的酬金我再加一倍。”

说到这里，赵总突然愣了一下，他一拍大腿，对黄然说道：“我知道是谁干的了！几年前，我们哥儿俩陪几个重要的领导去山里打猎，就在这后面不远的山上，当时打死了一只怀着崽子的麋子，被住在山上的一个萨满看见了，他就用满语骂了我们。我们的人里面有听得懂满语的，然后就和那个萨满打起来了，那天我们人多，那个萨满伤得不轻……”

第四十九章　顶雷

“萨满？”孙胖子呵呵一笑，对黄然说道，“老黄，现在除了魔兽游戏里面，哪里还能找得到萨满？”

黄然看了孙胖子一眼，说道：“萨满教是满清的国教，虽然现在有点儿没落了，但严格说起来，跳大神之类的请神仪式就是萨满教的一个分支，虽然没落却还没到消亡的地步。”

说完这几句，黄然又回头看了看赵总，接着说道：“你回忆一下，当时那个萨满有没有对赵董做过什么奇怪的动作。”说到这里，可能是怕赵总不够重视，黄然又说道，“一般被鬼面疮附身的，八成以上都是被人报复，如果不将幕后黑手铲除，即便一时康复，事后复发的概率很高。”

这时赵总也紧张起来，他努力回想当时的情况，但时间过去太久，当时的现场又很混乱，他想了好久也想不起萨满有没有对他大哥做过什么奇怪的动作，只好模棱两可地说道：“好像是指着我大哥说了一句什么话，黄大师，当时实在是太乱，我真记不清了。”

孙胖子冷不丁地插了一句：“老黄，不是我说，你这话没问到点子上。”说完，他又向赵总问道：“打死那只麋子的是你大哥，还是别人？”

“是我们请的那位领导。”这个细节赵总倒记得清楚，顿了一下，他接着说道，“本来就是请领导来玩的，我们哥儿俩怎么可能那么没眼力见儿。不过就为了一只麋子，至于要杀人吗？”

孙胖子眯着眼睛朝赵总笑了笑，随后才说道：“赵总，能不能帮忙找一张赵董的照片？对了，如果方便的话，再给弄一张那个领导的照片，要生活照，这个应该没什么问题吧？”

“我这儿就有现成的合照，就是那一天打猎的时候拍的，好像我大哥也在里面。你们等一下，我找找看。”赵总说完，已经满屋子翻找起来，没有多久，就在一个相簿里找出了一张三人合影的照片。

照片里面的三个人，孙胖子只能认出来一个赵总，剩下两个身材和相貌都差不多的中年人，应该就是躺在床上的赵连甲和那个领导了，只是现在赵连甲已经被鬼面疮折磨得不成人形，要不是已经知道是他，怎么也看不出他和照片上以前的他有什么相像的地方。

照片里的三个人每人拿着一把猎枪，中间那个领导脚下踩着一只死麋子，正朝镜头比着胜利的手势。

孙胖子拿着照片与床上赵董比对了好久，才敢肯定照片上的和床上躺着的是同一个人。他将照片递给黄然，笑嘻嘻地对赵总说道：“赵总，不是我说，你和你大哥怎么不太像？反而赵董和中间的这人更像亲兄弟俩，这就难怪人家认错了。”

赵总的眉毛一挑，向孙胖子问道：“你的意思是说我大哥这是替别人受罪了？”

孙胖子嘿嘿一笑，说道：“也有这种可能吧，不过话说回来，照片上的这位领导现在怎么样了？还能找到他吗？”

“找他是不容易了。”赵总看了一眼黄然手上的照片，说道，“坐牢了，他的篓子捅得太大，十年之内是别想出来了。”

“十年内出不来了……”孙胖子重复了一遍赵总的话，随后又将目光转到黄然身上，说道：“老黄，你的意思呢？”

黄然将照片收好，随后说道："先找到那个萨满吧，如果是他干的，就和他解释清楚，冤有头债有主，别误害了好人。"

孙胖子笑嘻嘻地点了点头，接着对赵总说道："赵总，原来我们谈好的工作刚才就算完成了，如果再去找那个萨满的话，就是新的工作内容了。这样一来的话，咱们是不是再商量一下新工作的酬劳？"

"只要能把这件事彻底解决掉，酬金我们可以再加一倍。"这位赵总倒是一个性格豪爽的主，当下主动将酬劳翻了一倍，孙胖子的眼睛本来就小，现在更乐得将眼睛眯成了一条直线。

这时，从刚才起一直都没说话的金瞎子突然开口道："我也想见识见识这传说中的萨满，几位不嫌我老家伙碍事的话，能不能把我也带上，一起去找那个萨满？"

孙胖子笑眯眯地对金瞎子说道："金北海，不是我说，你这词儿用错了吧。见识你是见识不到了，了不起'听识听识'。"听到孙胖子语含讥讽的话，金瞎子面不改色，就像没听出来一样，而他带来的年轻人则冲孙胖子哼了一声，要不是之前金瞎子已经责备过他，这个年轻人早就冲孙胖子去了。

"一百万，如果你们带上我的话，我可以付给你们一百万酬金。"金瞎子朝孙胖子说道，"你们不用担心我的行动问题，我的小徒弟会背着我上山，绝不会给你们添什么麻烦。"

"那怎么好意思。"孙胖子笑呵呵地走到了金瞎子面前，说道，"老金，不是我说，你就这么好奇这个萨满吗？还是因为有别的什么目的，所以才一定要跟我们去找他？"

金瞎子笑了一下，说道："就是好奇而已，萨满教有一套自成体系的占卜方法，我就想见识一下他们这种占卜方法与我们道家占卜术的区别，互为印证一下。"

金瞎子说话的时候，孙胖子和黄然对了一下眼神，虽然黄然不太想带金瞎子上山，但孙胖子看在一百万的分儿上，还是答应了金瞎子的要求。

天色已晚，这时上山寻找萨满已经不现实，当下，赵总安排了几个房间供我们休息，接着他开始联系向导，安排我们明天上山寻找萨满的事情。

我们回了各自的房间收拾一番，赵总派人将我们请到了餐厅。吃喝到八点多时，照顾赵连甲的人从楼上跑了下来，一边跑一边扯着嗓子喊道："董事长醒了！董事长醒了！"

赵总顿时就从座位上跳了起来，一路狂奔到楼上的主卧室。黄然和金瞎子也分别从座位上站了起来，跟在赵总的身后向楼上走去。本来我也想跟上去看看，但刚刚站起来，就被孙胖子按着坐了下去："辣子，不是我说，赵老大刚醒，让赵老二忙活就完了，老黄和金瞎子凑什么热闹？咱们吃咱们的，一会儿老黄和金瞎子就要下来的。"他的话音刚落，就见黄然和金瞎子又走了回来。

敢情赵总进到卧室之后，直接就把门关上了，门口还有人把守，黄然和金瞎子不想自讨没趣，于是又折了回来。

直到吃饱喝足也没见有人来请我们上去，无奈之下，我们各自回了自己的房间。我刚回到房间没多久，就听到有人敲黄然和金瞎子的房门，随后传来一阵脚步声，应该是黄然和金瞎子被请去楼上赵连甲的卧室了。

这几天我累极了，也没有多想，躺在床上就睡着了。迷迷糊糊间，好像有什么人敲我的房门，我没有搭理，外面的人敲了几下，便没了动静。

第五十章　再见萨满

第二天早上我被孙胖子敲门的声音吵醒，听孙胖子说才知道黄然和金瞎子在赵连甲那儿待了整整一晚，甚至到后半夜时，医院的救护车都到了。

等我洗漱好，穿好衣服，就跟孙胖子一起去了赵连甲的卧室。这时他的卧室已经布置得像医院的重症监护室似的，虽然赵连甲已经清醒了，但人已经上了呼吸机，胸前也插满了各种管线。我们进去时，两名医生和几个护士正在做交班记录。

黄然一脸疲倦地坐在赵连甲床边的沙发上，见到我和孙胖子，他朝我们招了招手，应该是有什么话要跟我们说。

我和孙胖子走过去一左一右坐到黄然两侧，孙胖子看着在赵连甲床边忙碌的医生和护士，向黄然问道："老黄，怎么一晚上没见，就变成这副样子了？"

黄然苦笑了一声，说道："昨天我们都大意了，赵董的身体里除了鬼面疮之外，还被人下了别的诅咒。昨天我和金北海刚上来时，赵董还能谈笑自如，后来是金北海发现了赵董身上还有异常的地方，于是我给他挂上了护身符，护身符竟然自燃，接着赵董的七窍开始流血。我和金北海竭尽所能也只能暂缓赵董身体损伤的速度，现在赵董只能靠机器来维持生命。"

孙胖子听完，看了一眼坐在对面沙发上的金瞎子，嘴里对黄然说道："不是我说，老黄，赵家老大身体里到底被下了什么诅咒，能把你和金瞎子都骗过了？"

黄然叹了口气，看向孙胖子的眼神变得有些纠结，说道："不知道，这样的情况我也是第一次遇到。鬼面疮已经够凶险了，想不到鬼面疮之外还设置了一种触发机制，只要鬼面疮从赵董的身体上祛除，这种诅咒就会发作。"

黄然说话的时候，孙胖子正眯着眼睛看着也是一脸疲态的金瞎子，顿了一下，孙胖子向黄然问道："老黄，老金是怎么发现赵董身体不对路的？照理说你都没有发现的事情，老金就更不可能发现了。"

黄然说道："当时赵董请金北海给他算了一卦，金北海卜出的卦相显示，赵董马上就会有一场大劫难。金北海的话还没说完，赵董的七窍就已经开始流血了。"

孙胖子冲金瞎子古怪地笑了一下，随后继续向黄然问道："老黄，不是我说，赵家老大还有救过来的机会吗？"

黄然看了一眼躺在床上的赵连甲，说道："现在他全靠医疗器械维持身体机能，时间长了还不能解决他身体里面的问题的话，希望就不大了。"

他们交谈的时候，我朝四周看了一圈，也向黄然问道："老黄，赵总人呢？这么长时间都没见着他，他哥的情况这么严重，他怎么反而不见了？"

"赵总去准备我们上山的事宜了。"黄然看了我一眼，继续说道，"昨天找的向导听说是要上山去找萨满之后，已经拒绝了带我们上山。现在赵总正在联系其他的向导，只要向导一到，我们马上就出发。"

黄然的话刚刚说完，就见赵总在七八个大汉的簇拥下走了进来，赵总先和医生沟通了几句，说完之后，本来已经紧皱的眉头现在更拧成了一团麻花似的。

和医生聊完，赵总又看了他大哥一眼，重重地叹了口气，转身朝我们走过来。走到了我们身边之后说道："向导已经在路上了，再有个十来分钟人就能到，到时候我大哥的事就拜托诸位了。"

黄然点了点头，说道："这个你放心，只要能找到那个萨满，弄清楚赵董的体内到底是什么东西，就有解决的法子。"

黄然说话的时候，年轻人扶着金瞎子也走了过来。金瞎子的耳朵灵，刚才赵总的话他听得一清二楚，也不用再为他重复一遍了。

过了五六分钟，昨天给我们接机的司机带了一个四十多岁的中年男人来到卧室。进门之后，他先让中年男人在门口等着，他自己走到赵总身边，向赵总说道："赵总，向导到了……"

几分钟之后，我、孙胖子和黄然，还有金瞎子师徒俩登上了开往牛角山的车。汽车开动以后，孙胖子笑呵呵地掏出香烟，递给了向导一根，对他说道："哥们儿，不是我说，那个什么山上真的有萨满吗？"

向导有些腼腆地笑了一下之后回答道："山上有萨满是千真万确的，那位萨满我也亲眼见过的。他的年纪不大，看起来也就二十多岁不到三十岁的样子。以前我在山上做过护林员，有一次例行巡查的时候碰见过那位萨满。我们还唠了一会儿嗑，唠得挺不错的，他还请我帮忙再上山时给他带一点儿食盐。这事我也记心里了，再上山的时候我特地给他带了十包食盐，那位萨满竟然用一张狐狸皮换，后来我每次上山都会顺手给他带一点儿吃喝的东西，一来二去的，我和这位萨满算是成了朋友。不过后来我不干护林员了，也就再没见过他。"

孙胖子听后笑了一下，继续问道："还有个事情想问问你，这个什么山以前听说过有萨满吗？"

向导点了点头，说道：“我小时候就听说牛角山上有萨满，不过除了我见过的这位萨满以外，我就再没见过其他的萨满了。当护林员的时候，有一次在山顶上见过有一个窝棚，想来应该是萨满留下来的，不过没有几天，那个窝棚就没有了。”

接着孙胖子又问了几个杂七杂八的问题，没有多久，车子就停在了一处山脚下。

下车之后，孙胖子继续向向导问道：“哥们儿，你上次见到那个萨满是在什么地方？离这里远不远？多少时间能到？

向导回答道：“上次见到萨满是在山顶上，不过也是几年前的事情了，现在我也不知道还能不能见到他了。”

“不管怎么样，先上去再说。”孙胖子回头看了一眼金瞎子和他带来的年轻人。下车之后，年轻人就将金瞎子背了起来，孙胖子见了，笑了一下，这才继续向向导问道，“我听说这位萨满只会说满族话，上次你们也是用满族话来交流的吗？”

“满族话，他骂人的时候才说。”向导嘿嘿一笑，说道，“一次他托我给他带东西，我喝多了忘了给他带，他气急了用满族话骂了我好一阵，平时他的汉话说得溜着呢。”

第五十一章　十二

由向导带队，我们沿着山道一路朝山上走去，虽然已是早春时分，但这座山上到处还是白雪皑皑的景象，看起来就像是从来都没有化干净过似的。平心而论，这座山并不算太大，但是山路纵横交错，如果没有向导带路，我们这些人里除了孙胖子以外，估计都会迷路。

有点儿出乎我意料的是金瞎子带来的年轻人，他背着金瞎子走了这么久仍没有显出一点儿吃力的样子。因为体力好他还被孙胖子调侃，说等下山的时候由他背着金瞎子，再让年轻人背他们两个，虽然这话是说笑，但就这个年轻人的体力来说，再背一个孙胖子估计也没太大的问题。

跟着向导一路往山上走，到半山腰的位置看到了一排奇奇怪怪的被雕刻成恶鬼的石像，就算现在是大白天，突然看到这样诡异的石像，心里还是有些发毛。我们走到了石像跟前，仔细观摩了一番，发现每座石像的风格都不一样，有的石像经过精雕细琢，看起来就像是一件艺术品，有的却粗糙了很多，最离谱的是最后一座石像，只是在石头上刻出来一副五官的样子，就像小孩子的胡乱涂鸦一般。

见到这些石像，孙胖子向向导问道："不是我说，你们这儿都是什么风俗，山上不供山神土地，怎么供上恶鬼了？"

“这件事情就不是一两句话能说得清楚的了，大家先休息一下吧，顺便和你们说说山上萨满的事情。”说到这里，向导停住了脚步，看了一眼山路旁的石像，回头对孙胖子说道，“以这排石像为界，再往上就属于萨满的地盘儿了，这排石像的存在也是为警示到这里的山民，从这里到山顶都是他们的地盘儿，没什么事儿的话就不要上去了。”

“从这里到山顶都是他们的地盘儿？”孙胖子重复了一遍向导的话，他眨巴几下眼睛继续问道，“你刚才说他们——不是我说，这山上一共住了多少萨满呀？”

“应该就是一个，听老人说起过，这山上的萨满是一支独传，一个师父带一个徒弟，等师父死了，徒弟就是下一代的萨满。”说到这里，向导顿了一下，手指指向那排恶鬼的石像，说道，“你们看到的这些石像，就是每一代萨满亲手雕刻的，从头到尾按顺序排下来的。”

向导说完，我们几个再次看向那排石像。孙胖子看了一遍，指着最后一个像是涂鸦一样的石像说道：“不是我说，这个也是萨满亲手刻的？你不说我还以为是谁家的熊孩子刻的呢！”

“你说话最好小心一点儿。”向导的脸色变了变，他朝四周看了一下，确定了周围没有其他人之后，这才继续说道，“最后这座石像就是你们要找的人——也就是如今的萨满雕刻的。”

“这一代的萨满？”我数了一下石像之后继续说道，“一共十三座石像，那么他就是第十三代萨满了！”

“他自己说是十二代。”向导笑了一下，说道，“他觉得十三代不好听，十四代又将他拉低了一辈，后来他就把自己归到和他师父同一辈了。附近的山民提起他时，都称呼他十二的。”

孙胖子听了龇牙一笑，随后掏出香烟递给了向导一根，说道：“不是我说，这哥们儿有点儿意思。对了，这位十二有大号吗？”

“烟还是别在山上抽了，我以前干护林员的，见识过山火烧起来的恐怖程度，火一旦烧起来，咱们谁都跑不了。”向导把孙胖子的香烟推了回去，顿了一下，继续说道，“你问十二的名字，算是问对人了。这一带估计也就我知道他的名字——余寸川，这还是有一次他喝了我一斤多的小烧，喝大了之后告诉我的。”

“余寸川……”孙胖子嘴里复述了一遍，将香烟重新放回到烟盒里面。他扭脸和黄然对了一下眼神，见黄然也是一脸迷茫的表情，于是又看了金瞎子一眼，这时金瞎子的表情几乎和黄然一模一样。见没有人知道这个名叫余寸川的萨满，孙胖子又笑嘻嘻地扭过脸来，向向导问道：“这位余寸川喝大了的那次，就没有说过更多他自己的事情吗？”

“其他就没什么了，就听说他是满族人。”向导摇了摇头，说道，“别的问题，等你们见到他之后再亲自问他吧。”

说完这些，向导看了看我们，说道：“大家都休息好了吗？要是都休息好了，咱们就继续往前走了。”

再往山上走，向导好像失去了目标，开始带着我们围着山腰到处乱转起来。这样走了没有多久，就被孙胖子看出来，“哥们儿，不是我说，你想带我们去哪儿？好像你自己都迷糊了。”

向导干笑了一声，说道：“以前每次上山，都是十二找的我。他让我给他带点儿什么东西，说好了几号给他送上去，每次我到石像那儿时，十二就已经在那里等我了。有几次我找他喝酒，也是在石像那儿铺张席子，就算他喝得再多，也不用我送他回去。有一次我趁他喝多了，想跟他回去看看他住在什么地方，结果跟着跟着他的人就不见了，那次以后，我就没敢再跟踪他。不过最后一次见他时，是我不干护林员了，去找他喝酒，这次他把我带到了山顶，还送给了我一块玉，说是用来感谢我帮他带东西和请他喝酒……”

听说向导从萨满手里得了一块玉，孙胖子的眼睛马上亮了起来，他笑眯眯地看着向导，说道："有了萨满送你的宝贝，你不就发了吗？肯定很值钱吧？"

"哪儿啊……"向导摇了摇头，说道，"为了这块玉，我还特地去了一趟市里，找行家给看了，结果人家一看就说这块玉的质地不纯、杂质太多，根本就不值钱，根据行家的评估，最多就值百八十块。当时我就想一百块钱卖了算了，结果人家还不肯收。"

"这个有点儿意思啊。"孙胖子上下打量了一下向导，眼神在向导衣服口袋上转来转去，他继续问道，"不会这么巧，那块玉你今天也带来了吧？"

向导笑了一下，从自己的上衣口袋掏出一块灰蒙蒙的玉环，说道："还真这么巧，赵老板找我带路的时候，我就把这块玉带上了，打算见到十二的时候把这个还给他——请他喝了十几顿酒，还给他带了好几年的东西，结果就给我一块一百块钱都不到的破石头，我也太冤了点儿。酒我请了，这个人情也不用他还了。"

孙胖子接过玉环，在手里盘了两三下之后，又将玉环递给了黄然，随后他看着黄然，看黄然是什么意见。

黄然接过来只看了一眼，马上就对向导说道："这块玉你有心出手吗？如果想出手的话，我们可以谈谈价钱。"

向导愣了一下，他在哈尔滨找了好几家玉器店打听过，这几家都说他这块玉不值钱，难道那些行家都看走眼了？

等了一会儿，见向导没有回答，黄然笑了一下，说道："十万，你看这个价格怎么样？"向导听了，愣愣地看了黄然半晌，之后才反应过来，说道："钱拿来，这块玉就是你的了。"

第五十二章　猫头鹰

黄然笑了一下，从怀里掏出来支票本，向向导问道："我身上没那么多的现金，给你开支票可以吧？"他一边说话，一边在支票上填上了数字和金额，正当他要撕支票时，趴在年轻人背上的金瞎子突然说道："等一下，黄然，不介意把这块玉拿给我看看吧？"

黄然稍微犹豫了一下，没有理会孙胖子反对的眼神，将玉环递给了金瞎子。孙胖子有些无奈地看了黄然一眼，随后对金瞎子说道："不是我说，下次咱们别用'拿给我看看'这样的词儿好吗？不知道的还以为你不靠手摸呢！要不下次我请你去东来顺'看看'火锅？"

金瞎子依然像没听到一样，他接过玉环摸了半天，之后又歪着脑袋犹豫了一下，开口对向导说道："二十万，卖给我吧。"

金瞎子这话一说出口，孙胖子的眼睛就瞪上了，不过就在孙胖子发飙前，被黄然一把拦住。老黄冲金瞎子笑了一下，说道："既然这件玉器合了金先生的眼缘，那我就只好忍痛割爱了。恭喜金先生了，这件玉器归您了。"

金瞎子和孙胖子都愣了一下，刚才孙胖子只看了一眼玉环，就感觉不是什么好物件儿。老话说白玉无瑕，这块玉颜色发灰先不说，上面还布满芝麻一样的小碎点儿。这还不算，正反两面都有一条明显的裂痕，当时被人估价一百块已经算是高价了。

后来这块玉被黄然看中，孙胖子还以为自己看走眼了，现在见黄然说不要就不要了，孙胖子也开始摸不着头脑了。

金瞎子和孙胖子怀的是同一个心思，刚才玉环入手时，他也觉得这块玉不好，但既然是黄然都看重的玉器，那就一定差不到哪儿去。他敢在中间截和，就是认定了黄然已经看中了这块玉环，说不定这块玉环是萨满教的什么重要信物之类的。

但现在黄然说不要就不要了，这又让金瞎子隐隐感觉事情不妙了起来，他疑惑地看向黄然，接着向黄然问道："你这就放弃了？这可不像是你黄然的作风。"

黄然微微一笑，说道："这块玉本来就不是什么好玉，我看中它只是因为对萨满教的好奇而已。再怎么说这也是属于萨满的一块玉，虽然没有太大的收藏价值，也算是对萨满教的一种尊敬吧。说实话，刚才开出十万的价格我多少还是有点儿肉疼的，现在金先生你愿意接手，我自然乐得成人之美。"

金瞎子听了，眼角的肌肉没有规律地颤了颤，随后他呵呵一笑，正要对向导说话，但嘴巴刚刚张开，就被孙胖子恶狠狠地拦了回去："敢说不要了，就把你从山顶上扔下去！"

孙胖子的话让金瞎子马上改了口，他对向导的方向说道："在山上不方便，下山之后我再给你支票……"

见金瞎子吃瘪的样子，我心中觉得好笑，当即又给补了一刀。我向孙胖子问道："大圣，我对玉器是外行，你说这样品级的一块玉环，能值多少钱？"

孙胖子瞅了金瞎子一眼，嘿嘿一笑，说道："五十就差不多了，不过万一遇到冤大头的话，能卖出去二十万也说不定……"

金瞎子虽然有些本事，但毕竟年纪大了，人也没有我们多，这时也只能忍气吞声假装什么都没听到。他把这一口气忍了下来，对向导说道："这块玉你也找到买主了，是不是可以继续往前走了？"

看在那二十万的分儿上，现在金瞎子说什么就是什么，向导点头哈腰地说道："这就走，这就走……"

接下来，向导又带着我们转了一大圈，依然没有发现萨满十二的踪迹，最后只好带着我们朝山顶走去。

向导带着我们走进一片松树林，刚走进这片树林时，我就生出一种被人在暗处盯着的感觉，越往前走，这种感觉就越强烈。走了一两百米，我无意间抬头往上看时，发现头顶的树梢上有十几只猫头鹰，这些猫头鹰都低着头，目光紧紧地盯着我们前进的方向。

越往前走，树梢上的猫头鹰就越多。走到松树林深处时，头顶松树上的猫头鹰已经密密麻麻，根本数不清有多少只了。这些猫头鹰也怪，没有一只扇动翅膀的，也没有一只发出声音的。

孙胖子抬头看了一眼松树上面密密麻麻的猫头鹰，有些头皮发麻地耸了耸肩膀，向向导问道："不是我说，这里以前也有这么多的猫头鹰吗？今天算是开了眼界了，一次就把我这辈子能见到的猫头鹰都见了！不过话说回来，这些猫头鹰不咬人吧？"

这时向导的脸色也有些发白，他有些惊恐地看了一眼头顶上的猫头鹰，结结巴巴地回答道："这山上的猫头鹰是不少，不过我也从来没见过这么多只。这事儿邪性，要不然的话，咱们先回去？我再换条道走，虽然绕远了点儿，但绝对出不了问题。"

"算了吧，再绕一圈儿的话，就算走到天黑也到不了山顶。"黄然也跟着抬头看了一眼树上的猫头鹰群，顿了一下，他又继续说道，"我们本来就是来找萨满的，这样才够气氛。"

看着身子已经开始打战的向导，黄然再次说道："没事，我们之中谁出事，你也出不了事，怎么说你们也是朋友。再说了，如果萨满要对付我们的话，刚刚进松树林的时候就动手了。"

黄然说话的这段时间，向导带着我们又走了几十米远。就在这时，从我们身后突然传来了一阵猫头鹰拍打翅膀的声音，接着头顶上数不清的猫头鹰突然一起大声地“咕咕”叫了起来。

以前我在老家的时候也听过猫头鹰叫，只不过一两只猫头鹰的叫声并没觉得怎么样，但现在上千只的猫头鹰一起叫起来，听到耳朵里连浑身的汗毛孔都跟着哆嗦。好在这些猫头鹰只叫了一会儿就停了下来，就在它们停住叫声的同时，一只猫头鹰已经飞到了我们身后。

这只猫头鹰从我们的身后飞了过来，它围着我们飞了一圈儿，接着停在我们身前一棵松树的树杈上，张嘴朝我们“咕咕”叫了几声。

这几声叫完，这只猫头鹰又突然张嘴，这次从它的嘴里发出了好像人言一样的叫声：“跟着我……”这一声叫出来之后，猫头鹰再次从树枝上飞起来，朝树林中另外一个方向飞去。

看着猫头鹰的飞去的身影，我们几个都愣住了，孙胖子不停地眨着眼睛，说了一句：“最近是不是上火了，鸟叫都能听成有人说话了，还跟着我……你们哪儿去？”

第五十三章　大萨满十二

孙胖子说话的时候，我们几个已经跟着猫头鹰朝松树林深处走去，孙胖子一路小跑才追上了我们，跟着这会说人言的毛猫头鹰走了没有多久，眼前突然出现了一个山洞。

见到这个山洞时，最吃惊的竟然是我们的向导，他瞪大了眼睛朝山洞里面看了几眼，又缩回脖子对我们说道："我在这山上做了近十年的护林员，不敢说到处都走遍了，这个地方也来过好几次了，别说看见了，听都没有听说过这里还有一个山洞！"

现在已经没人还有心思搭理向导了，正当我们几个一齐伸长脖子朝山洞里看时，山洞里传出来一个人说话的声音："废话！你不知道的事情多了！好几次你这王八蛋已经走到我门口了，只要往前一步就能进来，谁知道你这货又怂了，哪怕你多待一会儿呢，我都能把你这个王八蛋给拽进来。"

向导听说话的声音有些耳熟，他爹着胆子向山洞里面的人问道："是十二兄弟吗？是你吗？有日子不见了，大兄弟你还好吗？"

山洞里面有人笑了一下，随后说道："废话，不是我难道是你爸爸呀？带你朋友进来吧，自打那老家伙走了，我这里还没有生人来过，都进来吧，让我这里也热闹热闹……"

山洞里那人的话还没有说完，孙胖子就在向导的身后推了他一把。向导脚下一个踉跄，不由自主跌跌撞撞地走进了山洞，有向导开路，我们几个跟在他身后，一下都涌进了山洞里面。

洞口处应该是设置了什么禁制，我们几个的天眼也看不到山洞里面的情况，进了山洞以后，才发现这里真是别有洞天。从外面看洞里面是黑漆漆的一片，实际上洞里点着五六支火把，虽说不上灯火通明，起码看清人没有问题。

这个山洞差不多有一个标准的游泳池大小，一个二十来岁、身着暗红色登山服的年轻人坐在最里面的墙边，他屁股底下坐着一摞虎皮。如今这年头除了动物园，想见到一头老虎都不容易，一张品相好一点儿的虎皮已是珍贵无比，而眼前的这个年轻人竟然拿十几张虎皮摞在一起当垫子用。

见到了这个年轻人，孙胖子笑眯眯地快走了几步，走到了年轻人的身前。他也不客气，顺手从洞壁上抄起一张也不知道是什么动物的皮，学着年轻人的样子，盘腿坐在了上面，冲这个年轻人龇牙一笑。还没等他开口，这个年轻人先对他说道："你坐在我被子上是什么意思？"

这句话让孙胖子少有地尴尬起来，他将兽皮从屁股底下抽出来抱在怀里，这才向年轻人问道："不是我说，你就是大萨满十二吧？真是久仰大名了……"

没等孙胖子说完，年轻人斜着眼睛看着孙胖子说道："别客气，我的名字出了这座山就谁也不知道了。"

孙胖子刚才那点儿尴尬稍纵即逝，他笑呵呵地看着十二，继续说道："不是我说，开始我还以为像萨满这样德高望重的人物，一定是活了几百岁的老神仙，想不到现在一见，萨满您竟然这么年轻……"

还是没等孙胖子说完，十二不咸不淡地对他说道："能说人话吗？"

这句话算是把孙胖子噎住了，就算他脸皮再厚也有点儿顶不住了。在我的印象里，说话能有这般水准的，就只有我们敬爱的吴主任了。不同的是吴主任和谁说话都这样，而这个十二好像仅仅针对孙胖子一人而已。

孙胖子又尝试着说了几句，都被十二噎了回来。最后实在没辙了，他从地上爬了起来，向黄然说道："老黄，还是你来吧，我和这哥们儿没法聊……"说话的同时，黄然已经朝孙胖子走了过去，走到跟前时，孙胖子将抱着的兽皮塞到了黄然的怀里，随后退回到我的身边。

黄然走过来，先将孙胖子塞给他的兽皮抖了几下，然后挂在原来的位置，做完这些，黄然一屁股坐到十二面前，笑着对十二说道："我就长话短说，这次来是有事情求您，赵连甲赵老板已经知错了，还请您高抬贵手，放过赵老板吧。如果有什么需要的话，我们可以给您带个话。对了，还有件事要说明一下，之前惹了萨满您的人，并不是赵连甲……"

说话的同时，黄然掏出一张照片，放在了十二的面前。他指着照片里的中年人说道："这才是惹到您的人，可能因为赵老板长得与他有些相似，萨满您才弄错了。"

黄然说完，十二伸长脖子看了一眼照片，随后说道："那就没错了，这两个王八蛋都打过我，他们两个谁也跑不了。他们动手打我的时候，我就跟他们说了，他们打得越狠，我的报复也越狠！"

等十二说完，黄然笑了一下，继续说道："赵连甲真的知道错了，萨满您的这口气现在也应该消得差不多了。这样，您开恩先把他身上的诅咒撤了，我让他自己过来给萨满您磕头。"

听了黄然的话，十二有些不爽地说道："诅咒？什么诅咒，我下的是鬼面疮，可不是什么诅咒。我是萨满，又不是下降头的，你们到底懂不懂呀！"

“他身上的鬼面疮已经被我们祛除了，但除了鬼面疮以外，他身上还有一个诅咒！难道这不是您的手笔？”黄然愣了一下，回头看了我们一眼，这时我们也很意外，除了萨满以外，这赵连甲还得罪什么人了？

听黄然说赵连甲身上还有别的诅咒，十二明显愣了一下，接着忽然又变得开心起来，他乐呵呵地说道：“我就只给他弄了一个鬼面疮，如果他身上还有别的东西，那肯定是这王八蛋又惹到别人了！哈哈哈哈，你们能搞定我的鬼面疮却搞不定别人下的诅咒，看来注定这王八蛋要倒霉！”说完，十二又是一阵哈哈大笑。

十二哈哈大笑的时候，我们几个都凑到了一起，看他们都是眉头紧皱的样子，我忍不住插嘴说道：“要不然的话，就算赵连甲倒霉吧！也怪他自己得罪的人太多，要不我们回去让他们兄弟俩再想想？看能不能想出点儿别的线索……”

我们几个商量办法的时候，给我们带路的向导凑到了十二的身边，他笑嘻嘻地对十二说道：“大兄弟，你能不能跟哥哥透个底，上次你给我的那个玉环是干什么用的？哥哥我把它出手了，你不会怪我吧？”

十二嘿嘿一笑，说道：“当时说好给你的就是你的了，说说吧，卖了多少钱？让我也替你高兴高兴。”

向导嘿嘿一笑，朝十二伸出两根手指，十二叹了口气，说道：“二十就二十吧，多少也够吃碗面的，知足吧。”

向导愣了一下，随后说道：“二十万……”

顿时十二的身子往后一栽，差点儿撞到洞壁上……

第五十四章　孙胖子的视角

十二爬起来重新坐稳，他双手拽住向导的手臂一阵摇晃，瞪大眼睛冲向导急急吼道：“卖给谁了？还能找到买主不？”

向导没有防备，被十二的反应吓了一大跳，他怯生生地指了指坐在年轻人身边的金瞎子，说道：“就是他，不过钱还没有……”

没等向导把话说完，十二已经从地上跳了起来，几步蹿到了旁边的角落，从里面拿出了一串叮当作响的玉环。这些玉环串在一条细长的兽皮上，看上去至少也有十几二十个，他抄起来这串玉环，直接跑到了金瞎子的面前。

十二也不管金瞎子正和黄然说话，一把就将金瞎子拽了过来，也不管金瞎子能不能看见，直接将这一长串玉环推到了金瞎子脸上，喷着口水说道：“给你打个折，十九万九一个，一共二十三个，什么时候给钱？”

金瞎子眼睛看不见，突然被十二来这么一下子，一个趔趄差点儿摔倒。而十二没头没脑的话也让他有些迷糊，当下他一脸惊恐地问道：“什么事？什么十九万九，项忠！出什么事了？”

项忠就是金瞎子带来的年轻人，到现在我们才知道他的名字。项忠一把从十二手里将金瞎子抢了回来，接着又把十二推到了一边，瞪眼看着十二说道："你想干什么？"

十二以同样的眼神狠狠瞪着项忠，说道："和你没关系，一边儿去！那谁，价钱不行的话咱们再商量，每个再便宜你五十，怎么……"他的话还没有说完，项忠就一巴掌打过来，十二正一门心思地推销他手里的玉环，没有防备，结结实实地挨了项忠一巴掌。

"你还敢真打！"十二捂着腮帮子扑向项忠，二个人顿时扭打到了一起。金瞎子听出两人动上了手，顿时回过头来对我们几个大声喊道："你们帮忙劝一下，有什么话好好说，不要动手嘛。"

我正想过去将二人拉开时，被孙胖子一把拦住。他表情夸张地对抱在一起在地上翻滚的二人说道："别动手啊，都看我面子了。金北海，不是我说你，没事炫什么富？你看，惹出事了吧？人家见你有钱想卖点儿好东西给你也没什么错嘛，咱在人家的地盘儿上，你这个徒弟还这么冲动，要说人家可是萨满啊，真要惹恼了人家，再给你们也下点鬼面疮什么的……"

听孙胖子满嘴胡说八道就知道他没有劝架的打算，黄然就在旁边看着，他既不说话更没有上去拉架的意思。金瞎子怕项忠吃亏，冲二人扭打的方向喊道："不要再打了，不管什么东西，十九万九我要了，都是自己人，别为一点儿钱伤了和气。"

最后还是向导过去将两人分开。十二从地上爬起来，第一件事情就是将散落一地的玉环捡了起来，然后走到了金瞎子的面前，又将这一大串玉环递给了金瞎子，说道："一共是二十三个，每个十九万九，把零头抹了，你给四百六十万就可以了。"

金瞎子差点儿一口老血喷了出来，这次出来他一分钱都没赚到，现在已经扔出去一百多万了，无奈地叹了口气，说道："这次出来没带这么多的钱。这样，我也不跟你讨价还价了，二十万我买你一个玉环，等我回到香港凑够了钱再回来买你剩下的玉环。"

十二倒也好说话，他嘿嘿一笑，说道："一个就一个，你先把这笔钱给了，剩下的以后再说。”

金瞎子从怀里掏出来一个支票本，由于他的眼睛看不见，支票上面的签名和数字都是提前写好的，每一张支票上的金额都是十万。金瞎子撕下来两张支票，递给了十二，这时向导也凑了过来，金瞎子没有推托的理由，又把最后两张给了向导。

见十二收了支票，孙胖子便笑嘻嘻地凑了过来。他看了一眼十二手里支票上的数字，笑了一下，说道：“你这买卖也做成了，咱们是不是再谈谈其他的事情？不是我说，赵连甲身上除了鬼面疮之外，还被人下了别的什么诅咒，就算诅咒不是你下的，你也应该知道是谁干的吧？”

收了支票后的十二心情大好，而且刚才要不是孙胖子在一旁煽风点火，他也未必能这么顺利拿到支票，再看孙胖子时也不像之前那样讨厌了。他将自己的支票递给向导，又和他耳语了几句，这才对孙胖子说道：“这事儿你算问错人了，鬼面疮我认，但其他什么乱七八糟的既不是我做的，我也不知道是谁干的。”

说到这里，十二顿了一下，好像突然想到了什么，他眨了眨眼睛，看着孙胖子继续说道：“对了，几天之前，有和我相熟的萨满去看过那个姓赵的，他看出姓赵的身上的鬼面疮出自我的手笔，特地过来找过我。当时他可没说姓赵的身上除了鬼面疮以外还有别的东西，这个萨满的本事虽然不如我，但他的眼光还是极准的，如果当时姓赵的身上有别的东西，他一定能看出来。”

孙胖子飞快地问道：“几天之前？具体是几天？你好好想想。”

十二抓了抓头发，又想了一会儿，回答道：“五天之前。”

十二说到这里，孙胖子的眼睛眯了起来，随后他看着十二慢慢地说道：“你的意思是，五天之前，赵连甲的身上还只有你下的鬼面疮，现在赵连甲身上的诅咒，就是这五天里着的道，是吧？”

十二耸了耸肩膀，说道：“我怎么听的就怎么说，姓赵的我也没再见过，到底怎么回事你找到下手的人自己去问他。”说完这几句，十二便不再搭理孙胖子，他拉着向导开始商量这二十万怎么花。

这时项忠已经站了起来，金瞎子和他在一起嘀嘀咕咕地不知道说些什么。孙胖子看了他们俩一眼，也没有说话，又笑嘻嘻地走了回来。看他的表情，像是又有什么鬼主意了。

我向孙胖子问道：“大圣，你这是看出什么来了？”

孙胖子笑眯眯地摇了摇头，说道：“辣子，你也太给我面子了，哪有这么容易？不是我说，这赵连甲得罪的人太多，咱们回去看看，从他的仇人里面找吧。”

孙胖子说完，回头冲十二一笑，说道：“等下次有机会，我们再回来看你，顺便请你教教我们怎么跳大神。”

说完之后也不等十二回话，又对金瞎子说道：“金北海，差不多就行了，现在萨满咱们也见到了，你的钱也花了，没什么事儿咱们就回去吧，再找找赵家哥儿俩看有没有什么新的线索。”

金瞎子点头答应，孙胖子突然看着项忠继续向金瞎子问道：“这都快两天了，也没见你介绍介绍这个小哥。金北海，你刚才说他是你徒弟是吧，咱们以前也打过几次交道，怎么从没见过这个小哥？”

金瞎子笑了一声，说道：“刚刚收的小徒弟，还没来得及和圈子里的朋友说，等这件事情了了，我在首都再正式办一个收徒仪式，到时候一定请你们来观礼。”

听了金瞎子的话，孙胖子又是嘿嘿一笑，说道：“不是我说，这才刚拜师，就有本事趁我们没防备的时候下手了。真是长江后浪推前浪，将前浪你金北海弄趴在沙滩上……”

第五十五章　千岛共名

孙胖子这句话说完，金瞎子和项忠的脸色立刻就沉了下去。项忠看了金瞎子一眼，确定不是金瞎子泄露了他的身份，接着将目光转到了孙胖子身上，顿了一下，一字一句地问道：“你是怎么猜出来的？”

孙胖子嘿嘿一笑，对项忠说道：“这个还用猜吗？瞎子都能看出来，金北海，不是说你，不用那个表情……”

说到这里时，孙胖子顿了一下，看了一眼金瞎子和项忠，笑嘻嘻地接着说道：“开始你们俩表现得还像模像样，你金北海自降身价，一代神算带着一个小徒弟大冷天地跑到哈尔滨来为人民服务，差一点儿我就相信了。可惜你们下手的时间有问题，如果是在我们到之前，你们就做好手脚的话，打死我也不会怀疑到你们头上。你金北海和我们的黄会长都是成名的人物，你们都看不出来鬼面疮后面还有埋伏，这就有点儿说不过去了吧。”

孙胖子这句话刚刚说完，项忠就冷笑了一声，说道：“那是你孤陋寡闻，就凭他们的道行，我最少有二十种术法和咒法是他们发现不了的，更别说我下的曲终魂断了。”

“哦，曲终魂断……”孙胖子笑嘻嘻地看着项忠，随后又看了一眼金瞎子，顿了一下，说道，“金北海，看来你这个小徒弟不简单啊。话说回来，你们这辈分到底是怎么排的？到底谁是师父，谁是徒弟？”说出这些话的同时，他慢慢地向我这边靠拢。

金瞎子也慢慢地朝洞口的方向退去，虽然他的眼睛看不见，但这几步退得小心翼翼的，也没有什么磕绊，退到了洞口之后金瞎子才说道：“三人行必有我师。说是徒弟也没有什么过分的，不过用孙胖子你的话来说，项忠应该算我的合伙人，这样的话更确切一点儿。”

孙胖子笑嘻嘻地点了点头，说道：“这么说项忠也不是真名字喽？你这位合伙人这么大的本事，按道理我们不可能没有听说过。不是我说，既然要隐藏真面目，就是说‘项忠’以前和我们见过面，对吗？项忠……”

这时孙胖子已经藏到了我的身后，他低声说道：“辣子，这个姓项的不简单，一会儿你千万别客气，有什么大招就可劲儿招呼。”

孙胖子说完，项忠也对他说道：“我有点儿小看你了，本来你在我心里，就是一个不入流的小丑，现在看起来，你这个小丑也不简单。”说到这里，项忠看了我一眼，顿了一下，又说道：“我本来就是冲你来的，原本想无声无息地把你带走的，不过现在看来，多少要闹点儿动静了。”

项忠说到这儿，孙胖子突然反应过来了，他从我身后走出来，对项忠和金瞎子说道：“等一下，今天这事儿我们不参与了，赵连甲又不是我们的儿子，他是生是死和我们也没有一毛钱的关系。不是我说，赵连甲的事情我们就当作不知道，你们俩该怎么处理就怎么处理。”说出这些话的同时，冷汗已经从孙胖子的额头流了下来，他好像想到了什么特别可怕的事情，身子竟然也开始微微地颤抖起来。

听了孙胖子的话，项忠嘿嘿一笑，接着对孙胖子说道：“你倒机灵，一口一个赵连甲的，想把自己摘出去了？我知道你已经把我认了出来，既然这样，那我也就不用遮遮掩掩的了。”

说完，“项忠”的身子突然扭曲起来，也就几秒钟的时间，他的身高、体型和长相都发生了极大的变化——从金瞎子的小徒弟变成了一个二十多岁、长着一头白发的年轻人。我、孙胖子以及黄然，在不久之前见过这个白头发的年轻人。原以为飞机失事，他死在大海里了，想不到这么快又和他见面了。

这人正是之前将我们折腾得死去活来的向北！

见到向北出现在面前，我的心里就是一哆嗦，马上将腰后的两把短剑都拔了出来，眼睛一眨不眨地盯着向北。我完全没有和他的一拼之力，现在只希望能拼命保着孙胖子他们从这里离开，倘若还能凭借白头发的体质侥幸不死的话，那就指望孙胖子把吴仁荻找来救命了。

看了一眼我手中的短剑，向北轻笑了一下，他瞬间就看穿了我的心思，说道：“你的短剑也算得上是件神器了，可惜在你的手里，就像是拿在小孩子手上一样。你不用考虑他们几个了，今天在场的人一个都不能活着出去，等我把你身上的种子拿走，再送你们一起上路。”

“你们什么意思？在别人家里喊打喊杀的，问过我这个主人的意见吗？”十二慢悠悠地走了过来，对向北说道，“你刚才说什么来着？除了你跟那瞎子，其他人都不能活？白毛，你这话说反了，别以为买了我一块玉，就能在这里胡说八道了！要动手就出去，惹得萨满爷不高兴的话，把你剁碎了喂猫头鹰。”

向北冷冷地看了十二一眼，说道：“萨满是吧？几年前，也有几个萨满死在我手上，杀你们也就是我动动手指头的事，或者你这个萨满能给我点儿惊喜？”

向北的话音刚落，十二突然从墙上拿下来一面手鼓，一边敲着鼓，一边嘴里念念有词，就好像唱戏一样。不过十二唱是用满语唱的，完全听不懂他唱的内容是什么。

他没唱几句，洞外突然传来了无数鸟类扑打翅膀的声音，还没等我们明白过来，洞口的光线突然被遮挡住，随后无数只猫头鹰从洞口飞了进来，直接朝向北扑了过去，一眨眼的工夫，向北已经被猫头鹰围得结结实实。

见猫头鹰围住了向北，十二将手鼓插在自己的后腰上，接着朝我们一招手，说道："不想死的都跟我走！"说话的同时，他转身跑到了山洞最里面，拉开一张挂在洞壁上的兽皮，露出一个黑漆漆的洞口。

十二带着向导直接蹿进了洞内，他看也不看我们这几个，身子晃了几下，很快消失在了洞内。

想不到这山洞里面还有一个内洞，现在向北被堵在洞口，虽然被上千只猫头鹰层层包围，但这些猫头鹰应该困不了他多久。当下我们几个不敢犹豫，紧跟着跑进了内洞，跟着十二和向导的脚步一路向前跑去。

跑了百十来米，就听到身后传来无数只猫头鹰惨叫的声音。我们心里一紧，加速拼命向前狂奔，就在玩命逃跑时，身后一股阴冷的气息铺天盖地地朝我们袭了过来。

就在这时，跑在我们前面的十二放缓脚步，随后又是一阵拍打手鼓的声音，十二又低声吟唱起来。

十二再次唱了几句，那股阴冷的气息逐渐减弱，趁这个机会，我们几个已经跑到了十二的身边，他这才收了手鼓，继续带领我们往前跑去。这次跑了没有多久，前方几百米的地方出现了一道光亮……

第五十六章　两副皮囊

见到了光亮就是见到了希望，我们拔腿朝光亮的方向跑去。刚跑了没几步，之前那股阴冷气息再次袭了过来。这时十二也顾不上打鼓了，他跑在最前面边跑边骂道：“妈了个巴子的，没看出来还是个硬茬子，早知道刚才多抽他几个大嘴巴了。”

眼看那股铺天盖地的阴冷气息已经迫近我们的身后，我拔出短剑准备转身和向北拼命时，十二突然大吼了一声满语，随后将手鼓朝洞壁砸了过去。就在手鼓被砸碎的一瞬间，山洞里顿时万鸟齐鸣，无数只鸟鸣叫的声音竟然将这股阴冷的气息压制了下去。趁这个机会，我们几个不再犹豫，一口气跑出了山洞。

从洞口出来已是松树林的边缘，刚跑出来十二就大声喊道：“我那些夜猫子拦不住他，大家分头跑，跑掉一个算一个！”话音落时，他竟然转身朝山顶的方向跑了过去。

“别管他！”向导一边说着一边撒腿朝山下跑去，“十二下不了山，只要在这座山上，谁也抓不住他！”说话间，向导已经跑出去了几十米。

我们几个也跟着向导往山下跑，孙胖子突然说道：“我们也分开跑，大家一起跑太危险，咱们直接首都集合吧。回去之后，找齐老吴和二杨，去香港挑了金瞎子的老窝，妈的，这次被个瞎子算计了！”

说完，他已经跑进了一条岔路，边跑边说道：“辣子，你跟着向导跑，向北不一定追得上你，别惦记我和老黄，只要你跑出去了，我们俩就安全了……”话音落时，孙胖子七拐八拐，已经消失在一片灌木丛中。

这时黄然也朝另外一条岔路跑去，进岔路之前，他回头望了我一眼，说道：“多保重，咱们首都见了。”说完之后老黄头也不回地从岔路跑远。

我心里明白他们是不想拖累我，才选择分开跑的。孙胖子说得对，向北的目标是我，只要我能跑出这座山，孙胖子和黄然基本上就安全了。当下我不再犹豫，追着向导的背影一路狂奔下去。

向导虽然跑得不慢，但也比不上我的脚程，不一会儿我就追上了向导。我们俩跑了没有多久，那股阴冷的气息出现在我和孙胖子他们分手的岔路口，这股气息在岔路口停顿了一下，又朝我和向导的方向追了过来。

向导没有感觉到身后的危机，这时他的体力有些跟不上，脚下的速度也慢了起来。身后那股气息越来越近，向导的速度却越来越慢。我一着急，直接把向导抱了起来，一只手托着他的腰，让向导指路，继续朝山下跑去。

虽然我跑得不慢，但身后那股气息追过来的速度更快。跑到了山腰那些石像附近时，扭头已经能看到身后百多米远的位置出现了一股浓烈的黑气。照这个速度用不了多长时间，我和向导就会被这股黑气追上，自己倒霉不能把别人也拖下水。当下，我把向导扔到了石像后面，同时对他喊道：“追上来了，分开跑！”

向导也明白出了什么事情，他爬起来之后，转身就朝不远的松树林中跑去。但就在这时，黑气已经到了他的身边，黑气的中心出现了一股巨大的吸力，向导跑了没有几步，身子就倒着飞了起来，转眼就被吸进黑气当中。

见向导被黑气吸走，我心里一沉，本来想救他的，最后反而害了他。不过现在也不是自责的时候，等以后有机会再替他报仇吧。我继续拔腿往山下狂奔，刚刚跑出了这排石像的范围，那股黑气就到了我身后十几米远。

这个时候再往前跑，已经没有了意义，我猛地转身，将罪罚双剑拔出来，甩出几米长的剑芒，朝已经到了身前的黑气劈了过去。

“嘭”的一声巨响，这一下竟然将黑气劈散，露出刚才被吸进黑气中的向导。这么轻易就把他救出来让我有点儿意外，就在我准备拉上向导继续跑时，却发现他站在原地，似笑非笑地看着我。这个表情我不久之前见过，之前向北指挥他的司机对付二杨时正是这种表情。

我深吸了一口气，盯着向导说道：“向北？”

向导冷冷地一笑，有些讥讽地说道：“还能是谁？我换了个样子，你就认不出来了？不过那个萨满倒有点儿本事，能将猫头鹰的尸骨变成法阵，把我的真身困住。比起以前被我干掉的几个萨满，这个小家伙算是有点儿本事的。”

说到这里，向导（向北）顿了一下，看着我说道：“就你这资质，真不明白吴勉为什么会把种子给你。”

这时，向北又诡异地笑了一下，继续对我说道：“不过这样也好，如果种子真给了某个资质出众的，我可能还得费些手段了。”

“要种子你直接来拿就行了，为什么还要搞出这么多的花样来？”反正跑不掉了，我索性将心中的疑问说了出来，顺便还能拖延点儿时间，说不定还能拖到吴仁荻来救命。

向北倒也不在乎，在他眼里我已经是砧板上的肉，已经没有机会跑掉。他冷笑了一声，说道：“在赵家动手的话，就要把赵家的人全部干掉，不然的话吴勉迟早会查到我的头上。种子没有炼化之前，和他硬碰硬对我没有任何好处。”

听了向北的话，我索性想到什么就说什么了："你的那个日本朋友不在身边，就算你有本事将种子从我身体里拿出来，但你有本事把它融入你的身体吗？"

"这个不用操心，很快你就知道了。"向北上下打量了我一番，继续说道，"一会儿我会先把你的魂魄抽离出来，然后带走你的这副皮囊。你的皮囊就是种子的容器，我会把它好好养起来，等以后想到了办法，再把种子取出来，这个答案你满意吗？好了，该问的都问了，和你的皮囊说再见吧！"说完，向北已经伸出手来，直接朝我的心口抓了过来。

反正都已经这样了，那就拼了吧！我挥舞着罪剑的剑芒朝向北的身子劈了过去。眼看剑芒就要劈到向北身上时，向北突然一伸手，直接抓住了这道剑芒。他这个动作吓了我一跳，自打剑芒出现以后，几乎就是无坚不摧的存在，如果是向北的本体抓住剑芒，我也就认了，但他现在只是借了向导的身体，还能做出这么骇人的动作，就有点儿让我接受不了了。

就在我准备撤掉剑芒时，才发现向北手中握着两片锈迹斑斑的小铜板，正是这两片铜板夹住了剑芒，而向北手上的皮肉并不敢有丝毫和剑芒直接接触。

他还是害怕短剑的剑芒的！我的信心顿时上升了一点儿，既然这样，说不定我还有一拼之力。当下，我挥舞着罚剑的剑芒再次朝他劈了过去。

第五十七章　走眼

我将罪剑剑芒挥过去时，向北非但不躲，反而冲了过来。向北冲到我跟前时，两把短剑的剑芒太长，反而没有了攻击的角度。我还没来得及将剑芒收回来，向北已经到了我的身前，伸出手掌对准我，停顿了一下，手掌猛地一推，一股排山倒海般的力量朝我迎面扑来。

我就像是一只断了线的风筝，双脚离地飞了出去。一直飞出去几十米远，撞断了两棵大树才落地。我倒在地上一连打了好几个滚，最后被一棵大树挡住，这才勉强地停住了身形。

好在倒地时，两把短剑并没有撒手。爬起身来，见向北并没追过来，我见机转身继续朝山下跑去。借了向导身体的向北，速度明显比刚才黑气的状态快得多，我跑了没多远，突然感到身后有人迫近，扭头望过去，就见向北已经到了我的右侧两三米的位置。

向北似乎并不想马上就了结我，他冷笑着看了我一眼，再次伸出手掌对准我的肩膀，想跟刚才一样将我打飞。就在这时，我一咬牙，在奔跑的过程中，身体突然反向跳了起来，左手一挥，罚剑的剑芒凭空而出，朝向北扫了过去。

这时向北摆好架势，把力量集聚到手掌上，正准备发力，眼睁睁瞧见剑芒扫过来，却没有办法躲避，只能硬挺着挨我这一下了。就在剑芒扫到他身体的一瞬间，向北的掌力一吐，我刚刚承受过的那种排山倒海般的力道再度袭来。

几乎就在同时，我再次被向北的掌力打飞，而向北比我也好不了多少，罚剑的剑芒结结实实地扫到了他身上，剑芒扫到的位置顿时皮开肉绽，鲜血立刻从伤口涌了出来。这就样，向北还硬挺着没倒地，他退了几步，身子靠在一棵大树上，不停地喘着粗气。

向北极端不适应向导这样普通人的身体，他低头看了一眼还在汩汩流血的胸膛，皱了皱眉头，才想起使用术法给自己这副借来的身体止住了血。等他收拾完，我早已经爬了起来，往山下跑了差不多两百多米。

向北看着我的背影冷笑了一声，再追赶我时，才发现因为失血过多，他这副皮囊已经摇摇欲坠，已开始出现不受他控制的迹象。他靠在树上，喘了几口粗气，又定了定心神，情况才算好了一些。

这时，向北再想追赶我时，我已经跑出去了好几百米远，在山路之中，他只能隐约看到我的背影，再想来追我，又发现自己脚下虚浮，就像踩在棉花上一样，一点儿也使不上力。

向北这时应该舍弃这副皮囊，重新换一副之后再来追赶我。但这荒山野岭的，哪有新的皮囊供他来换，但要他舍了向导的皮囊，再以黑气的形态追我，向北又舍不得。再说就算追上了我，凭着黑气的形态，他也没有办法将我的魂魄抽走。

无奈之下，向北只能勉强驾驭着这副皮囊继续追我，虽然他脚下虚浮，但没过多久，又慢慢适应过来，追赶的速度逐渐加快，渐渐地，他又追了上来。

再次追到距离我百八十米远时，向北的身体扭曲了一下，随后身体凭空消失。就在同一刻，我身前几十米的空气也跟着扭曲了一下，向北从扭曲的空气中走了出来，看着我冷冷一笑，说道："别忙了，你跑不掉了。"

再往回跑也没多大用，我心里一发狠，挥舞着两把短剑的剑芒，朝向北冲了过去。当冲到向北身前十几米远时，我心中一动，将左手罚剑剑身上的剑芒收了回来，血红色的剑芒薄薄一层覆盖在剑身上。这个动作做完，我已经到了剑芒可以触及向北的位置。

就在这时，我挥舞着罪剑的剑芒朝向北的身子拦腰扫去。向北的右手微微一抬，直接抓住了剑芒，随后他左手突然朝我的脖子虚抓了一把，伴随着向北的手势，我突然感觉脖子一紧，就像是有一只手死死地掐住了我的喉咙。

脖子被掐住之后，我的眼前一花，紧接着呼吸开始急促起来。向北手上的力道逐渐增加，我这口气完全提不上来，身体开始发麻，眼看就要憋气晕厥时，我将手中的罚剑朝向北甩了过去。

见到罚剑朝他甩去，向北没有多余的手接，他勉强侧身躲开，罚剑贴着他的肩膀飞了过去。向北冷冷一笑，看着我说道："本来我还想用温和一点儿的手段，将你的魂魄抽离的，但你敬酒不吃吃罚酒，那就让你尝尝求生不得、求死不能的滋味儿好了……"

向北的话还没有说完，身后突然传来了破空之声，他不用回头也知道是刚才被他躲开的罚剑又飞了回来。向北再次侧身准备避开，罚剑随着向北的动作，跟着微微调整方向，继续朝向北的后心扎去。

这时向北再想躲避已经来不及，只能在罚剑扎进他身体前，全力避开心脏要害，硬扛着再受了这一击，只要随后再把我的魂魄抽出来，马上就能得到新的皮囊。

罚剑毫无悬念地扎进了向北的后背，虽然没有扎中要害，向北的身体还是晃了晃。等站稳后，他冲我狞笑一声，说道："你这副皮囊给我……"他的话还没有说完，眼睛突然瞪了起来，朝胸前穿透出来的罚剑剑尖看去。这时罚剑剑尖上依然闪烁着红色剑芒——罚剑穿透向北的身体后，剑身上的剑芒竟然没有消失，这时正快速地吞噬藏在向导体内向北的魂魄分身。

这时候，向北的嘴巴突然张开，几道黑色的气体分别从他的嘴、鼻孔和耳朵里冒了出来，没多大一会儿，这几道黑气就汇聚成很大的一团黑气。黑气冒出来之后，向导的身体马上就瘫倒在地，也松开了紧握剑芒的手。

趁这个机会，我把罪剑抡圆了朝那团黑气甩了过去。剑芒一至，黑气被打散成四五块，被打散的黑气朝山顶的方向快速地飘了过去。

见向北的分身飞走，我总算松了口气，随后又将向导扶了起来，给他号了号脉。他运气不错，挨了我两剑，但都没击中要害，虽然因为失血过多晕厥，暂时还没有生命危险。我收起两把短剑，将向导扛了起来，继续朝山下走去。

刚才惊走的只是向北的魂魄分身，他的真身还在山顶的山洞里，一旦向北的真身追下来，那可不是闹着玩的事。我扛着向导走了才一两百米，突然听到山顶的方向传来一声巨响，我扭头朝山顶望去时，就见十二住的山洞冒出巨大的烟尘，烟尘过去就发现，十二的家塌陷了……

见到这个景象，我身体一激灵，扛着向导拼命地往山下跑去。眼前的山路还没走到尽头，就听见身后一个冷冰冰的声音说道：“我还真是看走了眼……”

第五十八章　救我的？

这声音和向北的声音一模一样，不用回头，已经知道是谁到了。现在再往山下跑已经没有了意义，我只能硬着头皮把向导放到地上，回过头就看到向北正似笑非笑地看着我。

上下打量了我几眼，向北冷冷地对我说道："这才几天不见，想不到你的本事倒长了不少。本以为一个魂魄的分身对付你就够了，想不到还是要我亲自动手。你有什么招数都使出来吧，给你一点儿提示，别拿我和刚才的分身比，要不然你挨不了一下子的。"

向北说话的同时，我已经将罪罚双剑拔了出来，和刚才一样，先将罪剑甩出几丈长的剑芒，直接朝向北劈了下去。和之前的分身一样，向北抓住了剑芒，就在这时，我又将薄薄的光芒包裹着的罚剑朝向北的心口甩了过去。

向北一只手握住罪剑的剑芒，他的眼睛冷冷地盯着我，就好像没有瞧见朝他飞过去的罚剑一样。只见罚剑疾飞过去直中向北的胸口。接下来的一幕完全出乎我的意料——罚剑击中向北的胸口，却没插进他的胸膛，只听一声金石相撞的铿锵之音，罚剑击在向北胸口就好像击中一块钢铁一般，随后闪电一般朝我反弹回来。

电光火石之间，我来不及控制罚剑，好在刚才动手时，我往后挪了几步，和向北拉开了距离，就这后退的几步救了我的小命。罚剑反弹的位置正是刚才我站的地方，要不是后退了这几步，现在我身上已经多了一个透明窟窿了。

弹飞了罚剑，向北抓住罪剑剑芒的手突然猛地一拉，一个措不及防，罪剑的剑柄从我的手中滑走，朝向北飞了过去。

好在罪剑一脱手，剑芒就顿时消失，罪剑由惯性带着继续往前飞时，速度已减了下来。我意念一动，罪剑在飞到向北手上前突然拐了一个大弯，重新飞回到我的手中。

我再运用意念将罚剑召回，两把短剑在手，我的心里总算安稳了一点。

看我手忙脚乱的样子，向北冷笑了一下，随后说道："不是和你说了吗？不能用之前的招数，别拿我和分身相比，要不然你真撑不了多久。"

见向北完全没有把我放在眼里的样子，我心中大骂，如果有别的招数，你以为我不想用吗？也不知道孙胖子他们现在怎么样了，以孙胖子的性格，这时他应该已经联络上吴仁荻了，可都这么长的时间了，还一点儿动静都没有。就算吴仁荻不来，二杨也该来看看吧……

"看来你真没什么干货了。"向北看着我慢悠悠地说道，"既然你没什么新鲜东西了，那就该我动手了。记得我刚说的话吗？我出手，你挨不了一下子……"最后一个字出口时，向北突然伸手朝我虚抓了一把。

向北的手势做出来，我顿时感觉身体像被几吨的重物压住了一样，一动也不能动，随着向北手指慢慢收紧，我身上的骨头开始"嘎巴嘎巴"直响。等向北的手差不多握成拳头时，我全身的骨头开始一根接一根地断裂，当向北的手掌再次张开时，我已经趴在地上完全不能动弹，而我咽喉的骨头也已断裂，连话都说不出来了。

"我都说了，你挨不了一下的。"向北慢慢地走了过来，看了我一眼之后说道，“本来想让你的皮囊跟着我走的，现在看来，只能我抱着走了。放心，你的魂魄我不感兴趣，这次放你下去投胎，如果你不走运，下辈子还能遇见我的话，欢迎你来报仇，我会给你一个机会的。”

听向北说完这些话，我以为这次是必死无疑了，索性把眼睛闭了起来，就等向北发发善心，给我来个痛快的。不过等了半天，也不见向北动手，我睁开眼睛，只见向北仍站在我的身前，看他的样子，丝毫没有要对我下杀手的意思，我心里面也开始犯起了嘀咕，他到底想干吗？

我使出吃奶的力气将头往上抬了抬，才看到这时向北的眼睛正直勾勾地盯着我背后的方向。我背后有什么？难道是吴仁荻到了？

这时，我隐约感到身后出现了比较熟悉的气息，这个人走到距离我十几米远时，突然停住了脚步。两人都没有说话，应该正在互相打量对方，看他们俩的架势，八成以前是见过面的。

半晌之后，我身后这人首先开口说道：“你就是向北，想不到那位先生最后能收你入了门墙。既然你也在门墙之内，那就看在我的面子上，放这小家伙一马吧……”

广仁！站在我背后的这个人竟然是和向北有着差不多想法的广仁，想起之前吴仁荻让我小心有人惦记种子的事情，看来老吴早就知道向北也惦记上我的种子了。

广仁说完，向北突然冷笑了起来，说道：“还以为广仁是什么样的人物，想不到今日一见也不过如此。对了，我听说吴勉曾抓到过你，还把你关了两百多年，想不到你还有脸来向我讨人情。怎么？被关的时间太长把你关傻了？”

广仁听了之后也不反驳，他仍慢悠悠地说道：“还以为你见了我之后，会叫我一声大方师的。现在看来，那位先生只给了你长生不老的身体、精妙无比的术法，却忘了告诉你在方士的门墙内，还是一个长幼有序的世界。”

说话的同时，他突然从背后将我抱了起来，将我抱到了一棵大树底下，他让我背靠着大树，眼看着他和向北争斗。奇怪的是向北并没有阻拦的意思，就在旁边冷冷地看着。

这时我才终于见到了广仁现在的样子，他还跟以前一样，只是身边少了一个小弟一样的火山。

广仁低头看了我一眼，回头对向北说道：“我和你本来是同一个目的，我也惦记着沈辣身上的种子。不过我不像你，我会等种子在沈辣身体里瓜熟蒂落，新的种子长出来，再取走新的种子。”

见向北一脸不以为然的样子，广仁轻轻地摇了摇头，说道：“原来你只知道有种子，关于种子的事情，却什么都不知道。”说到这里，广仁顿了一下，再次看了我一眼，继续对向北说道，“沈辣身体里的种子已经炼化，虽然成长得很慢，但炼化了就是炼化了，他身体里的种子任谁也不可能拿出来，如果你硬要去拿的话，种子也会马上烟消云散……”

听了广仁的话，向北冷冷地看了他一眼，随后说道：“我凭什么相信你？”

广仁回答道：“就凭我是那位先生选定好的下一任大方师……”

第五十九章　广仁的手段

向北冷笑了一声，说道：“我怎么从来没有从他那儿听说过你有多重要？”

这句话出口，广仁的脸色终于变得有些难看，不过片刻之后，他又恢复了正常。他抬头看了一眼向北，淡淡地一笑，说道：“我也从来没有从先生嘴里，听到过还有你的存在。”

向北的脸色沉了下来，他冷冷地看着广仁，半晌之后才说道：“如果你是当年的大方师广仁，我对你还有点儿忌讳。不过你的术法被吴勉消除了，就算这两年你找回来一点儿，给你算多点儿，找回来的有三成吗？”

广仁朝向北微微地一笑，说道：“没你猜的那么多，但也足够做点儿什么了。”

听了广仁的话，向北也跟着冷冷一笑，说道：“如果你有这个本事的话，就把他带走。我也想见识一下大方师的本事，到底有何厉害之处。”说话的同时，向北的身体表面闪过了几道电弧，连带着周围的空气都开始紧张起来。

广仁看着向北，他淡淡一笑，说道：“你很像我的那个叫火山的徒弟，当时他遇到我的时候也像你这样。不过他还是比你强一点儿，起码他知道什么叫作天高地厚。”说到这里时，广仁停顿了一下，然后他朝向北身后的方向说道：“你们几个不要在那儿藏着了，一会儿那里也不安全了，都过来，到我的身后来。”

广仁的话音刚落，向北身后一百来米的树林中，空气突然扭曲了一下，随后从扭曲的空气中出现了几个人的脑袋，为首的正是我亲眼看着跑到山顶的十二，他什么时候又从山顶跑下来了？我竟然一点儿都没有感觉到。

十二身后的是孙胖子和黄然，这时孙胖子正一手左轮一手弓弩，瞄准向北的方向。见自己突然从隐匿的状态现身，他脸上的表情有些错愕，反应过来后发现向北正回头盯着他，孙胖子才有些尴尬地将手枪和弓弩都藏到了身后。他讪笑了一声，将整个身体都藏到了十二身后。

黄然倒没有什么多余的动作，他也对自己突然现出身形感到诧异，看了十二一眼，也将身体藏到了大树后面。

和孙胖子、黄然一样诧异的还有向北，凭他的本事，竟然没有发现树后藏了这三个人。这时，广仁笑了一下，对他说道：“不用这么意外，这是萨满的看家本事。别说是你了，当年我也在这上面吃过亏，这才找到点儿窍门儿能看穿他们。”

说完，广仁朝孙胖子他们招了招手，说道：“过来吧，你们放心，再怎么说向北也是那位先生的传人，也要顾及那位先生的脸面，不会把你们怎么样的。是吧，向北？”

向北哼了一声没有说话，算是默认了。本来依着向北的性格，斩草就是要除根的，但是现在被广仁几句话套住，反而生出了一点儿在这位曾经的大方师面前，自恃身份不和孙胖子他们一般见识的心思。反正以广仁现在的实力也不是他的对手，一会儿解决掉了广仁，孙胖子他们依然是他砧板上的鱼肉，任他想怎么样就怎么样。

十二和孙胖子、黄然嘀咕了几句，黄然先从大树后起身，一路小跑儿到了广仁的身后。见向北并没有为难黄然，孙胖子和十二这才前后脚跑了过来，广仁让他们三个远远地待在他的身后。

一直等孙胖子他们三个人藏好，向北才对广仁说道：“该安排的都安排好了，现在是不是应该让我见识一下前任大方师的本事了？”

这时的广仁突然收敛了笑容，他看了一眼向北，嘴里快速地说出了几个生涩的音节。就在这几个音节出口的同时，广仁的身体开始剧烈地摇晃起来，随后他的身体向下顿了顿，抬起右脚猛地往地上一跺。向北见了广仁的这个动作就皱了皱眉，他并没有接触过这样的术法，见了广仁的阵势，眼中闪过一丝恐惧。

就在广仁这一脚跺下的同时，整座山头都跟着震了一下。这时向北已经感觉出来不对头，当即就准备往前冲，不等广仁发难，先下手为强。就当他身子一晃，消失在原地时，广仁的下一个动作已经做了出来。

广仁的双手抬到了胸前，随后就像是推门的动作一样，双手朝左右一分。当这个动作做完时，向北正好出现在广仁的身前，他出现时，像是感觉到了什么，脸上已经满是惊恐的神色。

向北只是出现了一瞬间，他现身的时候，正是广仁将双手张得最开的时候。一声巨响之后，只剩下广仁孤零零地站在原地，我加上孙胖子他们八只眼睛，竟然谁也没有看到向北是怎么消失的。

向北消失之后，广仁的身体晃了几晃，随后“扑通”一声仰面栽倒在地。这个场景吓了孙胖子他们一跳，还以为这两个白头发同归于尽了。他们三个从后面跑了过来，孙胖子在中途变道，跑到了我的身前，查看起我的伤势。十二跑到了向导的身边，也不知道他从身上掏出来了什么东西，一股脑儿地塞进了向导的嘴里，随后才和黄然一起跑到了广仁的身边，发现他并没有什么大事，只是脱力摔倒，这才长出了一口气。

在广仁的要求下，十二和黄然将他搀扶到了我的身边。广仁看了看我的伤势，说道："骨头差不多都断了，错位的也不少，死是死不了，不过多少也要遭点儿罪。"说到这里，广仁对孙胖子他们三个说道，"你们背着他下山找家医院，先把他的骨头接上，剩下的就等他慢慢好了。"

孙胖子点了点头，随后对广仁说道："大方师，不是我说，辣子都成这样了，不会留下什么后遗症吧？"

广仁喘了口粗气，说道："就算想留下点儿纪念也由不得他了……"说到这里，广仁顿了一下，他朝孙胖子他们摆了摆手，说道，"沈辣没有事，但另外一个就不好说了，那个人失血过多，再不送下山抢救的话，他就要提前去投胎了。"

十二和向导的感情最好，但他因为特殊的原因不能下山，当下只能将向导的身体放在黄然的肩头，让黄然帮着把向导送到医院。孙胖子将我从地上扛了起来，他本来还想带着广仁一起下山的，但是广仁摆了摆手，说道："忙你们的去吧，回去和吴勉说一句，向北最多三个月就能恢复如初，让他早做准备吧。"

说完，他朝孙胖子他们摆了摆手，说道："见到吴勉之后，顺便再和他说一句，这次算是还了火山的人情，这件事情以后，我就没欠他什么了，让他好自为之吧……"说完，也不理会他们的反应，广仁自顾自地选了另外的一条路下山。

孙胖子他们将我送到了医院，花了三天的时间，我的断骨才被接好，全身骨头也慢慢恢复到了原位。多少年之后，当时给我接骨的大夫还拿这次手术来炫耀："就我当年做的那个手术，算是外科手术的巅峰了。你见过有人全身的骨头断了三分之二，连颈椎都断成了几截，接好了以后连一点儿后遗症都没有的吗？"

第六十章　恶魔再现

在医院躺了五天，我已经可以下地活动了。那位向导就没有这么幸运了，经过抢救总算保住了命，也没有留下什么残疾，但他昏迷了两个月才醒过来。好在赵家人还算讲究，给足了医药费以外，又拿出了一笔钱，算是给他的压惊费。

其间，黄然又去了一趟赵家，本来他是去打探消息的，到了之后才发现赵老板已经恢复如初，想来是向北重伤之后，把诅咒给撤了吧。不管怎么样，赵连甲的事情算是解决了，他们哥儿俩二话没说，将一千万的支票交到了黄然的手上。

这件事情的另外一个始作俑者——金瞎子，开始我们都以为在山洞里面就算他不被猫头鹰咬死，山洞塌陷时，他也会被砸死在山洞里面。没有想到的是，就在我住院休养其期间，金瞎子又在香港现身了，还上了香港的风水堪舆类节目。

得知金瞎子好端端地回到了香港，黄然又去了趟牛角山，他找到了十二，两人请工人将坍塌的山洞清理出来，里面除了十二的一些家什、数不清的猫头鹰尸骨之外，再没发现其他什么东西。事情办完，黄然本来还想拉十二入伙的，但十二的术法有些特别的限制，他的术法只有当他的人在牛角山范围之内才能使出来，只要出了牛角山，他的术法就发挥不出来，和一般人没有任何区别。

在医院躺了十天，我全身断掉的骨骼已经重新长好，虽然医生一再劝阻，孙胖子还是给我办了出院手续。当天下午，我们乘坐当天的航班回到了首都。黄然的干女儿矜持和吴连环到机场接机，本来我们是要直接回黄然家里休息的，但刚刚出了机场，孙胖子就接到了一个电话，说了没有几句就挂了电话，随后对开车的吴连环说道："老吴，先回趟公司。大神父雨果去公司了，咱们去见一面……"雨果在电话里也没有说清楚，他只说有事情要孙胖子帮忙，具体什么事情他却没有说。

等到我们几个到了公司，雨果已经到了，他正在和蒙奇奇嘻嘻哈哈地聊着天，旁边的张支言插不上话，急得直翻白眼儿。

见到了我们几个，雨果马上迎了过来，说道："孙，我这次又遇到麻烦事儿，说什么你也要拉我一把。"

孙胖子上下打量了雨果一眼，有些纠结地说道："大神父，给句痛快的，如果又是那个恶魔复生了，不是我说，我最多也就能帮你摇旗呐喊几声。再说上次你已经坑过我一次了，现在想再来一次？雨果，实话告诉你，再想让我们出手，先把之前的欠账清了，再把这一笔的补齐，我们哥儿几个心情好的话就去看看，心情不好你们就排号等着吧……"

雨果听了，苦笑了一声，说道："孙，我的朋友。你误会我了，从今天早上开始，我就已经不再是教会的神职人员了。我来找你，是想在你这里找个赚钱的工作，我的要求不高，能给个睡觉的地方，给的薪水够我吃饭，我也就知足了。"

"呃？"孙胖子再次看了雨果一眼，笑眯眯地说道，"不是我说，什么事儿这么严重，让你连神父的职位都丢了？雨果主任，我记得你很小就进了神学院，这辈子除了当神父以外，应该不会别的了吧？"

雨果叹了口气，看着孙胖子说道：“孙，还不是因为上次恶魔的那件事吗。之前我被裁判官禁制，不得使用天父的力量，但对付恶魔时还是用了圣水的力量。就因为这个，今天早上裁判官下达了最后的判决，在禁制期间，我擅用了天父的力量，就算是为了对付恶魔，也算是犯了渎神之罪。就这样，从今天早上起，我就被剥夺了神职人员的身份。”

说到这里，雨果顿了一下，看了孙胖子一眼，说道：“孙，你说得没有错，我除了做神职人员和民调局主任以外，再没做过别的事情，就算回国恐怕也找不到工作。看在以前民调局的交情的分儿上，就留我在这里工作，我的要求都对你说了，实在是不高，你再考虑一下。”

孙胖子眨巴几下眼睛看了看雨果，等他说完，他才说道：“不是我说，雨果主任，你不能在一棵树上吊死吧？怎么说你也是个外国人，除了这一行，其他比如什么酒店的公关、夜店打碟之类的，你都可以去试试嘛。”

雨果苦笑了一声说道：“孙，不瞒你说，我的申诉信已经送到教廷了，过一段时间就会有复查的人员来中国，如果我做了什么影响教会声誉的事，那我这辈子都别想再沐浴在主的圣光之下了。”

雨果说话的时候，孙胖子和黄然对了一下眼神，见黄然没有什么异议，孙胖子才笑眯眯地说道：“雨果主任，也就是看在以前民调局的情分上，那什么，明天早上九点上班，没有问题吧？”

“没有问题，不过明天下午我想请半天假，可以吗？”雨果也感觉上班第一天就请假有点儿说不过去，他朝孙胖子和黄然做了一个无奈的手势，说道，“不是神职人员的身份，我就不能继续住在教堂里了，所以明天下午我想去租间房子，总不能睡大街上吧？”

“不就是找房子搬家吗？哪用这么麻烦？”孙胖子嘿嘿一笑，看了一眼黄然，没等他表态，孙胖子主动替黄然做主对雨果说道，“来老黄家住吧，他家的房间不多你一个了，是吧，老黄？”

黄然苦笑了一声，点了点头说道：“人多点儿好，也不差雨果先生一位了。”

雨果听了之后大喜，冲过去就要拥抱孙胖子和黄然。孙胖子受不了这种洋礼，他一闪身躲到了一边，只有黄然无奈地和雨果抱在了一起。

当我们和雨果聊天时，黄然找到了邵一一，将前几天得到的一千万的支票递给邵一一，让她将这一千万转到公司的账户。

就在邵一一转账时，在一旁看热闹的蒙奇奇突然说道：“还记得你们那位郝文明主任和郝正义会长吗？前两天我的泰国朋友告诉我说，他们俩现在在曼谷，好像做了泰国王室专属的宗教顾问。”

她说这话时，本来正和邵一一对账的黄然，听到蒙奇奇说到“郝正义”三个字时，身子猛地一僵，转过身来，看了一眼蒙奇奇，又转回头去，继续和邵一一对起了账。

孙胖子好像没看到一样，他拉着蒙奇奇进了自己的办公室，开始仔细打听郝主任哥儿俩的消息。

蒙奇奇的朋友也没说太细，孙胖子问了半天，也没打听到个所以然来，直说等过两天，手头上的事情忙完了，他带我去泰国找郝主任哥儿俩，顺带着一起见识一下泰国的夜店文化。

第六十一章　出来混总是要还的

似乎民调局解散后的噩运已经到了尽头，向北重伤，没有几个月不可能复原。雨果进了我们公司，多少有了一些当年民调局时的气息。最好的消息是郝文明兄弟俩的，虽说他们现在身处异国他乡，但起码郝正义已经恢复了正常，民调局时期郝正义经历了许多不该他承受的事情，现在他能从高亮去世的阴影中走出来，也算是一个不错的结局了。

接下来的日子里，公司的生意开始平淡起来。这段时间，我们公司只接到了两笔生意，其中一笔还是西门链觍着脸上门找孙胖子，说是他们现在经费紧张，想让我们义务献工一次。当时我就在孙胖子的办公室里，心里还纳闷儿西门链认识孙胖子又不是一天两天，怎么会突然提出这种要求。

果然，孙胖子毫不犹豫地打消了西门大官人这个不切实际的想法，不过也没见西门链太失望，看来他就是给他大老板传个话而已，早知道会有这样的结局，现在过来也就是走走形式。

再有就是萧和尚给介绍了一笔生意，对方是首都本地人，最近家里老是半夜听到一些奇怪的声响，这声音越听越清晰，像是一个老太太絮絮叨叨哭泣的声音。天天大半夜听见这个，谁也受不了，当天晚上他就带着全家老少搬到了其他的房子里，后来不知道怎么的找到了萧和尚的门路。这主是一家上市公司的老板，在首都的富豪圈子里虽然算不上赫赫有名，但也算小有名气。

这次孙胖子也没有狮子大开口，本想着细水长流让他帮我们介绍点儿生意，当时也就是意思一下，开了个两万的价，想不到对方二话没说，直接还价到三千。自打我们公司开业起，还是第一次遇到这种情况，这让孙胖子很无语，两万已经是朋友价了，如果跌破了一万，那么在圈子里也算是笑话了。

最后孙胖子只能推了这笔生意，不久之后，听说这主找了一位自称龙虎山张真人的入室弟子去帮忙驱邪，价格也很低，不到两千块。据说这位张真人的入室弟子去了本主家，半夜十二点，降妖捉鬼的仪式才进行了不到半个小时，本主和这位入室弟子尿着裤子就跑出来了，具体发生了什么事情谁也不知道。第二天早上，本主主动联系了孙胖子，答应了两万的价钱，但要求孙胖子马上就过去帮他解决问题。

孙胖子在电话里既没说去，也没说不去，他要了本主的地址之后，就挂了电话。当天下午，本主接到了孙胖子快递过去的一个信封，里面装着五百块钱和孙胖子的一张便签，孙胖子在便签上面写着五个字——再去找一个。

这件事之后还有一个小插曲，出事的本主后来陆续又找了几个“大师”“半仙”，价钱也从两万开到了五十万，但还是没有把他房子里的异事解决掉。他的房子在首都黄金地段内，市值一亿多，就这么空着实在心疼，朋友托朋友，最后他竟然联系到了在香港的金瞎子。

开始金瞎子听到事发地点在首都，考虑到这里属于我们的地盘儿，他就不太敢过来，但又考虑到本主在首都商圈的影响力，也不想得罪他，于是就开了一个五百万的价钱，想让本主知难而退。想不到这时本主已经被这件事情弄得筋疲力尽，只求能把事情解决，花个五百万他也认了。

这下子金瞎子头疼了，对方点名道姓请他本人一定到场。无奈之下，金瞎子只得硬着头皮，也没通知本主，直接带了一个货真价实的徒弟来了首都，想神不知鬼不觉地先把事情办了，然后马上飞回香港。可惜他把孙胖子想得太简单了，金瞎子从首都机场出关时，孙胖子就得到了消息，随后一个电话打出去，就知道他来首都的目的了。

金瞎子乘坐的汽车开进本主的小区，汽车刚停下，还没等他下车，就听到有人轻轻敲击车窗的声音。金瞎子的徒弟降下车窗玻璃，正要开口询问时，金瞎子突然对开车的司机大喊："开车，回机场！马上回机场！"司机是金瞎子提前雇的，虽然不知道出了什么事，但既然老板发了话，马上发动汽车，绝尘而去，只剩我和孙胖子站在原地发愣。

看着远去的汽车，孙胖子龇牙笑了一下，自言自语地说道："看不出来，还真有点儿本事，不过你跑得了和尚，还跑得了庙吗？"

孙胖子说完，我没好气地对他说道："直接动手把他揪出来就完了，先削他一顿解解气再说。没事儿你敲什么玻璃啊！现在人跑了吧……"

孙胖子冲我龇牙一笑，说道："不是我说，先吓唬吓唬他，过两天直接去香港堵他。这两天先让他好好紧张紧张，等我们过去谈条件，他也不敢不答应……"不过还是有孙胖子没想到的，金瞎子回到香港之后，连夜上了飞往美国的飞机，随后便开始环游世界的旅程。

又过了一个月，我们公司依旧没有什么进项，好在黄然家大业大，也不指望靠这个挣钱。虽然没有什么生意，但我们几个的薪水照发，乐得刚刚加入公司的雨果一个劲儿地赞美上帝，孙胖子斜着眼看着他说道："你们家上帝改姓黄了吗？"

又过了半个多月，生意依旧萧条，不过在其他方面似乎突然有了转机。这天上午，我、黄然和雨果正聚在孙胖子的办公室里打牌，孙胖子突然接到了一个电话，说了没有几句，他的脸上就直接笑开了花。

这通电话说了十多分钟，孙胖子才挂了电话。他的小眼睛看了一圈儿我们几个，笑嘻嘻地说道："金瞎子回香港了，咱们是不是得去看看他？上次他红口白牙说好要给我们一百万的，说了不能不算吧。这么多天了，怎么也要加个一亿两亿的利息吧。顺便把这笔钱拿回来，补补公司的亏空。"

说到这里，孙胖子顿了一下，看了黄然一眼，刚要说话却被老黄抢先："大圣，这件事情我绝对支持你，但是在以前委员会的时候，我多少和盲金有点儿交情。我去不方便，不过可以替你们安排在香港的一切事宜。"

孙胖子也想到了黄然可能不方便，他跟黄然客气了一下，随后看了我一眼，又将目光转到了雨果的身上。雨果左右看了一眼，确定了孙胖子看的是他，刚要开口说话时，孙胖子已经先一步说道："不是我说，上帝这次会站在我们这边吧？"

雨果眨巴眨巴眼睛，说道："上帝不管你们异教徒的事，不过我现在替你打工，你的事就是我的事，我的事就是上帝的事！"

孙胖子哈哈一笑，又拿起来电话，分别给二杨打了过去，对两人说的话几乎都是一样的："老（大）杨，去香港转一圈儿吧，我请客……"

第六十二章　添堵

本来孙胖子计划当天晚上就到香港的，但杨军不在首都，等他花了半天的时间。第二天早上，我们一行五人登上了飞往香港的飞机。

三个多小时之后，我们几个从香港机场出关时，黄然安排的人已经在接机口等着了。这次老黄还真下了本，他竟然安排了两辆宾利来接我们。黄然的人先将我们送到了半岛酒店，孙胖子并不着急去触金瞎子的霉头，他先带我们去餐厅吃午餐。

上甜点的时候，孙胖子又给那个神秘的老郑打了电话。这个电话打完，孙胖子笑嘻嘻地对我们说道："金瞎子上午被香港首富李先生约去看他新开发的楼盘的风水，中午李先生请他吃饭，现在刚刚上了主菜。咱们不用急，下午两点李先生有个会要开，最多十二点就要回公司。现在咱们只要等着看看金瞎子是回他的办公室，还是直接回家……"

孙胖子的话说完，我们几个都直了眼。孙胖子打电话找老郑私聊的次数多了，虽然每次都能从老郑那得到一些消息，但像这次这样"全程直播"还是有点儿骇人听闻了，就连我们这儿的老牌特务杨军都觉得不可思议起来。雨果更是在自己的胸前虚画了一个十字架，随后低头小声对孙胖子说道："孙，你和我说，你是不是还在什么特别机关兼职，你不用说得多明白，给我点儿暗示就行了，对的话你就点点头……”

孙胖子看了雨果一眼，连连晃起了脑袋，看得雨果一阵迷糊。这时，孙胖子才笑了一下，说道：“雨果主任，我干过最特别的工作就是民调局的副局长了，还有什么能特别过这个吗？”

雨果眨巴眨巴眼睛，顿了一下，又向孙胖子问道：“那这位郑先生……”

“你说老郑是吧？”孙胖子哈哈一笑，说道，“有机会找他出来坐坐，给你们介绍一下……”

孙胖子刚刚说到这儿，他的手机再次响了起来，看了一眼来电显示，孙胖子笑着说道：“说曹操，老郑就到……”说话的同时他已经接通了电话，笑嘻嘻地和老郑说了几句便挂了电话，他朝服务生一招手，说道：“埋单，找……”

孙胖子说到这里时，才想起黄然没有跟我们一起来，这么长时间以来，他已经习惯了埋单找黄然。破产之后，孙胖子的口袋里就没有放过超过两百的现金，发现黄然不在，只能临时找个人做黄然的替代品了。他的手指朝我们几个点了一圈，不可能找二杨结账；出来之前，雨果刚刚向黄然借过钱，找他埋单似乎也不太合适；最后他的手指只能指到我鼻子上：“他，他埋单……”

这一顿我们几个没少吃，加上这里的消费又贵，竟然吃了一万一千八。正当我揪着心掏钱包准备付账时，餐厅的服务生跟我们说我们在酒店内的全部消费都记到了黄然的账上，我这才松了一口气……

“金瞎子的饭已经散席了。”孙胖子看了一眼已经走远的服务生，随后转过头来，对我们说道，“我们去给他添点儿堵吧……”

孙胖子得到的消息是，金瞎子吃完饭就坐车回了自己的办公室，下午马来西亚赌场方面会来人跟他谈执行董事续约的事情，这件事情对金瞎子很重要，到时他一定会准时出现在自己的办公室。他现在已经在路上了，我们现在赶过去，在赌场的人赶到之前，还能再给金瞎子一点儿惊喜。

金瞎子的办公室离我们住的酒店并不远，半小时之后，我们一行就到了金瞎子办公室的大楼底下。孙胖子并不着急进去，他先让司机开车在停车场里转了一圈，在专用停车区见到一辆停在那里的劳斯莱斯之后，孙胖子才笑嘻嘻地说道："不是我说，他眼睛也看不见，坐这么牛的车有什么用……"

十分钟之后，我们坐电梯到了十八楼，在孙胖子的带领下，走到一家没有标注名称的办公室门前。前台小姐用粤语问了一句，孙胖子笑眯眯地用粤语回了一句——以前我当兵的时候有个战友是广东人，和他一起待过两年，说粤语是没学会，但多少能听懂一点儿。前台小姐是问我们找谁，孙胖子回答道，我们是马来西亚云杉集团的代表，和金北海先生约好的。

前台小姐冲孙胖子客气了一句，打电话叫出来一位金瞎子的秘书，由这位秘书领着我们穿过一片办公区，走到了最里面的一间办公室的门口。金瞎子的秘书敲了敲办公室的门，没听到金瞎子应门，办公室里反倒是响起来一阵嘈杂的声音。

正当秘书纳闷儿时，孙胖子先一步过去将办公室的门推开，就见办公室里的窗户已经打开，金瞎子正坐在窗台上发愣。见到金瞎子这副样子，孙胖子哈哈大笑，随后说道："什么事儿这么想不开？盲金，你这里可是十八层，跳下去这里连个声音都听不见。不是我说，你千万别误会，我不是拦你，就是想让你等一下，我找几家报社、杂志的记者在楼下等着，'一代堪舆大师金北海的最后一程'，这个标题怎么样？我都有点儿佩服我自己了。"

孙胖子说完，又对身旁的女秘书说了几句粤语。大意是说让她不要怕，她的老板欠了我们的钱，我们不是黑社会收账的，就是找金北海聊聊，让他有钱就快点儿还给我们。

这位女秘书什么时候见过这种场面，当时都已经蒙了，最后还是金瞎子跟他的秘书解释，说我们和他都是朋友，开个玩笑而已，让她出去以后不要瞎说，还让她顺便给我们准备咖啡。孙胖子又替金瞎子补充了一句，如果有马来西亚的人找金瞎子，就跟他们说，金北海生病了，让他们改日再来。

等到女秘书走后，金瞎子冲我们苦笑了一声，随后说道："孙局长，帮我个忙，我的脚麻了，动不了，麻烦你们谁把我拉回去……"

刚才我们走近时，金瞎子就感觉到了我们几个的气息。情急之下加上他的眼睛又看不见，金瞎子忘了自己还在办公室里，下意识的反应就是开窗逃走。正当他开窗准备跳下去时，一阵大风吹过，金瞎子打了个哆嗦，这才反应过来身在十八层楼。

反正都这样了，金瞎子也豁出去了。他也明白，如果孙胖子想要他命的话，就不会这么明目张胆地带人上来，不过这回他不出点儿本钱，怕是过不去这一关了。

我把金瞎子从窗台上拽了下来，把他送到了沙发上。孙胖子笑嘻嘻地对他说道："怎么样？盲金，死过一次的滋味儿不错吧？不是我说，要不要再来一次？阴司鬼差那儿我有熟人，让他给你找个好下家去投胎，怎么样？"

金瞎子叹了口气，对孙胖子说道："孙局长，你就不要开玩笑了。上次向北的事情，我也被他摆了一道，当时说好了做扣对付赵连甲的，谁知道他对上了你们。"说到这里，金瞎子缓了口气，这口气喘匀了，才说道，"他什么来历我真的不知道，半年前他找到了我，想要做我的合伙人……"

第六十三章　金瞎子的野心

大概是半年前，向北就开始在金瞎子的周围出现。开始，金瞎子也感觉出向北不是一般人，不过他也没有多想，这么多年以来，总是有很多这个圈子里的人不停地来找他。以前的民调局和委员会都曾经联络过金瞎子，想把他招进自己的系统之中。类似这样的事情金瞎子见得多了，当时也没有多想。

接触了几次之后，一次向北拜访了金瞎子，无意中露出他的术法，金瞎子虽然看不见，但也能感受到向北术法的巨大威力。这样的人物在金瞎子心里就和吴仁荻也没有什么区别，当向北露出口风想要和金瞎子联手时，金瞎子没有任何犹豫，当场就答应了。

自打民调局和委员会解散后，金瞎子心里便开始蠢蠢欲动起来。他心里十分明白，民调局这几十年之所以能将大陆地区经营得水泼不进针插不入，就是因为有个吴仁荻。吴仁荻在民调局属于“定海神针”一样的人物，如果没有吴仁荻，民调局的实力恐怕未必能赶得上台湾的委员会。

只要再有一个类似吴仁荻这样的人物出现，加上金瞎子这么多年积累下来的人脉，他取代民调局也不是不可能的事情。趁现在民调局和委员会一起解散的真空状态，正是他金北海大展拳脚最好的机会。

就这样，两个人一拍即合。为了避开孙胖子、黄然的耳目，金瞎子和向北在日本成立了一家宗教法人社团。这段时间金瞎子一直都在招兵买马，只是他没有想到，从一开始向北惦记的就是另外一件事。

宗教社团成立以来，都是金瞎子在台前忙活，而向北则不声不响地躲到幕后。不过在金瞎子看来，向北这样做也正常得很，当时的民调局不也是这样吗？吴仁荻隐藏在幕后，等真出了解决不了的大事才把他当作杀手锏放出去。

前阵子向北失踪了一段时间，等他再次出现时，突然一反常态，要求金瞎子迅速地在大陆地区打开知名度。本来金瞎子还觉得时机尚未成熟，但在向北的一再要求下，金瞎子勉强答应下来。两人甄选了一番，向北替金瞎子做主，挑选了赵连甲的事件。

化身做金瞎子的徒弟这个桥段，也是出自向北的创意。不过这正合金瞎子之意，向北越低调，越能凸显他金瞎子的高深莫测来。不过等金瞎子在赵家见到了我们，才开始感觉出有些不对劲起来，他隐隐感觉到向北是冲我来的。

只是当时后悔也已经晚了，金瞎子被向北绑到了战车上，车子已经开动，再想下车已经来不及了。金瞎子只能被向北牵着鼻子走，他唯一能做的就是盼望这件事不要闹得太大，以后好有收场的机会，但他万万没有想到，向北就是想把事情闹得越大越好。

在山洞里交上手时，十二指挥的猫头鹰都是冲向北去的。我们几个逃到内洞的时候，金瞎子凭着记忆，跌跌撞撞地逃出了山洞。

金瞎子跑出山洞之外几百米的地方，确定自己暂时安全之后，他给留在哈尔滨的手下打了电话。根据他的手机定位，冻了几个小时之后，他的手下终于在牛角山上找到了快要冻僵的金瞎子。

金瞎子没敢在大陆停留，他连夜就乘坐最后一班航班去了别的城市，躲开了我们和向北。第二天又赶紧回了香港，收拾了一下自己的东西，他又带人飞去了美国，远远地躲开了，不管是向北还是我们，如果去找他麻烦的话，都够他喝一壶的。

这次是香港首富李先生找他看新楼盘的风水，李先生请他，金瞎子不能不给面子。同时，还有马来西亚云杉赌场找他谈续约的事情，两件事合在了一起，金瞎子选择冒个险，准备回来一天就把两件事情都办妥了，然后赶紧回美国。

等到金瞎子说完，孙胖子笑眯眯地看了他一眼，喝了一口秘书刚刚送过来的咖啡，这才慢悠悠地说道："盲金，不是我说，你这话里面有毛病啊。要是别人这么说，说不定我就信了，但你是谁啊，东南亚这一带论起看相算命来说，你盲金认第二，谁还敢认第一？你没事给自己算一卦，不就什么都知道了吗。"

孙胖子这番话说完，不光是金瞎子，就连我们几个都是一副无奈的表情。我刚要纠正他的错误时，金瞎子先无奈地笑了一下，随后对孙胖子说道："卜卦有个规矩，断人生死不断己。就算是我，给别人算命侥幸还没有看走眼过，但要给自己算命，十不中一二。关于向北的事情，我也真的算不出来。"

金瞎子说完，孙胖子眨巴眨巴眼睛，随后扭头向我问道："辣子，他说得对吗？不是我说，有这么邪乎吗？"说这句话的时候，孙胖子没有一点儿尴尬的样子，反倒有一种我是文盲我骄傲的感觉。

我点了点头，低声说道："不给自己算命，是他们算命的规矩。"

孙胖子这才点了点头，转头又笑眯眯地看着金瞎子，说道："盲金，不是我说，就算你说的是真的，但我们是不是也被你耍了。这件事不能就这么了了吧？再说了，在老赵家的时候，你可是答应了付我们一百万的，那一百万呢？你别以为去美国跑一圈儿，就把这笔账混过去吧？"

听了孙胖子这几句话，金瞎子如释重负一般，长出了一口气，擦了擦额头上的汗，对孙胖子说道："这个当然是不能欠的。你们稍等一下，我马上签支票……”说着，金瞎子走到办公桌前，在抽屉里摸摸索索找出来支票本，摸到提前写好一百万的支票本，二话不说就撕下来一张支票，递给了孙胖子。

孙胖子看了一眼支票上面的数字，笑了一下却没有马上去接。金瞎子的手停在半空中，半天没有人接，他愣了一下，马上反应过来，又撕下一张一百万的支票，将两张支票一起递给了孙胖子。

想不到这次孙胖子还是没有伸手去接，他笑嘻嘻地看着发愣的金瞎子，说道：“盲金，你给的利息有点儿太少了吧，辣子住了一个多月的医院，前两天才出院。还有，老黄跑前跑后的就白忙了？你也知道老黄家大业大，你不多出点儿血他根本看不上。还有我就不用说了，在山上向北差点儿一刀把我砍死了，现在晚上我还天天都做噩梦，不是我说，现在的压惊费也不便宜……”

孙胖子嘴巴一通白话，金瞎子的手也开始哆嗦起来，他数了一下支票本的页数，还有十二张百万支票，当下一咬牙，将整个支票本都塞进了孙胖子的手里，说道：“这些够了吧，够您压惊了吧？”

这次孙胖子把支票本接了过来，在手里数了一遍，笑呵呵地说道：“这些倒是够我压惊的了，不过辣子的医药费，还有老黄的那一笔怎么算？”

第六十四章　盲金的身价

金瞎子本来就预料到会被孙胖子宰一刀，但没想到会被宰得这么狠。他咬了咬牙，向孙胖子问道：“那么孙局长您受累，算一下到底还要多少，才能把沈辣和黄然的账算清楚？”

孙胖子哈哈笑了一声，他看着脸色有些涨红的金瞎子说道：“盲金，不是我说你，别那么激动。按理说激动的应该是我们才对，本来辣子是要找你拼命的，我好容易才拦住他。杨枭和杨军听说了也给我们抱不平，你也知道他们白头发的，自己人都向着自己人。我也是实在的拦不住了，才把他们都带来，要不你们自己谈谈，我先回避一下？”

现在金瞎子就怕孙胖子说出来这种撂挑子、不管了之类的话。有孙胖子在，虽然会被他宰一刀，但好歹就是伤点儿元气，绝对伤不了性命。二杨就不一样了，尤其是杨枭，从几年前杨枭进民调局开始，金瞎子就“观察”他了。杨教主之前在麒麟市做的事情金瞎子也有过耳闻，类似金瞎子这样的人物，已不止一个死在杨枭手里了。

孙胖子见金瞎子略显紧张的样子，嘿嘿一笑，转过头来，对我眨了眨眼睛，说道：“不是我说，辣子，来之前你怎么对我说的来着？”

我看着金瞎子说道："开窗把他扔下去啊，刚才还以为他自己要跳，这样我倒省事了，没想到临到头他又不跳了。大圣，要谈你们就快点儿谈吧，要是谈不拢的话，我接茬开窗把他扔下去。"

我这几句话起了一些效果，刚才金瞎子坐到十八层楼的窗台上，着实有点儿吓着他了。听说要把扔下去，金瞎子不由自主地打了多个哆嗦。这个表情看在孙胖子眼里，他呵呵一笑，对我说道："辣子，不是我说，开窗扔人的动作太大，真要动手的话，还是杨枭办起来利索——老杨，看在以前在民调局里一口锅里吃饭的交情，一会儿你的出场费给打个折吧？"

杨枭非常配合地诡异一笑，随后说道："看在以前你和沈辣帮过我的分儿上，我免费帮你一次。"说到这里，杨枭故意让金瞎子感受到他的气息，上下打量了一番金瞎子，他继续说道："我出手你们放心，我先让他在床上瘫个一年半载的。这段时间里，他金北海眼不能视，耳不能听，嘴不能说，脖子以下都没有丝毫的感觉，然后再把他的骨头化得干干净净，任谁都想不到这事是我们弄的。"

杨枭说完，金瞎子突然长出了一口气，随后对孙胖子的方向说道："孙局长，你也不要这样了，要什么你就说，我的家当大概你也探明白了，只要我拿得出来，你想要什么，我绝对不会舍不得……"

"既然盲金你这么说，那我就不客气了。"孙胖子笑眯眯地看着金瞎子，说道，"不瞒你说，你的家底我还真去查了查。你现在的身价在十二亿港币左右，银行里面差不多有两亿，在香港有三十六处物业，市值在十亿港币左右，另外你还有一些收藏的古玩字画，不过我对那些东西不感兴趣。"

说到这里，孙胖子顿了一下，眼睛盯着金瞎子，说道："银行的两亿给你留五百万养老，剩下的我受点儿累，替你做善事了。那三十六处物业分我一半，其他的古玩字画什么的，我就不夺人所爱，都给你留着，除此以外如果还有其他的什么零碎，你留着养老就行。”

孙胖子每说一句，金瞎子脸上的肌肉就跟着跳动几下，等孙胖子说完，金瞎子的脸上的肌肉就跟跳舞似的抖个不停。金瞎子颤抖着身体，深深地吸了口气，对孙胖子说道：“好，这些就算是我赎罪了。孙局长，这样以后我们之间的恩怨是不是就了了？以后不会再来找我赔偿了吧？”

孙胖子呵呵一笑，说道：“该转账的转账，该过户的过户，剩下的就不用你操心了。”

金瞎子点了点头，无力地说道：“银行的钱好办，但那些物业麻烦一点儿。我需要找房契律师来办，大概需要半个月的时间，半个月之后，你们再来办理过户的手续……”

没等金瞎子说完，孙胖子突然打断了他的话：“等一下，盲金，先别这么着急，我还没说分给我的那十八套房子，我都要哪十八套呢。这是我选中的十八套物业名单，你找人看一下，要是没问题的话，就去忙过户的事情吧。”说到这里，孙胖子从上衣口袋里，掏出一张早就写好了的物业名单，他把物业名单塞到金瞎子手里，同时说道，“还有件事，把之前你和向北在日本创办的宗教法人社团人员的名单给我，这个事情你可要好好回忆一下，如果漏了一个人的话，弄不好我还会再找你要一套房产顶上。”

金瞎子稍微犹豫了一下，不过现在形势不由人，金瞎子将孙胖子递给他的物业名单收好，颤巍巍地站起身来，走到自己的办公桌前，从里面的抽屉里摸出一个信封递给了孙胖子，说道：“人员名单都在这里了，其中的大半都是我召集来的。不过名单开头的三个是向北亲自招募的，他们的底细我也不太清楚……”

金瞎子说话的同时，孙胖子已经打开了信封，看了一眼之后便将信封收好，随后笑嘻嘻地说道：“盲金，不是我说，其实你这次是捡了便宜的。本来收拾了向北的人也想过来，被我好说歹说才把他劝住，如果这次他也过来的话，盲金，你可就真剩不下什么了。”

听到孙胖子这讨了便宜还卖乖的话，金瞎子忍耐的表情已经到了极限。他的身体僵了一下，突然嘿嘿一笑，朝孙胖子的方向说道：“孙局长，听你这么说，刚好让我想起来了一件事。我的身价就这么多了，不过手上倒有一个能赚大钱的买卖。这个买卖是印度尼西亚的华人首富托我办的，我的道行不够，处理不了这样的事情。本来我是想和向北一起去的，但现在向北不在了，就我一个人也不行。如果你们有兴趣的话，我可以帮你们把活儿接下来。对了，就在三天前，我的那位印度尼西亚首富朋友，刚刚将酬金涨到了三千万美元，不知道孙局长你们有没有兴趣？”

孙胖子听了登时眼睛就直了，他看着金瞎子，心里盘算着金瞎子的话里有多少水分。迟疑了一会儿，他笑着对金瞎子说道：“不是我说，盲金，我怎么觉得你好像是在给我下套？这么好赚的，你干吗要便宜我们？”

金瞎子冲孙胖子的方向一笑，说道：“我一次把罪赎到底，你也不要多想，我只是向你们提个建议，去不去还是要孙局长你亲自做决定。不过我丑话说在前头，已经有几位东南亚成名的巫师去过那个地方，不过他们的运气不好，事情没有解决不说，还把自己的命留在那里了……”

第六十五章　海岛异事

金瞎子说的事发地，是印度尼西亚外海的一座私人岛屿。这座海岛归印度尼西亚首富林氏家族所有，二十多年前林氏家族就将这座海岛买了下来，不过一直都作为家族度假地使用，除了极少数的地方，整座海岛几乎都没有开发过。

去年年初，林氏家族换了当家人，新当家重新整合家族资源时，想起了这座海岛——这座海岛环境优美，面积也不小，如果只用来做家族度假地有点儿太浪费了，正合适开发成一个度假村，可以吸引全世界的游客前来游玩儿。

新当家请了大批专家来岛实地考察，没多久规划图就被设计出来，接着工程队陆续进驻岛内。新当家的计划是将整座海岛的地下打通，将整座海岛建设成一个岛上看风景、岛下欣赏海底风光的特色度假村。开发计划本来进行得很顺利，时间不长便将海岛外围开发完毕，正当工程队进驻海岛中心位置，准备往地下深处铺设电缆时，离奇而诡异的事情开始发生了。

从工程队进驻海岛中心的第一天起，就连续发生意外伤亡事件，这些意外发生的过程也很诡异。开工的第一天，竟有工人在吃饭时被活活噎死。警察上岛调查时，又有一位警官的手枪走火，子弹打在自己大腿的主动脉上，还没送到医院就因流血过多死亡。

开工的第二天，一名工人在岩石上钻孔作业时，崩飞的岩石碎片将另一名工人脖子上的动脉划开，顿时，鲜血就将这名工人的上衣染红。没几分钟，这名工人就与昨天的警官一样，也因流血过多而死。

这时，大家都感觉有点儿不对劲了。连续两天都有人意外身亡，死因看起来像是意外，但每一件都透着一种说不出的诡异。当下，所有工人都不愿也不敢继续开工。

工程监工是林家本族人，无论他怎么劝说，工人们死活不肯开工，没有办法，监工只能向林氏家族的新当家报告了情况。

新当家听到了报告，亲自赶到施工现场。一番谈价还价，新当家许诺严抓工程安全关，又给加了一倍的薪水，工人们才算勉强同意重新开工。不过厄事并未结束，就在当天傍晚，又有一名工人出了意外……

当天傍晚收工之后，工人们聚在工棚里吃晚饭，因为前几天发生过吃饭被噎死的意外，工人们吃饭时都变得十分绅士，一个个细嚼慢咽的。一名工人吃完饭，到厨房洗完餐盘准备离开时，突然脚下拌蒜摔倒，倒地的同时撞翻了一旁的砧板。

好巧不巧，砧板上面放着一把锋利的大菜刀。砧板被撞翻掉下来时，大菜刀也掉了下来，刀刃不偏不倚正好落在这名工人的脖子上。一片血光闪过，这名工人的脖子被豁出一道大口子，他的身子挣扎几下，之后便不再动弹。

意外就这么又发生了，周围几十个工人眼睁睁瞧见这一幕，再联系上这几天连续发生的事情，哪还有不害怕的？当下工人们一哄而散，众人一股脑儿地从岛中心跑到了岛边上。

这时新当家还没离开，听说又有人发生意外，这回他也不再提什么加钱复工的事了，他连夜联系好客轮将工人们送回陆地，同时派人联络了印度尼西亚有名的巫师。

第二天一大早，警察和巫师，连同巫师的几个徒弟一起上了岛。警察在命案现场简单勘查了一番，确定了死者死于意外，同时林氏家族的人又使了些手段，警察便结案匆匆离开了。

等警察坐船离开，巫师才在新当家的大公子的陪同下去了事发现场，在几处出事地点转了一圈，巫师便打了包票，在林家人的亲眼见证下，巫师扭断了几只公鸡的脖子，把鸡血洒在了出事地点的空地上。随后，由几名徒弟护法，巫师坐在地上像是癫痫一般作起法来……

陪同在旁的大公子晕血，实在见不了这种场面，他留了几个工作人员陪着巫师，自己找了个地方休息去了。

过了大约一个小时，从巫师作法的方向，突然传来一阵惊呼声，马上又传来一声惨叫，还没等大公子反应过来出了什么事，之前留在现场的工作人员跑到他的身边，指着巫师作法的方位，一脸惊恐地对他说道："巫师……出事了……"

当大公子回到巫师作法的地方，只见巫师和他的几个徒弟都直挺挺地倒在地上，他们的脖子都已被扭断，脑袋反转了一百八十度，正以一种不可思议的角度贴在后背上。巫师的脖子上，有一道被撕裂的伤口，鲜血喷出去了好几米远。看巫师身死的状态，像极了刚才被他扭断了脖子扔在地上的那几只公鸡。

就在几分钟之前，巫师和他的徒弟们突然毫无征兆地发起癫狂。先是巫师用匕首在自己的脖子上划出一道深可见骨的豁口，当场鲜血就从他脖子里喷出来，射出了四五米远。紧接着，他和自己的几个徒弟一起，双手掰住自己的脑袋，"咔吧"几声之后，巫师和他的徒弟们就成了眼前这个样子……

大公子本来就晕血，现在见到这种重口味的场面，他再也坚持不住，"哇"的一声就吐了起来。吐了没几口，大公子突然弯腰咳嗽起来，接着他的呼吸变得急促起来，没多久脸色也变成了酱紫色。几分钟之后，大公子也直挺挺地倒在了地上，一动不动了。

事后的尸检报告证明，大公子是因为气管被呕吐物堵住，窒息导致死亡。当时若是有人能帮他一把，很容易就能把他救回来，只可惜当时所有人都被吓蒙了，以为他也中邪了，没一个人敢去救他。

请的巫师死了，顺带还搭上了一位林氏家族的接班人。这时候，林氏家族的新当家才明白过来，这是惹了什么不该惹的东西了。若是没搭上亲生儿子的性命，林氏家族的新当家也许会选择知难而退，暂时搁置这座海岛的开发也就罢了。但现在连亲生儿子的命都没了，若不能将害死儿子的邪物连根拔起，怎能解这位新当家心中白发人送黑发人之痛?

于是，这位林氏家族的新当家几乎将整个东南亚的能人异士都请到了岛上。有道行高的，还没等上岛就让人把船开了回去，更多的在岛上转了一圈后，就以各种各样的理由告辞离去；也有一些自认法术高强的，伴随着各种各样的作法仪式，以各种各样的形式送掉了自己的性命……

不久前，林氏家族的人终于找上了金瞎子。其实，这座海岛上发生的邪事金瞎子早就听说了，当时他刚和向北结盟不久，本来是想拉着向北一起去的，顺便可以宰林家人一刀狠的。但由于当时向北正忙于怎么算计我，没有心思搭理别的事情，这件事情就被拖了下来。

金瞎子说完，他冲孙胖子呵呵一笑，说道：“孙局长，那位林先生要报丧子之仇，只要你能帮他把事情解决掉，就算你要一亿美元的酬劳，他也很可能会答应你的要求。”

第六十六章　巧合

见孙胖子迟迟没有回复，金瞎子又笑了一下，继续说道："如果需要的话，我可以帮你们引荐一下，在东南亚这一块，我的话还是有点分量的……"

"好啊，最近接的活儿都太素了，正好趁这个机会来点儿肥的补一补。"孙胖子龇牙一笑，对金瞎子继续说道，"不是我说，要不要我把吴仁荻的电话也给你，你好人做到底，直接打电话告诉他时间、地点，也省得我再跟他费口水了。"

搬出吴仁荻，金瞎子马上哑了。见金瞎子有话说不出的样子，孙胖子嘿嘿一笑，继续说道："就这么说定了，盲金，这几天我们就待在香港了，你找人安排一下过户的事，还有那两亿转账的事情。对了，有时间的话，你再替我们把林家的那个活儿给接下来。"

说完这些，孙胖子又怪里怪气跟金瞎子"客气"了几句，随后才带着我们几个离开了金瞎子的办公室。确定我们不会再回来，金瞎子把他的秘书叫进了办公室，他把孙胖子给他的物业名单给了秘书，让她按照名单把上面的物业名念出来。

秘书刚刚念了一半，金瞎子的冷汗就流了下来。看来孙胖子惦记他的家产不是一天两天了，挑选的这些物业都在最贵的商业圈内。金瞎子大概估计了一下，孙胖子挑选的十八套物业的市值在七亿港币上下，加上之前要走的两亿现金，金瞎子辛苦了大半辈子，一大半身家都要被孙胖子拿走了。

当下，金瞎子心中一急，一口气没上来，直接翻着白眼晕倒在地，还好身边还有那位秘书小姐，赶紧叫来救护车把他送到医院才捡回来了一条命。

说完金瞎子，再说我们几个。从大楼里出来上了车，我对孙胖子说道："大圣，那个什么岛的活儿你是不是接得快了点儿？老吴不能出国，上次要不是你把邵一一诓了去，就算我们都死在外面，老吴都不一定会过去给我们收尸。"

孙胖子眨巴几下眼睛看了看我，突然笑了一下，又看了一眼坐在前排的雨果的背影，说道："不是我说，要是这事儿出在前几年的话，我还真有点儿头疼。但现在不一样了，辣子，现在咱们已经不是光指着老吴一个人吃饭了……"

说完，孙胖子又嘿嘿笑了一下，掏出手机，又给那位神秘的老郑打电话，电话接通之后，孙胖子几句场面话说完，就直奔主题："再帮兄弟一个忙，印度尼西亚的林氏家族你知道吧？他们家有一座私人海岛。你帮我查一下这座海岛最近是不是出事了？你受累查得详细一点儿，最近三个月都有什么人去过那座海岛？还有，听说最近一段时间，岛上已经死过不少人，你也帮我查一下，看看死的人里面都有谁，还有林家最近准备请谁去？"

电话打完后很长一段时间都没有等到老郑的回复，孙胖子好像算好了一样，他也不着急。等我们回了酒店，他还拉着我们把酒店里所有的付费项目都体验了一遍，反正最后结账的是黄然，以孙胖子的性子自然不会给他省钱。

差不多等到了傍晚，我们在餐厅刚刚点完菜，孙胖子终于接到了老郑的电话。他们说了几句，孙胖子挂了电话，对我们几个说道："不是我说，金瞎子还真没有骗我们，不过这件事情印度尼西亚的林氏家族捂得很严实，赔偿金也花得到位，现在外面一点儿风声都没有，要不是我这个朋友还有点儿道行，寻常的路子根本查不到。"

为了弄清事情的原委，老郑很费了一番心思，大概的情况和金瞎子说的差不多，林氏家族几乎将整个东南亚的能人异士都请了一遍，有本事的、看出点儿门道的都没敢接这活儿，算是把脸丢下了；没有本事又想挣钱的，都把命丢下了。现在这座小岛在圈子里已经成了禁忌，巫师之间都不愿再提这个话题。

孙胖子说完，我突然想起下午孙胖子给老郑打电话时提过的一个问题，当下向他问道："大圣，你不是还让老郑去查林家最近准备找谁帮忙吗？这个有消息吗？"

孙胖子听了我的问题，嘿嘿一笑，还没等他回答，他的手机又响了起来。看了一眼来电显示，孙胖子的眉毛一挑，笑着说道："不是我说，不会这么巧吧？"

他说话的同时接通了手机，然后对电话说道："老萧大师，不是要找我们请你吃饭吧？那什么，你来晚了一步，我和辣子现在不在首都，要吃饭的话你直接找老黄。不是我说，老黄一直挺巴结你的，你直接找家馆子吃着，结账的时候给他打电话就成了。"

"别扯这犊子，我有要紧的事情跟你谈！"看得出来，萧和尚是真的急了，他这一声吼出来，我们几个坐在孙胖子旁边的人都能听得清清楚楚，随后听他继续说道，"林家，印度尼西亚首富林氏家族有个活儿，他们家的私人海岛出事了……"

不会这么巧吧？这才刚刚说完，林家的人就联系到萧和尚了，看来不去海岛上看一眼，都对不起老天爷这么巧妙的安排。

等萧和尚说完，孙胖子笑了一下，将下午从金瞎子那听来的话又对萧和尚他说了一遍。听孙胖子说完，萧和尚也愣了一下，随后说道："还有这么巧的事情？对了，金北海说没说林家出多少钱？"

"现在好像是三千万美元吧。"孙胖子笑嘻嘻地说道，"不过看现在这情况，我们还可以多要一点儿。不是我说，老萧大师，你狮子大开口试试，能成就成，不成就拉倒。"

萧和尚在电话里沉默了几秒钟，再次说道："大圣，我也不知道行情啊！里面具体出了多大的事情谁也没跟我说，刚刚我以为喊个一千万美元就算是天价了，谁能想到他们已经出到三千万了。大圣，要不我再拖拖吧，让他们自己把价钱抬上去。"

"不是我说，老萧大师，这个时候你着什么急？"孙胖子无奈地对电话里的萧和尚说道，说话的时候，他的眼睛一直在眼眶里打转。等他说完这句，孙胖子顿了一下，又接着对萧和尚说道，"你就说我们不在国内，联络不到我们几个。我这边让金瞎子搭个桥，价钱什么的我让金瞎子帮着去谈一下……什么？！什么时候的事？我靠，这个老家伙这么经不起折腾？好了，估计金瞎子还要在医院里躺两天，就是为了躲我他也能在医院多待几天。这样吧，老萧大师，海岛的事你和林家的人谈吧，就说我们知道行情了，少于三千万美元不干。"

挂了电话，孙胖子对我们说道："金瞎子下午心脏病发，现在已经抢救过来了。按现在这情况，他至少能拿这当借口躲我个十天半个月的，闲着也是闲着，要不咱们哥儿几个去印度尼西亚玩两天？"

说完这句话，孙胖子转头朝雨果龇牙一笑，说道："不是我说，雨果神父，咱归不归大爷和任叁兄弟现在怎么样了，还好吗？"

第六十七章　熟人

听孙胖子提起归不归和任叁，雨果苦笑了一声。他一直把任叁和归不归当长辈的，孙胖子却开口称呼任叁兄弟，明显是在占他的便宜。好在雨果对辈分并不是太在意，当下他回答孙胖子说道：“我也很久没见他们二位了，之前恶魔的那次，我本想找他们帮忙的，但用他们留下来的联络方式试了几次都没有成功，这才去找的你们。”

听到归不归和任叁的名字，杨军倒没什么，杨枭的脸上变得有些尴尬。回想起来，我们第一次见到归不归和任叁时，杨枭也在场，他见到这二位就像是老鼠见了猫一样，除了吴仁荻以外，最让杨枭犯怵的就是他们了。

见雨果也没有归不归和任叁的消息，孙胖子皱了皱眉，顿了一下，他再次掏出手机，犹豫了半天，拨了一个号码打了出去。电话接通之后，孙胖子嬉皮笑脸地对电话那头的人说道：“一一啊，不是我说，来印度尼西亚玩玩怎么样？我朋友在那儿有一座私人小岛……”

还没等孙胖子说完，电话里传来一个男人的声音：“你是要找我帮忙把那个岛弄沉吗？没问题，你上岛之后通知我……”

听到这熟悉的声音，孙胖子的脸都吓白了。他有些后怕地拍拍胸口，缓了口气，一咬牙继续对电话说道：“啊！您是吴主任吧？哈哈哈，打错了，我这个电话是打给马依依的——就是香港马啸林他闺女，都叫一一（依依），我怎么还弄混了？那什么，都挺忙的，我就不打扰您了，代我向一一……您那个一一问好。”

挂了电话，孙胖子长出了一口气。他看着自己手里的电话，自言自语地说道：“老吴这是算准了我会打电话吗？”

稳了稳心神，孙胖子对杨枭说道：“老杨，不是我说，那座海岛上的事你怎么看，有没有可能咱们几个就把事情解决了？”

杨枭想了想，有些腼腆地说道：“不到事发现场亲眼看看，光靠猜我也猜不出来。不过你也不用因为死了几个巫师就太担心，当年为了躲我舅舅，我曾在东南亚一带待过一段时间。说实话，那里的巫师并不像想象的那么厉害，多数都是以讹传讹，真有本事的巫师已没有几个了。他们办不到的，未必我们也办不到。”得知了归不归和任叁联系不上，杨枭暗自松了口气，再说话时的口气也变得大了起来。

杨枭的话刚刚说完，孙胖子就点了点头，正准备再问点儿什么，萧和尚的电话又打了过来。电话刚刚接通，就听电话那边的萧和尚大声喊道：“小胖子，我报了个三千五百万的价，林家那边的人答应了，不过他们要求你们尽快过去，现在我还没有答应他们，就等你们的回话了，怎么样，商量好了没有？”

孙胖子迟疑了一下，对电话里的萧和尚说道：“我们去岛上看看再说，老萧大师，不是我说，你先别把话说……死了。老萧大师，你和林家那边的人说，我们这几天就到，让他们把该准备的都准备好了……”

说到最后几句话时，孙胖子突然从椅子上跳了下来，跟着一路小跑儿朝包厢外面跑去。我们几个莫名其妙地互相看了一眼，都不明白孙胖子忽然抽什么疯，在好奇心的驱使下，我们都追了上去。

孙胖子出了包间，没有丝毫的迟疑，径直推开对面包间的门，一闪身就钻了进去。就在孙胖子推开对面包间门的一瞬间，杨枭和雨果的脸上都露出了尴尬的表情，只见这包间里正坐着一老一少两个人。真是白天不说人，晚上不说鬼，这一老一少正是归不归和任叁。

孙胖子进到包间，归不归和任叁都没有太吃惊。任叁哈哈大笑着摸了摸孙胖子的肚皮，说道："胖子，挺长时间没见，你倒是没怎么变，还是这么又胖又丑的。"

孙胖子哈哈一笑，也不生气，见小任叁笑他也跟着笑了一下，说道："不是我说，三叔，你也没怎么变，还是这么风趣可爱。哈哈哈，不是我说，要是我那没见过面的老婆，以后能给我也生一个像三叔您这样的儿子，少活个三五七天的我也心甘情愿。"

任叁自然能听出孙胖子是在占他的便宜，他不怒反笑，看着孙胖子说道："可能是像我这样的人给你当爸爸也说不定，胖子，要不你先叫一声好听的，为你的下辈子先演练演练？"

孙胖子哈哈一笑，说道："下辈子的事情还是下辈子再说吧！不过事情还真是巧，刚刚我们还在说您和归老爷子，这话还没说完，就在这儿碰见您二位了！您二位说说，冥冥之中，是不是什么事情早安排好了？"

这时，我们几个也一起跟着进到包间里。瞧了瞧我们几个，归不归笑了一下，目光在我脸上扫了一眼，又落在了孙胖子的脸上，说道："胖子，说吧，你们来都来了，找我们到底什么事？"

孙胖子也没客气，他把林氏家族的海岛上发生的事情说了一遍，随后对归不归说道："归老爷子，不是我说，本来我们吴主任答应要和我们一起去岛上看看的，但临时有事抽不开身，而那边的事情又急，正不知道怎么办才好的时候，碰巧遇上您和我三叔在这儿吃饭。怎么样？看在咱们吴主任的面子上，您和我三叔顺手帮我们这一次？只要有您二位，天大的事也就不叫事了。再说，也就一天的事，您和我三叔早上去，说不定中午就能把事情办好，下午就回来了。"

见孙胖子唾沫横飞的样子，归不归笑了一下，随后说道："今天这事也不知道该说巧呢，还是该说不巧。”说到这里，归不归顿了一下，然后继续说道，“本来跟你们走一趟也没有什么大不了的，不过还真不凑巧，我和任叁吃完这顿饭，就要去机场，坐今天晚上的航班去泰国，我们在那边有点儿小事要处理一下。如果你们能等的话，我们处理好泰国的事情，就去你说的那座小岛，到时再去找你们会合。”

孙胖子眨巴几下眼睛，心里盘算了一阵，突然哈哈一笑，说道：“那就说好了，我们明天就过去，您老爷子和我三叔先忙完手里的活儿，等你们的事情忙完了，咱们就在印度尼西亚的海岛上会合。”

归不归笑着点了点头，看了我一眼，说道：“小家伙，向北的事情我听说了，本来还以为你会找个地方藏起来，等向北的事情了结再出来，想不到你胆子还挺大。真不知道吴勉是怎么想的，就光把个种子给了你，起码再教你一点儿保命的本事嘛！”

第六十八章　林江郎

归不归什么时候这么好说话了？我看了一眼孙胖子，这时他正眯着眼睛，笑嘻嘻地看着归不归，等着归不归接下来的话。

果然，归不归顿了一下，上下打量我一眼，继续说道：“早的话再过几十年，你身上的种子就该到成熟的时候了。小家伙，和你商量个事儿……”这老家伙眨巴几下眼睛，说道，“到时候你身体里会有新的种子生出来，新种子对你也没什么用了，干脆就便宜了我吧。”

这时我才明白过来，今天压根儿也不是什么偶遇，明摆着这老家伙早算计好了。如果真结出新种子的话，我也打算送给广仁。看着归不归期待的眼神，一时之间我都不知道怎么回答他了。

孙胖子看出我有些为难，他哈哈一笑，对归不归说道：“这还用说吗？咱们是什么关系？既然您都开口了。这样，我当个保人，只要辣子的种子一长出来，我立马就让他给老爷子您送过去，怎么样？”

归不归看着孙胖子的脸，嗤笑一声，说道：“你做保人——只怕种子还没长出来，你已经投胎去了。”说完，归不归不理孙胖子，他笑眯眯地看着我，继续说道：“我知道你想还广仁的人情，但也不一定非要用种子来还嘛。他救过你几次，以后你再救他就好了。同时你也得想想广仁和吴勉的关系，要是你把种子给了广仁，吴勉若翻起脸来可不是开玩笑的，是吧？任叁。”

任叁笑了一下，冲归不归做了一个鬼脸，说道：“这个我上哪儿知道去？以前他都是拿你撒气，我就在旁边看来着，嘴巴打在你脸上，你什么感受我怎么知道？”

归不归有些无可奈何地看了任叁一眼，随后对我说道：“我这么大的岁数，吴勉都能下手，就更别说你这个小娃娃了。”

归不归说话的时候，孙胖子连连向我使眼色。我明白他的意思，他是想让我先答应归不归，这样才好解决眼前的事情，反正再结出种子至少得几十年之后了，谁知道到时会是什么情况？说不定就像吴仁荻说的那样，在我的身体里，种子只能长成一茬韭菜，再也结不出来新的种子也说不一定。

想到这里，我朝归不归点了点头，说道：“种子什么的都好说，反正到时候我也用不上，老爷子您要有兴趣就拿去好了。”

归不归哈哈一笑，正准备继续说点儿什么，一个身材高大的白种男人急匆匆地走进了包间。这人看着有点儿眼熟，正是经常跟着归不归的那群外国弟子之一。

这人进来之后，直接走到归不归和任叁的身边，分别在他们耳边小声说了几句。这几句话说完，归不归的脸上微微变了颜色，随后他对我和孙胖子说道：“看来我们要先走一步了，有点儿急事要去处理一下，小娃娃，咱们可说好了，如果长出了新种子，你可得便宜我……”

见归不归脸上变颜变色的样子，没等我回答，孙胖子先插嘴说道：“归老爷子，看您这着急忙慌的样子——不是火山出什么事了吧？火山和广仁共用一条命，他不太可能会死。这么说，是不是火山趁你们不在偷跑了？”

听了孙胖子的话，任叁的脸上立刻变了颜色。归不归倒像是没事人一样，他朝孙胖子笑了一下，说道：“一点儿小事情，还不至于牵扯到火山。”说到这里，归不归顿了一下，装模作样地看了看手表，又对我们几个说道，“好了，我们也该去赶飞机了。海岛上的事情，你们该去就去，这一两天之内，我和任叁就会赶过去。”

见孙胖子仍不太相信的样子，归不归又补充了一句：“放心，说去我们一准儿会去，误不了你的事情。”说完，归不归和任叁带着他们的外国徒弟一起离开了酒店。

我们几个送到了餐厅门口，瞧着他们远去的背影，孙胖子突然摇了摇头，看了我一眼，说道：“不是我说，辣子，我怎么突然间有点儿不托底了，你说这俩老头不能忽悠我们吧？”

还没等我开口，孙胖子的电话又响了起来。孙胖子刚接通了电话，萧和尚的大嗓门儿就从电话里传了出来：“小胖子！不是我说，我给你们谈到三千五百万了！不过对方有个要求，这件事情必须在三天之内解决，如果你们还能提前的话，每提前一天就能再多拿一千万。”说到这里，萧和尚顿了一下，把账算明白之后，又接着说道，“也就是说，假如你们明天到了之后，当天就能把事情解决的话，林家那边就要付我们六千五百万，差不多翻了一倍啊！”

说到这里，萧和尚的调门降低了几度，不过依然能清晰地听到他说话的声音：“那什么，对方催得急，逼得我没办法，就替你们应了。今天晚上你们就出发去印度尼西亚，什么都替你们安排好了，去机场直接拿机票，林家的人会在机场接你们。明天一大早他们就安排直升机送你们上岛，千万记得啊，早一天解决事情，我们就多得一千万，是美元啊，一千万美元！”可能是怕孙胖子埋怨他擅自做主替我们接了生意，萧和尚说完了这几句，便赶快地挂了电话。

挂了电话，孙胖子回头看了我们几个一眼，说道：“怎么这么巧！只要老萧这电话早来一分钟，我就能把归不归爷俩给留下——现在只能靠我们自己了，希望归不归和任叁的事情早点儿办完吧……”

匆匆忙忙吃完晚饭，我们几个也没去退房，把行李收拾好之后，直接去了机场。到机场之后我们才发现，当天晚上两班飞往印度尼西亚的飞机都给我们买了机票，我们选择了时间靠前的一班飞往印度尼西亚的飞机，经过四个多小时的飞行，我们到达了雅加达机场。

林氏家族到底是印度尼西亚的首富，在当地真是很有些能量，我们刚刚下飞机，林家派来的人竟经到了飞机的旋梯口，举着牌子来接我们了。

表明身份之后，两辆奔驰车开了过来。奔驰车载着我们直接开到了酒店，将我们带到早订好的酒店套房。安顿好我们之后，接机的人让我们早点儿休息，第二天早上八点他会准时来接我们，说完这些，他就离开了酒店。

第二天一大早，我们还没来得及吃早餐，昨天接机的人就到了。他领着我们到了酒店的楼顶，这时楼顶已经有一架直升机在等着我们。我们登上这架直升机，直升机从酒店楼顶起飞，穿过城市，不一会儿就飞到了海边，又飞了没多久，便飞到一座并没有多大的海岛，缓缓降落在停机坪上。

停机坪边上不远，有十几个人簇拥着一位五十多岁的华人，等我们下了飞机，接机的人把我们引到了这位华人的身前，他主动向我们引荐道："这位就是这座海岛的主人，林氏集团的董事局主席——林江郎先生。"

接机的人正准备向林江郎介绍我们时，林江郎呵呵一笑，用一口广东普通话说道："孙德胜局长以及几位大师我是久仰大名了，本来我这件事情早就想麻烦孙局长的，但是机缘不巧，绕了个大圈子，现在才将您几位给盼来……"

林氏家族的当家人亲自出马来接我们，这有点儿出乎我的意料。后来我才知道，敢情这时的林主席已经到了无路可走的地步了。

第六十九章　杨枭的风格

自从打定主意要为儿子报仇，林江郎开始毫不节制地动用家族资源。为了封锁海岛出事的消息，林江郎还使用了一些特殊的手段，不过还是有几次处理得不够周全，闹出了一些风波，被印度尼西亚的几家大媒体探听到了一些消息。就在即将报道的前一天，林氏家族费了老大的劲，甚至请动了国会议员出面，才把事情压了下来。

如此反复几次，林江郎公器私用的做法，加上林江郎力主的、耗费了巨额资金开发海岛的计划宣告破产，对他不满意的人急剧增多，家族内部暗流涌动，已经有人密谋要将他赶下台，取而代之。与反对派明里暗里几次交锋，林江郎明显处于劣势，事实上，他相当一部分权力已经被剥夺或分流，从现在的情况看，距离林江郎交出董事局主席宝座的日子不会太远了。

林江郎没有说谎，“民调局”他早就听说过，不过东南亚一带一直都是委员会的地盘儿，委员会还在时，碍于委员会的面子，一直没和民调局联系过。等委员会解散了，民调局也一起解散了，无奈之下，他才请了东南亚当地的巫师，只不过没能解决事情。

林江郎也尝试过联系黄然，不过老黄可是个人精，他找人打听清楚了海岛出的事情，自觉凭我们几个只怕解决不了，所以干脆躲了，没有给林江郎任何回复。

我们几个如今已是林江郎最后的指望了。三天以后，林氏集团董事局将进行一次重新选举，林江郎心里很明白，这次重新选举就是冲着他来的，选举过后，他铁定会失去董事局主席的位置。现在他只盼着我们能在这三天之内，帮他把儿子的仇给报了。等三天之后，他不再是林氏集团董事局主席了，就凭他个人的财力和人脉，再想给儿子报仇，几乎是不可能的事了。

林江郎毕竟叱咤印度尼西亚商界多年，算得上一号人物，心里虽急脸上却没有丝毫表现出来。他先领着我们参观了岛上的林家私人别墅，接着给我们安排了一顿丰盛的早餐。他不着急说，孙胖子也不着急问，吃完早餐，我们品着茶，和林江郎有一搭没一搭地说着闲话。最后林江郎终于绷不住，邀请我们去出事的地方看看。

事发地位于海岛的中心位置，林江郎和我们一起乘坐电瓶车去往事发现场。在电瓶车上，林江郎将事发的经过说了一遍，说的内容和金瞎子说的差不多。十几分钟后，电瓶车停在了一片开阔的工地之中，工地四周搭好的脚手架现在已经变得锈迹斑斑，看来是好长时间没有人来过了。在工地的正中心位置，有一个挖了一半满是积水的土坑，土坑周围还留有一些之前巫师作法时留下的法器，林江郎指挥几个胆子大的手下，将现场打扫了出来。

趁他们打扫现场的空隙，孙胖子凑到了杨枭的身边，小声地向他问道："老杨，怎么样，能看出点儿什么吗？"

杨枭没有说话，他的眼睛直勾勾地盯着这片空旷的地面。等林江郎的人将现场收拾得差不多时，杨枭从衣兜里掏出一张画着一只饿鬼的黄表纸，顺手朝那片满是积水的土坑甩了过去。

符纸出手之后立刻燃烧起来，接着化成一团火球朝积水坑砸了过去。土坑里积水颇深，本来以为火球遇水之后会熄灭，想不到的是，就在火球接触到积水的一瞬间，竟陡然间像手榴弹一样爆炸开，伴随着一声巨响，土坑里的积水被炸得四处飞溅。

就在爆炸声响起来的同时，积水坑的中心位置出现了一个雾蒙蒙的人影，不光是我们，就连林江郎他们这样没有天眼的都能看得清清楚楚。这个雾蒙蒙的人影像是受了伤，身体在半空中挣扎着，随着炸飞溅起的水珠落回积水坑，雾蒙蒙的人影也消失在积水坑中。

这段时间以来，林江郎终于见到一个能看到点儿效果的术法了。他几步走到孙胖子和杨枭的身边，有些兴奋地问道："它死了吗？刚才把它炸死了是吧？"在林江郎的心里，已经把刚才出现的人影当作害死他儿子的凶手了。

杨枭扭过脸来，先看了孙胖子一眼，接着对林江郎说道："现在还不好说，不过不死也是重伤。"说到这里，杨枭顿了一下，手指着刚才被符纸炸过的地方，继续说道，"你现在赶紧找人把那里挖开，下面应该藏着一只妖魅，不管它现在是死的还是活的，应该伤害不到你们了。"

林江郎愣了一下，随即反应过来，他朝身后的手下大声喊道："去！都去！听到大师的话了吗？把那里挖开，我要把害死志豪的怪物挖出来挫骨扬灰！"

现场虽然是工地，却没有挖掘用的工具。林江郎的秘书打了个电话，没过多久，两辆电瓶车载着三个工人，后面还跟着一辆挖掘机一起开了过来。这几个工人都知道这里的事情，他们待在电瓶车附近怎么也不敢靠近，于是林江郎又开始砸钱，价钱出到了连我都想过去抢把铁锹跟着一起赚钱的地步。在金钱的诱惑下，这几个工人才点头，他们将挖掘机开到了积水坑边上，开始干起活来。

本来以为一铲下去就能挖出点儿什么，但挖了半天什么也没挖到。孙胖子不动声色地凑到杨枭的身边，小声问道："老杨，你可别告诉我，刚才那个人影就是你鬼符里的东西……"

杨枭冲孙胖子腼腆地一笑，说道："还是被你看出来了……这下面一定有什么东西，不挖开的话永远都是它在暗，我们在明。与其让它在暗处冷不丁给我们来一下，倒不如把它挖出来，大家正面较量一番，否则就算归不归和任叁到了，也是无计可施。"

为达目的，不管他人死活是杨枭的老毛病了。我心里不忍，正准备把那几个工人喊回来时，泥水坑边一个工人突然回头，朝我们的方向大声说了印尼语。就在我们纳闷出了什么事情的时候，林江郎突然回头对我们喊道："挖到了！他们挖到东西了！让我们过去看看……"

我们几个同时愣了一下，随后杨枭的身子一闪，转瞬之间就到了几个工人的身边，接着我们几个也跟了过去。

在挖了几米深的地底，发现了一块不知道是什么动物的腐肉，只见这块腐肉竟有规律地微微伸缩着，看起来就像是在呼吸一样。

见到这个场景，杨枭皱了皱眉头。他犹豫了一下，右手一甩，一根大铜钉子凭空出现在他的手心，随后杨枭用铜钉尖端划破自己左手，将鲜血滴在了这块腐肉上。

杨枭的鲜血滴上去之后，整块腐肉开始快速地收缩，肉红色的腐肉迅速变成了灰黑色，一阵无名的恶臭从腐肉上散发出来。紧跟着这块腐肉腐败的速度大大加快，只一袋烟的工夫，这块腐肉便腐烂成了一摊肉酱。

孙胖子看得直发愣，他也顾不得忌讳了，直接向杨枭问道："老杨，这是什么东西？"

第七十章　先兆

杨枭眼睛盯着这块腐肉，似笑非笑地说道：“听说过太岁吧，这个算是太岁的亲戚，叫作‘封’。它还有个通俗一点儿的名字……”

“妖食，你想说这个吧？”杨军替杨枭说出了答案，他皱了皱眉头看了杨枭一眼，说道，“刚才我还以为你会拿它当诱饵，直接毁了它，是不是有点儿可惜了？”

这时，雨果低着头凑了过来，看了一眼已经烂成肉酱的妖食，又将目光转到了二杨的身上，说道：“两位杨先生，你们能不能说一点儿我们能听懂的话？它叫什么名字不重要，重要的是它是不是这里灾难的源头？如果是的话，这样就把它消灭了吗？是不是有点儿太容易了？”

杨枭叫过来一名工人，将已经化成一摊肉酱的妖食铲走，这才对雨果说道：“当然没有这么容易，这个不是正主，不过见到它之后，很快就能见到正主了……”

没等杨枭说完，就被站在一旁的林江郎突然打断，林江郎急吼吼地问道：“不是它害死我儿子的？那害死我儿子的怪物跑哪儿去了？什么时候能把它抓到？”

杨枭脸上闪过一丝不快的表情，不过很快恢复了他那标志性的略显腼腆的表情。他朝林江郎笑了一下，回答道：“继续挖，马上就能看到害死你儿子的罪魁祸首了。”杨枭的话刚说完，林江郎就对自己的秘书说道：“让他们继续挖！不管怎么样，我一定要挖到害死我儿子的怪物！”

吩咐完秘书，林江郎忽然对孙胖子说道：“孙局长，如果你们今天就能把事情办好的话，除了之前答应给你们的酬金，我再加一亿美金……”林江郎的话还没说完，他的秘书已经吓了一跳，急忙拦住了自己的老板，说道：“林先生，不行的，这个数目太大，集团不可能通过预算的。”

“那就用我自己的私人财产！”林江郎满脸涨红，激动了起来，他接着对孙胖子说道，“钱的事情请你放心，只要今天能把害死我儿子的怪物抓到，我马上将名下的房产和证券变现，十天之内，一定把钱交到你的手上。”林江郎真是豁出去了，只要能替儿子报仇，即便倾家荡产他也心甘情愿。

孙胖子朝林江郎龇牙一笑，说道：“林主席，晚个一天半天的也不急！您得容我们准备一下，这次的事情非同小可。不是我说，如果不做好准备，就算找到害死您儿子的怪物，想要报仇也不容易，弄不好还要把我们这些人都搭进去。”

孙胖子的话林江郎倒是听得进去，以前请来的那些大巫师，个个都拍着胸脯说肯定能降妖除魔，结果把自己的小命都给搭上了，到现在为止，最有希望的就是我们了。如果连我们也没办法的话，他就真的无计可施了。

听从孙胖子的要求，林江郎先把工人们撤走，他自己和手下们也回去别墅休息，只留下我们在这里“准备”驱邪的事情。

等他们离开，孙胖子向杨枭和杨军问道：“两位，不是我说，地底下到底是什么东西，你有谱没谱？”

杨枭看了杨军一眼，见他不准备开口，杨枭摇了摇头，看着刚挖出来的深坑，说道："明天让他们继续挖吧，就凭一块妖食，没法儿判断下面究竟是什么东西。不过既然妖食都出现了，那这下面的东西就绝对不简单。"

说到这里，杨枭顿了一下，他用一种古怪的眼神看着孙胖子说道："孙德胜，有句话我问在前面，倘若下面的东西不是我们消受得起的，你是要钱呢？还是要命？"

孙胖子哈哈一笑，说道："那就少要一点儿钱，从现在开始，我们慢慢准备着，一直准备到归不归和任叁来了再说。一亿美元我不奢望了，那三千万应该没问题吧？对了，不是我说，刚才看到的那块腐肉到底是什么玩意儿？你说它叫妖食，听名字像是给怪物吃的，是吧？"

杨枭点了点头，说道："你说得也对也不对，妖食是给妖吃的，但不是给普通的妖，是专给大妖吃的。它跟太岁有些相似，只不过太岁是给人吃的，如果人误食了妖食，当场即死；但大妖吃了妖食，能起到增加妖力的功效。妖食的数量极少，最多也就是太岁的百分之一，妖食还有一个奇怪的特性，它就像专为喂食大妖而存在的——它一般都是生长在水底，或者是潮湿的地底深处，一旦感受到大妖的妖气，就会主动慢慢向大妖靠拢。刚才我们发现妖食的地方，远远达不到妖食藏身的要求，那就只有一个解释，它正处于向大妖靠拢的过程中。可惜还是差了一点儿，不然过不了多久，它就主动喂进大妖的嘴里了。"

杨枭的话刚说完，突然从雨果的怀里传出玻璃瓶裂开的声音，接着雨果的胸膛湿了一大片。他将自己的长袍扣子解开，从里面的暗兜里小心翼翼地将碎玻璃块掏出来。这时我才看明白，敢情是他藏着的圣水瓶裂开了。

看到雨果狼狈的样子，孙胖子嘿嘿笑了起来，刚笑了一半，笑容就在他脸上僵住了，他皱着眉头向雨果问道："不是我说，雨果主任，你怎么这么不小心？连那么珍贵的圣水瓶都弄碎了。”

雨果苦笑了一声，说道：“上帝做证，我就这么好端端地站在这里，什么都没动，圣水瓶就自己就裂开了……”

雨果的话还没有说完，他脖子上的十字架在我们的眼皮子底下突然古怪地弯曲了起来。就在这时，杨枭突然“哎哟”了一声，他猛地伸手从衣兜里掏出一把正在冒烟的符纸，符纸在被掏出来的瞬间燃烧起来，杨枭惊愕之余，只能将这一把符纸远远地扔了出去。

就在杨枭把符纸扔出去的同时，刚才挖出妖食的深坑里突然响起一阵野兽一般的号叫。在这声号叫发出的同时，罪罚两把短剑不用我意念驱动，自动离鞘，电闪一般朝发出号叫的深坑里射了过去。

两道电光闪过，坑底只留下了两个小窟窿。不一会儿，从两把短剑射出的两个窟窿眼里各飘出一缕淡淡的黑气。

短剑射进地底后，地面暂时恢复了平静。但是时间不长，以短剑射入的位置为中心，整个地面都开始猛烈地摇晃起来，伴随着地震一样的摇晃，之前那仿佛野兽号叫的低吼又响了起来。

好在这时我还能感觉到两把短剑的位置，赶紧集中全部意念将两把短剑召唤回来。两把短剑从坑底飞出来时，剑身上都沾着一层黏稠的红色液体，看起来像是凝固了的鲜血。

第七十一章　一夜之间

“退！”杨枭突然大喊了一声，说话的同时他身体已经暴退，转瞬间已经退出去二三十米远。我们几个见势不对，也跟着杨枭拼命往外跑，跑到一半时孙胖子先反应过来，他一边跑一边大声喊道：“分开跑！大家都分开跑，看清楚情况再说！”

听了孙胖子的话，我们分别朝几个不同的方向跑开，直到跑出去几十米远，地面不再震动，才回头看向刚才站着的地方。不过那边也恢复了正常，看不出任何异样的地方。我们看了半天，都把目光转向了杨枭。

孙胖子先问道：“老杨，不是我说，刚才你看到什么了……”

杨枭没有搭理孙胖子，他从口袋里掏出一张早就裁好的空白符纸，咬破指尖，用指尖血在符纸上画了一只龇牙咧嘴的恶鬼，小心翼翼地拿着符纸，朝我们之前站的地方甩了过去。

杨枭的这张符纸甩出去，却没有起到任何的作用，符纸飞出去二三十米，慢慢飘落到地上。见到这幅场景，杨枭的眉头皱了起来，过了半晌，他才扭过头来对孙胖子说道：“点子太硬，看不出来是什么来路，还是等归不归和任叁过来再说吧。”

孙胖子看了杨枭一眼，低头思索了一会儿，等他再抬起头，突然变得像是完全忘记了刚才的事情。他看了一眼手表，呵呵一笑，说道："差不多到饭点儿了，咱们先回去吃个午饭，给老林个面子，下午再回来接着'准备'。"

说来也真巧，孙胖子刚说完，林江郎的秘书就打了电话过来，问我们是把午餐送过来，还是等我们回去吃。

孙胖子在电话里呵呵一笑，说道："就别送来送去的了，还是我们回去吃口热乎的吧。对了，我们不在的时候，任何人都不许到这里来，如果被人破坏了我们的阵法，引发的后果我们可不负责。"

孙胖子和林江郎的秘书说完，不一会儿便来了两辆电瓶车把我们接回别墅。等我们回到别墅，林江郎因有公事要处理，已经先行离开。走之前他叮嘱秘书，如果我们这边有了进展，要立马通知他，他会第一时间赶回来。

得知林江郎不在，孙胖子反倒松了一口气。他现在就怕林江郎催他的进度，这一阵子林江郎常和一些大巫师泡在一起，要想糊弄住他，还真得费一番心思。现在好了，等吃完午饭，接着回去混到吃晚饭，剩下的就等明天归不归和任叁两人到了。

午饭过后，我们没让人送，要了两辆电瓶车直接开到了事发现场。杨枭还不死心，又画了几张符纸，扔进了深坑里，依然没有任何效果，要不是我熟知杨枭的本事，换个人准以为他在故弄玄虚。

杨枭试了几次，慢慢地失去了耐心。他回到电瓶车上，和我们一起瞎混到下午四五点。孙胖子联络了秘书，得知林江郎事情还没处理完，晚上可能不回海岛了。既然本主不在，那就更不用继续演戏了，我们又开车回到了别墅。到吃晚饭时，也没见林江郎回来，看来真是被什么要紧的事情给绊住了。

吃完晚饭，孙胖子让雨果联系归不归和任叁，打了几十通电话过去，却怎么也联系不上。这时孙胖子心里也没底了，如果归不归和任叁真的爽约的话，那就不好办了。思来想去还是吴仁荻更靠谱，这次他不敢再绕道找邵一一，只好把电话直接打给了吴仁荻。

电话接通之后，孙胖子舔了舔嘴唇，满脸笑容，谄媚地对电话说道："吴主任吗？不是我说，还没睡吧？有件事情和您商量一下……"还没等他说完，话筒里就传出吴仁荻那特有的刻薄声音："你打错了——"随后就是一阵忙音。

孙胖子直愣愣地看着手机，电话号码确实没错，分明就是吴仁荻的。不过老吴已经表明了态度，孙胖子就不敢再去骚扰他了。郁闷了半天，孙胖子又给黄然打了电话，想让他帮忙把尹白带过来。

当黄然了解了孙胖子的想法，不仅立刻拒绝了孙胖子的要求，还一个劲儿地劝孙胖子不要蹚林江郎的这趟浑水。两人谁也说服不了谁，黄然打定主意不肯过来，孙胖子又舍不得放弃那三千万美元。现在留在首都的人里，也就黄然带得动尹白了，他说不行，把尹白弄过来的想法也就破灭了。

没有办法，只能把希望都寄托在归不归和任叁头上了。反正也没有什么头绪，孙胖子懒得再琢磨，他让我们早点儿休息，如果明天归不归和任叁不出现，我们还要养足精神再演一天的戏……

第二天一大早，一阵急促的敲门声将我惊醒。我迷迷糊糊打开门，就见孙胖子和雨果满脸焦急地站在我房门口，看他俩的样子，像是出了什么大变故。我还没有开口询问，孙胖子已经像机关枪一样地说道："辣子，快点儿穿衣服出来，又出事了……"

十几分钟之前，林江郎乘坐直升机赶回海岛，直升机飞到海岛上空时，林江郎着急见证我们的成果，于是吩咐飞行员先绕去事发现场上空看一眼。到了之后，这里的景象吓了林江郎一跳，昨天只被挖了几米深的土坑，现在变成了一个深不见底的黑洞。

见到这副景象，林江郎心里确信这个黑洞是我们弄出来的。这时他对我们更有信心了，依稀觉得给儿子报仇的机会就在眼前，兴奋之下，林江郎在飞机上就给孙胖子打了电话。好在孙胖子的反应快，他顺着林江郎的话，默认了这个黑洞就是我们弄出来的。闹不清具体怎么回事的孙胖子勉强应付着林江郎，兴奋的林江郎却不愿意挂电话，他一个劲儿地问孙胖子，害死他儿子的怪物是不是就躲在这个黑洞里面，现在黑洞已经弄出来了，是不是很快就能把怪物抓住了。一连串的问题把孙胖子问得头昏脑涨，好不容易才挂掉林江郎的电话，孙胖子马上把二杨叫醒来。

现在二杨已经先一步赶去事发现场了，孙胖子和雨果这才把我叫醒，让我和他们一起去看看到底出了什么事情。当我们赶到事发现场时，林江郎已经站在黑洞的边缘了。见到我们过来，林江郎仍处于兴奋之中，他朝孙胖子伸出大拇指，同时对孙胖子说道："孙局长，我今天才算开了眼界了！一个下午的时间，你们也没用什么工具，就能弄出来这么大的一个洞。那个，我还想再问一下，现在洞已经开出来了，今天咱们是不是就可以下去，把里面的怪物抓出来了？"

孙胖子眨巴几下眼睛，咽了口唾沫，他瞧着直径足足有三米多的洞口，嘬着牙花子说道："这个——看吧……"

第七十二章　杨军出手

兴奋之余，林江郎并没有发现孙胖子语气的变化，他继续对孙胖子说道："孙局长，只要你们今天能把害死我儿子的怪物抓住，昨天我说的条件依然有效。不管付出什么样的代价，我都要亲眼看到害死我儿子的怪物死在我的面前。"

孙胖子点了点头，对林江郎说道："林主席，不是我说，您的心情我很理解，不过现在有些技术性的问题，我们可能还需要一两天的准备时间。不瞒您说，这只怪物的道行非同小可，如果不准备充分一点儿，不但可能抓不到怪物，我们哥几个也会搭进去，那样就太不划算了。"

听了孙胖子的话，林江郎的神色也变得凝重起来。他沉吟了一会儿，开口对孙胖子说道："孙局长，你对我说了实话，我也不瞒着你了。我现在的处境你大概也知道一点儿，后天我们集团董事局将进行一次新的选举，如果我从现在的位置上下来了，你们还能不能收到这次工作的酬金我就不敢保证了！那时候，甚至这座海岛都会被其他人接管。所以，明天晚上之前，如果还不能抓住害死我儿子的怪物的话，咱们就都没有机会了——你没有机会拿到酬金；而我，也别想替我儿子报仇了。"

孙胖子笑眯眯地点了点头，说道："这个你放心，明天下午之前一定准备妥当，我们一鼓作气，直接下去把怪物揪出来，到时怎么处置这只怪物就看林主席您的意思了。"

林江郎脸上这才有了点儿笑容，孙胖子趁机对林江郎说道："林主席，稍后我们会有点儿大动作，您留在这有点儿不方便，要不您先回去休息？等我们去捉怪物的时候一定通知您，到时除了不能让您和我们一起下去之外，其他的您怎么高兴就怎么来。"

林江郎点了点头，冲我们笑了一下，说道："这里的事情就拜托各位了，如果能在今天把事情解决的话，我林某人还会有一份心意奉上。"说完，他又跟孙胖子客气了几句，之后便带着手下离开了。

看着林江郎远去的背影，孙胖子长吁了一口气，转过头有些无奈地对雨果说道："再给归不归打电话，问问他们爷儿俩现在在哪疯呢！无论如何这俩祖宗也要快点儿过来啊，再不过来就真的来不及了。"

就在雨果继续打电话时，杨枭朝孙胖子招招手，把他叫到了黑洞边，杨枭手指着黑洞洞的洞口，说道："这个洞是从里面往外开出来的，本来我还以为有什么东西从里面钻了出来，但现在看来，有东西从里面跑出来的可能性极小。至于为什么要开出这么一个洞，或者里面到底是什么东西，想知道的话，不下去一趟是不行了。"

孙胖子看了杨枭一眼，表情古怪地向他问道："不是我说，老杨，你的意思不是想先下去打个前站吧？这你可想好了，一旦下面有什么……"

没等孙胖子说完，雨果也跟着说道："孙说得对，我们几个下去的话，实在太危险了，这个重担还是留给归不归和任叁吧。"

就这个问题，来回磨蹭了一个多小时，林江郎很贴心地派人将早点送了过来。如果没有洞底不知名的强大妖物的压力，在这样美丽的海岛，吹着海风、吃着精美的早点，本是一件很惬意的事情，但现在面对黑森森的洞穴，实在生不出太好的胃口。我们一边吃饭，一边还要警惕黑洞里的动静。对付着吃了几口，孙胖子把我远远地拉到了一边，留下二杨在黑洞附近走来走去，不过他们也没有再发现任何有价值的线索。

又磨蹭了半天，归不归和任叁还是没有出现。其间林江郎又打电话过来问过两次，都被孙胖子搪塞了过去。好在林江郎又有事情需要处理，都没来得及吃午饭，他又乘坐直升机离开了海岛，走之前还嘱咐孙胖子，一有消息就马上告诉他。

一直等到天黑，仍然没见归不归和任叁的踪影。雨果的手机直接打到没电，也没联系上这两位活祖宗。晚上林江郎回来时，孙胖子只能咬着牙向他保证，这边的准备工作已经完毕，明天就会下黑洞，将害死他儿子的怪物抓出来。

这时，林江郎也隐隐觉出些不对劲，但是事到如今，他除了相信我们以外，也没有别的办法了。

第二天一大早，林江郎亲自出马，在别墅的客厅等着我们。收拾一番之后，他又亲自领着我们到了事发现场。整个过程，林江郎一直面沉似水，丝毫不见之前的亲切笑容。

到了现场之后，孙胖子开始了最后的拖延。他让林江郎找些工人，要求在黑洞边安装工作架和滑轮，同时再找一个大筐，好把我们几个放下去。

没想到的是，林江郎已经想到了孙胖子的前面。只见他的手一挥，几十号工人各拿着工具走了过来，在林江郎的吩咐下，这些工人立刻忙碌起来，不多时，工作架已经安装好，将一个四向的滑轮固定在工作架上，绳索从滑轮上延伸下来，分成四股分别系在了一个四方形合金筐的四角。

很快，这些工人便干完了手上的活儿。工头对林江郎的秘书说了几句，林江郎听了，对孙胖子说道：“孙局长，这个可以吗？如果有问题的话，你不要客气，直接说出来就好，我让他们马上修改。”

看着工作架，孙胖子再笑起来的表情有些发苦，他点了点头，对林江郎说道：“看起来应该没问题，坐这个滑下去应该差不多。”

林江郎好像就等着孙胖子这句话，孙胖子刚说完，他难得地露出点儿笑容，随后立刻说道：“既然孙局长觉着合用，那是不是可以早点儿下去了？”

孙胖子还没有回答，他身后的杨军突然说道：“是该下去看看了。”说完这句话，杨军又对我们几个说道，“我先下去看看，如果有问题我会给你们暗号，到时你们再把这个筐放下来……”

说话的同时，杨军已经走到了黑洞边。这几句话说完，杨军突然向前一纵，直接跳进了黑洞里，他身旁的杨枭下意识地想抓他一把，但杨军的动作实在是太快，杨枭还没有摸到杨军的衣角，他的身体已经消失在黑洞中。

我们几个都没想到杨军会突然来这么一手，当下，左右的人都看傻了眼。杨枭趴在洞边向下看去，就见一个模模糊糊的人影已经和洞里的黑暗融为了一体。

孙胖子趴在杨枭身旁，扭头看了一眼正全神贯注盯着洞内的林江郎，他凑到杨枭耳边低声向杨枭问道：“老杨，大杨这是什么意思？不是我说，这是你们安排好的吗？”

杨枭摇了摇头，说道：“杨军这是看出来什么了……”

第七十三章　巨手

谁都没料到杨军会突然跳下去，他这么一来，完全打乱了孙胖子的计划。我们几个都趴到洞边，用天眼看着下面的一举一动。这时，杨军已经站在了黑洞的底部，他在下面转了几圈，突然蹲下身子，伸手在脚下摸索起来。

杨军的脚下是一块像是铸铁制成的铁板，虽然距离很远，洞底也没有任何光亮，但我仍能看到杨军正在摸索铁板上面的花纹。没过多久，杨军朝我们大声喊道："把我拉上去！"

现场的工人把杨军拉了上来，大杨向林江郎以一种命令的语气说道："准备十只一岁口的公鸡，十斤糯米，还有三丈红布。"说到这里，杨军顿了一下，他歪着头思索了片刻，又朝林江郎身后的工人们说道，"属鸡、蛇、马的后退三百米，不管这里发生什么情况都不要过来。"林江郎也看出事情有了转机，并不在意杨军的语气，他叫来自己的秘书吩咐安排杨军要的东西。糯米和红布还好办，只是这一岁口的公鸡需要去岛外采买，好在坐直升机来回的话，也用不了太长时间。

杨军说话的时候，杨枭的眼睛猛地一亮，他好像也明白过来黑洞下面是什么东西了。杨枭走到杨军的身边，两人对了一下眼神，杨枭有些意外地说道：“想不到这么生僻的东西你也知道……”

“我也不想知道这种东西。”杨军长出了口气，盯着洞口的方向说道，“当年在海上遇到过一艘铁板船，铁板船的船舱下面也有一块和这里一模一样的铁板。我带人上去查看过。上船之后，我的几个手下就开始莫名其妙地接连死亡，走到最下面一层船舱时，就剩下我自己了。在舱底我发现了这样的铁板，当时我想把铁板打开，看看下面到底是什么东西。正准备动手，那艘铁板船突然加快了航行的速度，我也是没有办法，才跳船离开的。后来和吴勉说起过这件事情，他绕了个圈子，才告诉我把下面东西引出来的法子。”

这时，我们几个包括林江郎都凑到了二杨的身边。等杨军说完，林江郎重新拾起了信心，他向杨军问道：“这位大师，这么说很快就能抓到害死我儿子的怪物了？”

杨军扭过头来看着林江郎，说道：“是什么怪物害死你儿子的，你马上就能看到了，不过能不能抓住它，就看你的运气了。”

这句话说得林江郎一愣，他回头找孙胖子时，孙胖子正笑嘻嘻地走过来，对林江郎说道：“林主席，大杨的意思是说，下面怪物是活是死就看你的运气了。不过话说回来，这两天我们一直在为今天做准备，咱们之前说好的那一亿美元的酬金……”

没等孙胖子说完，林江郎盯着洞口的方向，咬着牙说道：“只要能在今天抓住这个怪物，一亿美元的酬金我照给！不过我丑话说在前头，如果今天抓不住，这座海岛你们可能再也没有机会上来了。孙局长，你不会错过我付酬金的机会吧？”

孙胖子嘿嘿一笑，顺着林江郎的目光看着洞口，说道：“不是我说，我别的都不行，就是运气好……”

没过多久，杨军要的三样东西都送了过来。杨军先用清水将红布打湿，用拧干的红布把洞口蒙住。固定好红布，又将糯米均匀地撒在红布上面，然后让林江郎的人割断了小公鸡的脖子，把十只公鸡的鸡血淋到了糯米上。做完这些，我们几个围在洞口的四周，看着浸了糯米的鸡血一滴一滴地滴到了黑洞里面。

等了半晌，也没见什么异常情况出现。趁这个机会，我向身边的杨军低声问道："大杨，这点儿鸡血能把下面的东西钓上来吗？这路数我看着，像是在钓鱼？"

杨军的眼睛紧盯着被红布蒙住的洞口，嘴里对我说道："这你要去问吴勉了，这一招也是他教给我的。当时他只说这样就能把下面的精怪引出来，至于是什么样的精怪就要看运气了。"

我干笑一声，正要接着话题再问几句时，洞口的方向突然震动了一下，随后洞内发出一声巨响，"轰隆"一声，蒙在洞口的红布向上鼓了起来。

二杨见到之后，几乎同时向身后众人喊道："后退！"他俩话音刚落，红布突然裂开，一双接近于透明的"巨手"从洞内伸了出来，分别朝二杨抓去。见到巨手，林江郎和他的手下，加上那些工人都一哄而散。

二杨同时将家伙取了出来。杨枭先朝巨手甩过去一根铜钉，当铜钉接触到巨手时，巨手古怪地扭曲了一下，随后铜钉就像穿过空气一样，从巨手的掌心穿了过去。杨枭见此脸色大变，转身就往外跑，转身的同时将另外一只手上的绳镖朝身后甩了出去，为自己的脱逃争取一点儿时间。

绳镖和刚才的铜钉一样，从巨手的掌心穿了过去。巨手的来势不减，眨眼之间已经拦腰抓住了杨枭，随后巨手往回收，抓着杨枭往洞内缩去。就在杨枭被抓住的同时，杨军也被另一只半透明的巨手抓住，被抓住之前，杨军也挥舞着绣春刀朝巨手砍了几下，但这几刀就像是劈在了空气上。连续几刀劈空，杨军也被巨手抓住，双脚离地朝洞内飞去。

这一切发生在电光火石之间，当二杨的身体飞到洞口上方时，两道电光闪过，被红色光芒包裹着的罪罚双剑穿过了两只巨手的手腕。这下终于有了效果，从黑洞里传出一阵号叫声，两只巨手化成了两股青烟，消失在空气中。

罪罚双剑击穿巨手时，二杨的身体已经飞到洞口的上方。两只巨手化成青烟后，二杨的身体失去了支撑，两个人一起掉进了黑洞里。我急忙跑到洞口边，这时二杨已经不见了踪影，洞底的铁板也消失得无影无踪，原本铁板的位置变成了一块好像墨汁一样的地面，丝丝黑气从地面上冒出来，看着有种说不出来的诡异。

惊魂稍定，孙胖子也小心翼翼地凑了过来。他的目力不行，还是林江郎的手下扔下去一个火把，他才看清了下面的景象。这时孙胖子的脸色有些发白，他抬头看了我一眼，说道："辣子，二杨不会出什么事吧？"

这时我的眼睛也紧紧盯着洞底的黑色地面，见火把还在噼里啪啦地燃烧着，起码下面的空气没有问题。看清之后，我回答孙胖子说道："下去看看就知道他们怎么样了。"

说完，我就准备跳下去。就在这时，孙胖子一把抓住我，本来我还以为他是要阻止我下去，但说出来的话有点儿出乎我的意料："辣子，你等我一下，我们一起下去。雨果主任，你不用躲了，我把你也算上了。"孙胖子回头，对正往后退的雨果说道。